Alejandro Jodorowsky est né dans le nord du Chili en 1930. Il émigre à Paris en 1953 et travaille avec le mime Marceau. En 1962, il fonde avec Arrabal et Topor le mouvement « Panique ». Alejandro Jodorowsky est auteur de pièces de théâtre, metteur en scène de cinéma (*La Montagne sacrée*, *El Topo*, *Fando et Lis*, *Santa sangre*), scénariste de bandes dessinées, il travaille avec Moebius et Gimenez (*L'Incal*, *La Caste des Méta-Barons*...). Il est également l'auteur du *Théâtre de la guérison*, et parallèlement, il enseigne le tarot.

Alejandro Jodorowsky

L'ENFANT DU JEUDI NOIR

ROMAN

Traduit de l'espagnol (Chili)
par Caroline Lepage

Édition complétée par l'auteur

Métailié

TEXTE INTÉGRAL

TITRE ORIGINAL
El Niño del jueves negro

ISBN 978-2-7578-1026-2
(ISBN 2-86424-443-8, 1re publication)

NOTE DE L'AUTEUR

Dans L'Arbre du Dieu pendu, *j'ai déjà raconté l'origine du Rebbé, un ermite du Caucase qui avait poussé trop loin ses études cabalistiques : alors qu'il était parti à la recherche des saints savants séjournant, selon le* Zohar, *dans l'autre monde, il s'était perdu dans les labyrinthes du temps. Incapable de réintégrer son corps – car, abandonné dans la forêt, il avait été dévoré par les ours –, le Rebbé avait rencontré un petit orphelin, Alejandro Lévi, mon grand-père ; il lui avait proposé de lui tenir compagnie et de le conseiller, parce que « l'autre est une forme de nourriture » et aussi que « l'homme sans l'homme souffre d'une faim spirituelle ». Par la suite, on m'a demandé : étant donné qu'on ne le voit pas et qu'il n'y a aucune preuve de son existence, le Rebbé est-il un personnage imaginaire ? Tout ce que je sais, c'est que mon grand-père nous l'a légué comme une sorte d'héritage, pour qu'il passe d'un cerveau à l'autre dans notre famille ; c'est ainsi qu'il a visité mon père Jaime, puis moi.*

Quand j'ai demandé au Rebbé de me raconter sa vie, il ne m'a pas répondu mais s'est mis à pleurer. Ni mon grand-père ni mon père ne s'étaient inquiétés de lui demander ce qu'avait été son existence avant que les ours ne dévorent son corps. J'avais été le premier à m'intéresser à ce passé. Je comprends l'attitude de mes prédécesseurs : Jaime n'a jamais été certain de la réalité du Caucasien. On pouvait penser que c'était la schizophrénie qui nous l'avait transmis en nous constituant héritiers de sa folie, et non pas un voyage hors de son corps. Cependant, hallucination ou pas, le Rebbé a changé nos vies. Sans lui, je n'aurais jamais pu m'enraciner dans ce monde qui le plus souvent n'est qu'agression. Mon grand-père en avait fait un complice, mon père un intrus et moi un maître, parce qu'à l'âge de deux ans j'avais perdu Jaime et ne l'avais revu qu'à dix. C'est pour cela, même si la raison me dit le contraire, que je préfère croire que le Rebbé et tout ce qu'il a raconté sur mon pays et ma famille sont vrais.

À la question « Le Rebbé est-il réel ou irréel ? », je ne peux que répondre que moi, je le sens dans mon cœur.

Alejandro JODOROWSKY

I

LA BOUTIQUE DES AMOUREUX

Propriétaire du Tout À Quarante, un hangar poussiéreux où il vendait toutes sortes d'objets à quarante centavos, le gros Baltra pénétra comme un ouragan dans la Casa Ukrania ; il passa sans la saluer devant Sara Felicidad, ma mère – une grande femme de deux mètres zéro sept, à la chevelure blonde presque phosphorescente, la peau nacrée, avec d'immenses yeux d'un bleu marine profond, qui ne savait pas parler comme les êtres humains mais s'exprimait comme les anges, en émettant des notes de musique –, se glissa derrière le comptoir et, désespéré, alla frapper à la porte des toilettes. À l'intérieur, Jaime, mon père – un homme trapu et robuste, un communiste athée, convaincu que l'unique idéal digne de l'homme résidait dans un estomac bien rempli –, avait placé au fond de l'urinoir une radio qui retransmettait les informations censurées et planifiées par les services du corps des carabiniers. Marmonnant des insultes contre le dictateur, le colonel Carlos Ibáñez del Campo, il avait ainsi le plaisir d'uriner vers la voix du speaker, dont le ton sec trahissait le cerveau de bon petit soldat qui parlait peu de la situation économique désastreuse du

Chili en cette année 1928, mais beaucoup de la prospérité croissante des États-Unis.

– Venez vite, don Jaime ! Basilia s'est encore échappée !

Au bar du port, un marin avait donné son singe au gros Baltra en échange de trois bouteilles d'eau-de-vie pour pouvoir continuer à se saouler. Pas plus grand qu'un chat, l'animal s'appelait Basilio, avec un *o* à la fin et non un *a* ; il savait épouiller la tête de son maître, faire des sauts périlleux, se frotter la panse en tirant la langue ou, en montrant les dents, pousser des glapissements saccadés qui imitaient le rire humain… C'était un singe domestique mais, Dieu sait pour quelle raison, peut-être à cause de son odeur, il avait pris Baltra en aversion. La première chose qu'il avait faite, au Tout À Quarante, quand l'homme, tentant de dominer les titubations de l'ivresse, lui avait offert un morceau de banane, avait été de lui mordre la main. Aïe ! En dépit du sexe de l'animal, le gros avait opéré un glissement du B de Basilio vers le B de Berta et, en plein délire, l'avait comparé à sa mère ; laquelle l'avait détesté dès le jour de sa naissance, l'abandonnant aux mains d'une servante aveugle, pendant qu'elle, la garce, passait toutes ses journées assise devant son miroir rond à scruter son visage et à prier pour ne pas avoir de nouvelles rides.

– Basilia, guenon ingrate ! Je ne permettrai pas que, comme Berta, tu essayes de séduire le Temps, parce que le Temps a été l'unique amant de ma mère. Elle l'a tellement bien séduit que son corps n'a vieilli qu'en dedans. À l'extérieur, c'était une femme jeune, mais l'odeur de poule rance de la décrépitude s'en échappait de l'intérieur, par tous les pores. Elle a voulu un cercueil tapissé de miroirs. Je ne suis pas allé à son enterrement ; seules l'ont suivi des milliers de mouches...

Comme à son habitude, le petit singe répondit en imitant le rire humain. Furieux, Baltra déshabilla sa poupée gitane et, protégé par d'épais gants de cuir, il revêtit l'animal du petit chemisier en soie verte et de la longue jupe rouge. Puis, le traînant par une chaîne fixée à la ceinture de cuir qui lui entourait la taille, il le conduisit dans la cour et l'attacha au mur de planches séparant sa propriété du petit lopin de terre qui se trouvait derrière la Casa Ukrania.

– Basilia, sale méchante, sale pute, tu vas rester là, toute seule, c'est tout ce que tu mérites ! Si tu veux manger, adresse-toi à une servante aveugle pour être servie, ne compte pas sur moi !

Flairant la folie du gros, Basilio essaya de le mordre en sautant furieusement, mais, arrêté dans son élan par la chaîne, il retomba à plusieurs reprises sur la terre desséchée, soulevant un nuage de poussière. Le gros éclata d'un rire perfide et retourna à son comptoir. Après des heures, assoiffé, affamé, la peau brûlée par l'implacable soleil du Nord, l'animal creusa un trou au pied du mur et, profitant de la longueur de sa chaîne, passa chez mon père où il trouva un peu d'ombre sous une vieille chaise.

Jaime, qui de temps en temps venait là fumer une cigarette, le trouva dans un état proche de l'agonie. Convaincu que les animaux n'attaquent que parce qu'on a peur d'eux ou parce qu'on veut leur faire du mal, il apporta une bouteille d'eau fraîche, en remplit sa bouche puis, ayant pris l'animal défaillant dans ses bras, appuya ses lèvres contre son petit museau ouvert et le fit boire. À peine revenu à lui, Basilio crut que

Jaime était comme Baltra. Montrant les dents, il menaça de les planter dans le cou de son sauveur. Jaime ne se déroba pas, mais, très calmement, il le prit contre sa poitrine, le caressa et, sortant un bonbon de sa poche, le lui mit entre les dents. Instantanément la bête sauvage se transforma en ange. Mâchant la sucrerie et réclamant des baisers porteurs d'eau, il serrait dans ses bras celui qui était déjà l'amour de sa vie.

Bien que conscient que l'animal ne lui appartenait pas, Jaime s'attacha à lui. Dès que Basilio entendait les pas de son ami, il se couchait sur le dos en poussant des petits grognements affectueux, puis levait sa jupe rouge et commençait à se frotter la panse. Jaime s'approchait en lui montrant ses mains vides. Sans le croire, le singe se mettait à fouiller dans toutes ses poches jusqu'à ce qu'il trouve un bout de guimauve, des fruits ou des noix cassées. La collation terminée, il grimpait sur ses épaules et passait un long moment à inspecter sa chevelure, centimètre par centimètre, à la recherche de parasites. Jaime, auparavant, répandait dans ses cheveux quelques grains de sucre que Basilio dévorait avec une immense satisfaction, comme si c'étaient des lentes. Pour Jaime, chaque attitude du singe était une leçon. Le fait de ne pas le croire lorsqu'il s'approchait de lui les mains vides, lui apprenait à avoir confiance en ses idéaux sans jamais perdre espoir. Lorsque l'animal mangeait du raisin ou un quelconque fruit juteux et qu'il mâchait en levant son visage vers le ciel pour que le jus lui coule bien dans la gorge, il lui apprenait à être attentif, à ne pas gâcher le moindre instant : chaque action était essentielle, et on pouvait tout perdre en une seconde. Enfin, quand il lui donnait un bout d'oignon et qu'avant de le manger, le petit singe s'en servait pour éliminer ses démangeaisons en le frottant sur tout son corps jusqu'à ce que le morceau devienne tout noir, il lui montrait qu'on pouvait vaincre l'adversité en l'assimilant et non en la repoussant.

Le 18 de chaque mois (date à laquelle Berta commençait, entre douleurs de ventre, sueurs fétides, haleine assassine, angoisses et colères démentes, à endurer ses huit jours de règles), Baltra se saoulait à mort et, ramenant la chaîne, tirait Basilio de son refuge voisin. Il le traînait jusqu'à sa cour en essayant de lui briser les os avec le bâton qui servait à sa mère pour barrer la porte de sa chambre, et l'empêcher ainsi de venir dans son lit, lorsque, les nuits de tourmentes marines, il était rejeté sur la côte par l'éclatement des vagues. L'animal esquivait les coups de trique en poussant des hurlements assourdissants. Avec des cris de femme hystérique, le gros l'insultait toujours de la même façon : « Prends ça, sale méchante, sale pute ! » La scène durait des heures, jusqu'à ce qu'épuisé, Baltra finisse par s'effondrer en ronflant. Basilio lui urinait alors sur la figure et, satisfait, repassait chez Jaime... Parfois cependant, à force d'avoir été tellement tendu, un maillon de la chaîne sautait. Se voyant soudain libre, le singe grimpait par les toits et se sauvait dans Tocopilla. Ce n'est que dans ces moments-là que Baltra se rendait compte à quel point il était attaché à cet animal. Des sueurs froides inondaient son front et une griffe intérieure lui tirait le cœur vers les tripes. Mêlant l'amour et la haine, c'est avec des hoquets qu'il demandait à Jaime de l'accompagner pour aller chercher le fugitif : « Que voulez-vous que je fasse ? Je l'haine si profondément ! Je ne peux pas vivre sans les soucis que me cause cette guenon ! »

Affolé, ne sachant où aller – rien ne poussait dans les collines, pas même un brin de mauvaise herbe et, devant elles, les vagues du Pacifique martelaient des falaises et des rochers bouillonnants – Basilio courait se réfugier dans la première maison. Effrayés, les Tocopiliens le menaçaient avec des balais comme si c'était un rat. Ses glapissements couvraient la sirène de la voiture des pompiers qui, la hache à la main, ne savaient pas comment le faire descendre des armoires à linge, des lampes ou des lucarnes.

Impassible, la bouche pleine d'eau, Jaime s'approchait le plus possible de Basilio et restait alors immobile. Le voyant les joues gonflées, l'animal enragé descendait lentement, grimpait sur mon père comme si c'était un arbre solide, collait son petit museau à ses lèvres, buvait une grande gorgée et se calmait. Poussant des gémissements d'enfant gourmand, il se mettait ensuite à fouiller ses poches, en extrayait triomphalement son bonbon pour le sucer avec délice, et entreprenait de chercher les poux-grains-de-sucre… Le singe sur la tête, suivi d'une foule admirative, le héros sublime parcourait les rues en direction du Tout À Quarante.

Baltra accueillait toujours le singe en lui offrant une banane pelée. Et immanquablement l'animal lui mordait la main ! Aïe ! Il l'insultait, l'attachait dans la cour et tout recommençait, exactement de la même façon !

Ce matin-là pourtant, il y eut un changement.

– Jaime, Basilia s'est sauvée dans les collines ! Pourquoi ? Elle ne trouvera rien ni personne sur ces centaines de kilomètres de terres mortes !

Jaime chaussa ses bottes, enfonça des bonbons dans

ses poches, se saupoudra les cheveux de sucre, mit de l'eau dans une gourde et entama la brûlante ascension, protégé par l'ombre d'un parapluie.

Semé de pierres affilées comme des rasoirs, le chemin montait en zigzags. Après une heure de marche, au loin, il aperçut Basilio sortir d'une anfractuosité et l'attendre au milieu de la route. Quand il fut presque à sa hauteur, le singe le devança de cent mètres en courant et l'attendit à nouveau. Le même jeu se répéta, encore et encore, pendant une heure. La toile noire de son parapluie commença à fumer et ses bottes lui parurent rétrécir. Il y avait des siècles qu'il n'avait pas plu sur ce sol. Étourdi par la chaleur, Jaime laissa venir le Rebbé qui, ne souffrant pas des affres corporelles, observa émerveillé l'imposant paysage. Il s'aperçut que la plupart des collines étaient décorées de troupeaux d'animaux, formés de rangées de pierres. « D'anciens lieux de sacrifice, se dit-il. Autrefois, les collines étaient des dieux. À présent, leur ombre est la seule chose sacrée qui leur reste. » Il regarda vers l'immensité désertique, ignora les volumes et ne s'attacha qu'aux taches sombres. Il soupira avec satisfaction : « La matière pourrit mais pas son ombre… » Reprenant le contrôle, Jaime l'expulsa avec rage : « Parasite imbécile ! Quand vas-tu te décider à me laisser tranquille ? » Juste à ce moment-là Basilio quitta la route et s'engagea dans un chemin de traverse en sautant par-dessus une barrière rouillée : « Zone militaire. Entrée interdite. DANGER DE MORT ».

Quel danger pouvait-il bien y avoir là, dans cet endroit isolé et sauvage où même les lézards ne voulaient pas habiter ? Il sauta à son tour par-dessus la barrière et continua à suivre le singe. Dix minutes plus tard il s'arrêta. Un changement de direction du vent apporta jusqu'à ses oreilles un chœur discordant qui chantait un vieux boléro :

Je sais bien que je ne suis
qu'une aventure de plus pour toi
et qu'après cette nuit
tu m'oublieras...

Il ferma son parapluie, se glissa dans une anfractuosité qui courait le long du sentier et ainsi dissimulé (ce pouvait tout aussi bien être des brigands capables d'assassiner un homme dans le seul but de lui voler une dent en or), il s'approcha de l'endroit d'où provenait le chant.

Passant la tête entre deux grosses pierres, il observa. Il vit un petit avion de l'armée stationné sur une piste en ciment. Près de l'appareil, quatre soldats ivres marmonnaient des histoires grivoises en attachant à une lourde chaîne les pieds de six femmes, très maquillées, vêtues de robes aguichantes couvertes de paillettes, de plumes et de bijoux de pacotille, la poitrine barrée d'une écharpe de soie. Miss Chillán, Miss Curacaví, Miss La Serena, Miss San Fernando, Miss Copiapó et Miss Talca. Dans un camion, militaire lui aussi, quatre belles femmes du même genre – Miss Maipú, Miss Osorno, Miss Calbuco, Miss Colchagua –, une grosse quinquagénaire à la longue crinière blonde et un homme chauve vêtu d'un smoking, tenant Basilio dans les bras, entonnaient le boléro comme s'il s'agissait d'un chant adressé à Dieu.

Jaime dut se mordre les lèvres pour ne pas crier. Cet homme sans le moindre poil sur le corps, sur la tête, sur le visage, sous les aisselles, sur le pubis, lisse comme une poupée d'écaille, c'était son petit frère, Benjamín. Oui, c'était lui, le poète dégoûté de sa dimension animale, celui qui aurait voulu n'avoir ni dents, ni ongles, ni matière fécale, celui qui aspirait à être translucide comme une méduse, celui qui avait un parler alambiqué et des gestes exquis, le pédé qui, telle une tare pour sa propre virilité, le couvrait de honte ! Que faisait-il là, au milieu de ces – il s'en rendait compte maintenant –, travestis ridicules ?

Les aidant à porter leur lourde chaîne, les quatre soldats embarquèrent les six misses dans le petit avion qui s'éleva dans le ciel puis, prenant la direction de la mer, disparut derrière les collines. Le chant cessa. Les soldats grimpèrent dans la cabine du camion, débouchèrent deux bouteilles de vin et continuèrent à boire. Miss Calbuco ôta une culotte ornée d'un cœur en peluche et s'en servit d'éventail. Profitant de l'inattention des militaires, Jaime passa la tête entre les pierres et fit des signes prudents. Basilio le salua en poussant des cris indiscrets. Les soldats tendirent le cou. Pour dissimuler la présence de mon père et en même temps lui transmettre un message, la quinquagénaire écarta les bras et, agitant sa perruque blonde, elle adressa un discours aux collines :

– Ô témoins séculaires : nous sommes les victimes d'un injuste outrage ! Nous célébrions pacifiquement le concours annuel de Miss Chili quand la soldatesque nous est tombée dessus, et nous a expédiées de Santiago jusqu'en ces étendues désertiques, après nous avoir violées. Don Carlos Ibáñez del Campo a décidé de nettoyer le pays des communistes et des homosexuels. Eux, on les entasse dans des camps de concentration et nous, on nous envoie par le fond.

Les soldats éclatèrent d'un rire méprisant.

– C'est ça, tas de pédales, si ça vous chante vous pouvez toujours vous plaindre aux collines jusqu'à vous en faire péter la rondelle ! Sûr que les collines vont se précipiter vers la capitale pour supplier le président de vous épargner, empaffés de pédés !

Et ils continuèrent à se saouler. La fausse blonde poursuivit son discours, avec la maigre consolation d'avoir trouvé un témoin à son irrémédiable malheur. Versant des larmes noires, les autres travestis se collèrent contre elle. Benjamín sortit une petite boîte en métal de l'une de ses poches, l'ouvrit, en tira un carnet et un crayon puis, en regardant de temps en temps Jaime que l'on apercevait à peine dans l'anfractuosité, il se mit à écrire.

– C'est ainsi, nobles sommets, que nous avons été incarcérés, soixante-seize jeunes candidates, moi, Camelia Chalimar, organisatrice de l'événement, et monsieur Benjamín Jodorowsky, illustre poète et président du jury. Toute la matinée, par groupes de six, l'avion nous a emportées vers la mère bleue pour nous jeter dans ses mâchoires insatiables, attachées à la chaîne fatale qui nous entraîne au fond. Je vous en prie, chères collines, racontez au monde cette injustice afin que notre mort ne soit pas vaine !

C'est par un ronronnement métallique que le petit avion annonça son arrivée avant même d'apparaître. Basilio courut se réfugier dans les bras de Jaime. Se maintenant tant bien que mal en équilibre, les soldats ne firent pas attention à lui. Le monstrueux oiseau se posa sur la piste en ciment, provoquant une bourrasque. Benjamín cessa d'écrire, et rangea son carnet dans la petite boîte en acier qu'il glissa dans sa poche. À coups de poing inutiles, les hommes en uniforme firent descendre leurs prisonniers des camions puis, les attachant eux aussi à une chaîne, ils les firent monter à bord. Jaime échangea un regard rapide mais intense avec son frère ; comme c'était le dernier, ce regard lui sembla être le premier : il se rendit compte à cet instant qu'ils n'avaient jamais posé les yeux sur le visage l'un de l'autre, prisonniers qu'ils étaient de l'agression et de l'arrogance, Jaime avec une peur bleue d'être sodomite et Benjamín se sentant coupable de son manque de virilité. Et maintenant, enfin, une immense tendresse circulait dans leurs regards… Comprenant qu'il respectait le courage, l'authenticité, la dignité de son frère, Jaime retint ses sanglots.

Les soldats prirent le chemin du retour vers la capitale en faisant des embardées avec le camion, dès que le petit avion eut disparu derrière les collines. Un silence épais inonda le paysage, comme une exsudation du sol brûlant. Jaime descendit vers Tocopilla, avec sur la tête le singe occupé à mâcher de fausses lentes. Dans les veines de Benjamín coulait le même sang que le sien. Peut-être était-ce pour cette raison que l'animal était allé si loin pour le chercher… Il rendit Basilio à Baltra et sans attendre que la main du maître soit de nouveau mordue, il se dirigea vers le port. Là, il engagea don León, le propriétaire d'un équipement de plongée et d'une barque équipée pour ce genre de travail ; ils prirent tous deux la mer. Après avoir cherché un long moment en décrivant des cercles, le marin désigna une tache jaune. Jaime reconnut la longue perruque blonde du travesti !

Enfermé dans un scaphandre, recevant l'oxygène que lui envoyait don León par un tuyau, il descendit dans le vaste océan, sans espérer toucher le fond… Par chance cet endroit proche de la côte n'était pas aussi profond qu'il l'avait craint. Soudain, un immense ballet se présenta devant ses yeux. Dans ce cimetière marin il y avait au moins mille cadavres. Les pieds prisonniers de leur lest et flottant à la verticale, ils se balançaient tous lentement, en couples, en trios, en rondes. Mon père crut entendre un morceau qu'il avait entendu à la radio, la *Valse triste* de Sibelius. Les groupes de poissons multicolores lui firent penser aux flammes des lampes anciennes, les algues arborescentes aux colonnes d'un palais royal. Ces morts n'étaient pas pourris ; pâles, oui. Pâleur qui leur donnait l'aspect de princes somnambules… Jaime avança parmi les rangs des danseurs, à la recherche de son frère. Au milieu des misses éclatantes dont les paillettes attiraient des nuées de petites sardines qui venaient flotter autour d'elles, immobiles comme des colibris butinant d'énormes fleurs, se trouvait Benjamín, rêveur, tranquille, enfin dans le monde irréel qui lui correspondait. Un poulpe, couché sur sa tête chauve, laissait onduler huit longs tentacules, le dotant d'une chevelure violette. Jaime renonça à le ramener pour lui donner une sépulture normale ; la seule chose qu'il fit fut de fouiller ses poches et d'en extraire la petite boîte en métal.

De retour sur le quai, à peine émergea-t-il du scaphandre qu'il sortit le carnet et se mit à lire :

« Jaime, mon cher frère, mon miroir : n'aie pas peur

de la poésie. Celle qui n'est qu'amour transgresse les interdits et ose regarder l'invisible en face. Comme Orphée, le poète descend aux Enfers, au fond du langage, pour récupérer son âme. À travers le miracle de ton apparition – les Muses ont voulu que tu sois notre témoin –, je veux te laisser mon portrait, celui d'un poète étranger aux hasards, à la réputation, aux lois ; sans nom ni âge ni pays ni race ni histoire, pèlerin dans l'enchantement abominable des formes, messager de l'essentiel, c'est-à-dire de lui-même, dédaignant les songes de la pensée, faisant de tous les chemins son chemin. Feuille sèche qui en un soupir du temps vient donner de l'espoir aux brasiers, c'est le feu qui brûle au cœur de l'esprit. Qui pourrait le définir ? Il efface de ses pieds rouges toutes les frontières. Il ne s'attache pas, il ne se cache pas, il ne s'échappe pas. Comme les nuages, il se transforme sans cesse. Il fuit les mots parce qu'ils ne sont que mémoire, et cependant son silence les soutient. C'est le contenu qui s'échappe des formes, le terrain où germent les étoiles, l'indicible vérité, racine de la beauté, flamboiement qui dénonce son action invisible, ajoutant la démence de l'impensable à l'objet qui cache chaque nom et au nom qui cache chaque objet. C'est le vol avant la naissance de l'oiseau, le chœur céleste des vers déjà inscrit dans le corps qui naît, la chute qui donne un sens au mur, le baiser qui fait naître toutes les lèvres. Il va à l'essentiel, au centre du monde et de là… »

Jaime parcourut fébrilement les autres pages à la recherche d'une phrase, d'un mot, d'un signe, de quelque chose qui l'aiderait à mieux comprendre le sens du message tronqué. Rien ! Il eut la sensation que ce carnet lui brûlait les doigts. C'était une relique qu'il avait volée. Si Benjamín avait vraiment voulu le lui donner, il le lui aurait envoyé par le singe. Non, ce Jaime-miroir n'était pas lui ! Le poète, inventant un frère capable de comprendre un tel langage, s'était envoyé un message à lui-même ! Lui, Jaime, de chair et de sang, ne voulait en aucune façon, ne devait ni ne pouvait s'échapper des limites de la « réalité réelle » : dans son monde, essentiellement politique, la matière était reine.

Il voulut jeter la petite boîte dans l'océan, mais une peine immense, un étrange sentiment de responsabilité et aussi le désir secret de comprendre un jour l'écrit posthume retinrent son bras… Comme s'il cherchait à tromper des témoins invisibles, il rangea subrepticement le carnet et n'envoya à la mer que le coffret métallique… Sa haine envers le colonel Ibáñez augmenta au point de transformer son sang en acide.

Il arriva à la Casa Ukrania en ruminant des envies d'incendier les commissariats du pays tout entier. Tandis que Sara Felicidad frottait à l'eau le sol en ciment, matière qui faisait naître en lui le souvenir douloureux et révoltant de la piste d'atterrissage, la radio parlait sans cesse de la puissance de ceux à qui Ibáñez s'était vendu :

– L'usine d'automobiles de monsieur Ford connaît un véritable triomphe ! Sa production annuelle est passée de cinq cent mille véhicules en mille neuf cent quatorze, à cinq millions en mille neuf cent vingt-huit ! Notre président applaudit ce géant de l'industrie et souhaite que le Chili s'ouvre aux capitaux étrangers pour que nous produisions plus à moindre effort…

Jaime sauta par-dessus le comptoir, bien décidé à faire pleuvoir un jet jaune sur la voix prétentieuse du guignol. Il ouvrit la porte des toilettes et tomba nez à nez avec un Christ en train d'uriner sur la radio puante. Il était parfait, en tous points semblable à un chromo de calendrier. Ses sandales, sa tunique bleue, son manteau rouge, sa longue chevelure, sa barbe descendant jusqu'à la poitrine, ses yeux de bon chien… Sans la moindre pudeur, il secoua son extrémité, baissa sa tunique, écarta les bras autant qu'il le put, s'élança vers Jaime et l'étouffa dans un embrassement parfumé par deux aisselles humides et velues.

– Mon frère : ta femme est aussi pure que ma sainte mère la Vierge María Chamudez. Moi, son enfant miraculeux, je suis Jésus Chamudez, le Christ de Chañaral. Je parcours ces terres desséchées parce que mon Père, et le tien, Celui qui est dans les cieux, m'a confié la mission sacrée de les transformer en miroir des jardins édéniques. Oui, mon cher frère, ici tomberont des eaux fécondantes, les collines deviendront vertes, des millions de canaris nicheront dans leurs arbres, et n'arrêteront jamais de triller en acclamant Dieu ! On entendra le concert de mes oiseaux dans toute l'Amérique, et ce chant fera fleurir le cœur des hommes pour qu'ils cessent enfin d'être mauvais et qu'ils suivent les chemins que leur divin sauveur, ici présent, leur indique ! Aujourd'hui ils se moquent de moi, demain ils me construiront la cathédrale la plus grande qu'on ait jamais vue, toute en coquilles d'œuf, je te le promets, enfant de mon cœur !

– Sara Felicidad, mais d'où sors-tu ce fou ?

Ma mère tomba à genoux et, joignant les mains dans l'attitude de la prière, elle commença à émettre des sons doux, transparents, balsamiques, que Jaime traduisit ainsi :

– Pour une fois, accepte que l'Univers soit pour nous un berceau plein de bonté. Chaque jour le Créateur envoie de la nourriture à notre enfant déshérité. Le miracle seul peut nourrir une âme qui jeûne dans la décharge que les hommes ont substituée au jardin merveilleux que Dieu nous avait offert. Dans ce monde perverti où tous exigent ou bien volent et où personne ne donne, si dément qu'il te paraisse, surgit un saint plein d'amour. Qu'importe son aspect extravagant, qu'importent ses paroles ingénues : c'est un messager du miracle, il nous apporte l'espoir, il nous indique le chemin ! Jaime, l'heure des Jésus-Christ est venue ! Dans chaque village il en apparaîtra un ! Au lieu des sinistres armées, nous verrons très bientôt défiler d'interminables processions de prophètes accomplissant à nouveau le devoir sacré de féconder la terre !

Jaime fut tenté de jeter dehors ce polichinelle avec la même fureur que lorsqu'il avait expulsé le Rebbé mais, comme toujours, charmé par la voix de sa femme, il demeura muet… Jésus-Christ emplit de feu son regard canin, donna une résonance gutturale à sa voix et, vibrant, se mit à discourir :

– Tu n'as pas besoin de me dire quoi que ce soit, mon petit. Tu ne peux pas me voir, avec tes yeux pleins des scories du monde, mais ta femme oui. Aie confiance en elle parce que ses pupilles sont pures. T'es-tu seulement rendu compte que c'est un ange ? Sa bouche, telle une trompette céleste, donne vie à ce qui est mort. Elle m'annoncera de son chant, aplanissant tous les chemins. Il faut qu'elle soit mon épouse spirituelle…

Un *la bémol* de Sara Felicidad résonna comme un amen. La jalousie de Jaime teignit la boutique de rouge.

– Alors comme ça ma femme s'en va avec toi ? Et c'est ton épouse spirituelle, hein ? Je vais te casser la figure, abruti de clown !

Découvrant une incisive argentée, Jésus-Christ sourit et, pacificateur, leva la main droite.

– Paix, frère humain ! Mon Père a envoyé du ciel cette femme pour toi ! Tous deux, vous ne faites qu'un. Si tu ne crois pas en moi, elle ne peut pas me suivre. Vous devez venir ensemble. Ainsi, pour vaincre ton incrédulité, je vais sur-le-champ accomplir plusieurs miracles.

Ouvrant bien ses grands yeux bleus, Sara Felicidad acquiesça. Jaime retint un rire moqueur.

– D'accord, monsieur le seigneur Jésus-Christ ! Accomplissez un miracle devant moi et nous vous suivrons jusqu'au bout du monde !

– Je n'ai pas dit un, j'ai dit plusieurs ! Les merveilles qu'en cet instant tu vas voir seront plurielles ! Avec l'aide du Père, le Fils peut tout ! Je vais léviter ! Regarde !

Lentement, le barbu plia un genou, leva la jambe gauche, gardant la plante du pied parallèle au sol, et remua les bras comme s'ils ondoyaient.

– Tu vois, cher frère ? Mon corps flotte dans les airs, rien ne le soutient !

– C'est ça que vous appelez léviter ? Et votre pied droit, qu'est-ce qu'il fait collé au sol ?

– Mon Père veut qu'à aucun moment je n'abandonne mes frères. C'est la sainte raison pour laquelle, même si le reste de mon organisme flotte dans les airs, je dois conserver une semelle collée à la Terre. Ne t'arrête pas aux détails. Si tu as des yeux pour voir, vois et émerveille-toi !

Sur le visage blanc de ma mère apparurent les tons rosés du matin. Elle s'approcha de mon père, se pencha vers l'une de ses oreilles et y versa une mélodie qui semblait venir du fond des âges.

– Jaime, s'il te plaît, ne doute pas. S'il dit que son corps est dégagé de toute pesanteur, c'est parce qu'il le sent ainsi, et cela suffit. Si nous décidions tous de nous sentir légers, la vie serait différente. La douleur et la tristesse sont un poids. Les oiseaux chantent sans cesse parce qu'ils savent se sentir plus légers que l'air.

Comme s'il connaissait le plan de la Casa Ukrania, Jésus de Chañaral leur fit signe de sortir avec lui dans la petite cour. Ils le suivirent. Basilio attrapa des poignées de terre et les jeta vers le Messie en poussant des cris furieux. « Ce n'est rien, dit-il. Comme il n'a pas de fleurs, l'adorable singe me lance des poignées de terre en guise d'hommage. Tous les animaux m'aiment. »

Sans laisser à mon père le temps de le contredire, il leva son index vers le ciel où, guettant sur la mer toute proche un éventuel échouement de sardines, un groupe de mouettes décrivait des cercles.

– Peux-tu me dire, cher frère, combien de ces oiseaux affamés volent là-haut ?

– Ils bougent sans arrêt et ils sont nombreux… comment voulez-vous que je les compte ?

– Le regard divin peut tout : il y a exactement deux cent quatre mouettes en train de voler ! Maintenant fais bien attention !

Il leva son autre index, remua les deux mains en faisant des croix et chantonna :

– Ce n'est pas moi, c'est Toi, Père infini ! Je m'ouvre comme un canal, envoie ton torrent d'amour ! Ainsi soit-il ! Amen !

Et prenant Jaime et Sara Felicidad dans ses bras, il poussa des cris de joie.

– Louez le Seigneur ! Du néant a surgi la vie ! Dans le ciel, il y a maintenant deux cent cinq mouettes qui volent ! J'ai réalisé le miracle de créer un oiseau, avec son petit bec, ses petites pattes, ses petites ailes et ses petites plumes !

Dévisageant le Jésus-Christ, mais parlant en réalité pour sa femme éblouie, Jaime se frappa le front.

– Il faudrait être aussi fou que vous ou que votre mère pour croire qu'il y a un oiseau de plus là-haut !

Plongée dans sa propre douceur, Sara Felicidad caressa de son chant la nuque de mon père.

– La principale qualité d'un être spirituel, c'est de pouvoir identifier l'individu parmi l'accumulation des choses. Dieu n'a rien fait qui soit identique. Chaque fourmi est distincte, elle a son propre caractère, sa propre physionomie, ses propres sentiments. Chaque grain de sable est différent, chaque feuille d'arbre, chaque centimètre carré de terre. Là où toi tu ne vois qu'un groupe de mouettes toutes identiques, lui peut distinguer la sienne, celle qui vient d'apparaître. De même, il peut voir en chacun de nous, êtres humains, la différence que Dieu nous a donnée et qui est notre marque distinctive, notre trésor. Pour les siècles des siècles, il ne fera personne comme toi ni comme moi. Grâce à cette différence, nous resterons inscrits dans l'éternité… La vie éphémère est un fleuve large que nous devons traverser sur une barque solide ! Il est cette barque ! S'il m'aide à traverser le courant, quelle importance cela a-t-il qu'il soit un véritable Messie ou un fou ?

Jésus-Christ éclata en sanglots. Il expliqua avec des phrases hachées qu'il ne pleurait pas sur lui-même, mais sur Jaime.

– L'homme sans foi avance enveloppé d'un linceul, car son enterrement est celui du monde. Qu'un homme à l'âme héroïque fasse de chacun de ses pas un rejet est une grande douleur. Et rien que pour te convaincre, cher fils, je vais désobéir à mon Père. Je vais complètement décoller du sol puis m'envoler et aller faire des cercles avec nos sœurs les mouettes !

Il retroussa sa soutane et escalada le mur du jardinet. Une fois en haut, en équilibre sur le bord, il écarta les bras, regarda quelques secondes vers le ciel et sauta en avant. Paf ! Il s'écrasa par terre ! Dans un nuage de poussière, poussant des « aïes » aigus qui ne parvinrent pas à couvrir le rire de Jaime, il se plaignit :

– Tu vois, méchant enfant ? Le Père m'a puni… Il a voulu que je me brise une côte ou l'os d'une jambe. Ton incrédulité m'a obligé à couper ma racine, à abandonner l'humanité une seconde, et tu vois ce qui s'est passé. Cette sanction doit te prouver l'existence du Créateur. Ce que Dieu ne veut pas, le saint ne peut pas le faire ! Entonne un alléluia avec ta brave femme puis conduis-moi à la boutique afin que je me repose, que je prie et que je ressoude mes os. Je n'ai pas besoin de médecin. Je suis ma propre médecine…

– De quelles côtes, de quels os parlez-vous ? Vous ne vous êtes rien cassé ! Vous avez sauté de moins d'un mètre quatre-vingts et vous êtes tombé sur de la terre meuble ! Vous vous plaignez pour masquer votre échec, rien de plus !

– Jaime, ce sont tes idées marxistes qui t'empêchent de pénétrer dans la dimension des miracles. Cet homme de bien a confiance en Dieu ; s'il y avait ici un abîme profond, il s'y jetterait pareillement. Respecte-le parce qu'il est capable d'admettre la foi et l'espérance dans son cœur. L'illusion du vol vaut autant que le vol lui-même. Et il vaut autant que Dieu qui nous a conduits vers Lui.

Cette fois, les cordes vocales de Sara Felicidad avaient produit des sons rauques, obscurs, âpres. Jaime déglutit : c'était la première fois qu'il voyait sa compagne fâchée. Il courba l'échine, souleva le misérable Messie comme s'il s'agissait d'un enfant et alla le déposer sur le comptoir, couché sur le dos. Pour éviter les curieux, il baissa le rideau de fer. Dans la pénombre, les chiffres phosphorescents des réveils dansèrent. N'ayant pas été remontés, tous indiquaient 10 avec la grande aiguille et 2 avec la petite. Jésus-Christ sourit béatement :

– Le dix, c'est un un avec l'auréole du zéro. La sainte unité, c'est-à-dire moi, Jésus-Christ de Chañaral. Le deux, c'est la dualité réceptive, c'est-à-dire vous. Une fois remontée, la grande aiguille ira recouvrir la petite ; elle transportera l'unité vers la dualité. Cela signifie que si nous sommes patients et que nous avons foi en la générosité divine, nous nous marierons. L'homme et sa femme seront la promise ; Jésus-Christ, l'époux. Partez, s'il vous plaît, et revenez dans dix heures ! Vous me trouverez comme neuf, avec tous les os en parfait état… ! Ne fermez pas le rideau : le frère de tous ne doit pas être emprisonné. Laissez-le à demi baissé, et ne vous inquiétez pas pour moi : aucun voyou n'osera déranger le Fils. Le Père me protège avec deux chérubins porteurs d'une épée ardente. Allez en paix, profitez de la nuit pour méditer et revenez dès l'aube ! Une immense tâche nous attend ! Des rivières de semences tomberont de mes mains ! J'ensemencerai la terre et les âmes ! Vous deux, mon épouse, vous m'aiderez à ouvrir le chemin en annonçant mon arrivée !

Malgré la grande envie qu'il en avait, Jaime n'osa pas botter le derrière du fou. Il grogna un hypocrite : « Ainsi soit-il, Maître », puis s'en alla avec Sara Felicidad pour passer dix joyeuses heures dans leur lit en fer, transformant son amertume en miel… Bien décidé à se démontrer que sa femme était toute à lui, il la posséda huit fois de suite, oscillant au milieu des accords qui surgissaient de la gorge aimée, aussi intenses et harmonieux que ceux d'une baleine. Ensuite, après avoir murmuré quelques phrases dictées par le Rebbé, « Ce dont je me souviens de moi, c'est ce que tu es, toi… Je touche ton rivage comme une mer invisible… », il s'écroula en ronflant.

Au lever du jour, unissant son chant joyeux à celui des coqs, Sara Felicidad réveilla Jaime. Il s'habilla et, aussi amer que le café qu'on lui servit à la cuisine, il vit deux grands sacs à dos enflés comme des femmes enceintes sur le point d'éclater, lui annonçant le départ définitif pour aller suivre l'illuminé.

– Mais ma petite poupée d'albâtre, tu as vraiment pris au sérieux les délires de ce clown ? Tu veux vraiment que nous quittions Tocopilla juste pour lécher la poussière foulée par ses sandales au parfum bien peu agréable ? Ne me dis pas que tu as été piquée par la même mouche que lui !

Sans proférer le moindre son, Sara Felicidad lui hissa l'un des deux gros sacs sur le dos et se chargea de l'autre. Puis, le prenant par la main, elle sautilla joyeusement et le traîna vers la Casa Ukrania.

Ils trouvèrent le rideau de fer complètement levé. À l'intérieur, il ne restait rien, ni marchandises, ni étagères, ni comptoirs. Ils avaient tout emporté. Sur le sol en ciment, un tas de matière fécale empuantissait l'air de ses effluves. Un long *fa* de violon s'échappa de la bouche de ma mère. Le gros Baltra en pyjama vint ajouter à sa tristesse.

– Après minuit, toutes les lumières de la Casa Ukrania étaient allumées… alors je me suis mis à la fenêtre. J'ai vu le barbu s'enfiler une bouteille d'eau-de-vie avec une femme vieille mais solide, peut-être sa mère, et une petite jeune avec une grosse poitrine et un gros cul, très certainement sa maîtresse. Quand ils ont commencé à charger le *stock* dans une camionnette, j'ai pensé que je devais courir pour vous prévenir, mais ayant moi-même bu plus que mon compte, je me suis endormi. Vous m'excuserez, mais on a beau vouloir de toutes ses forces, parfois le corps ne peut pas suivre !

Avec une légèreté née de la douleur d'autrui, le gros retourna dans son Tout À Quarante. Sous le regard sévère de Jaime et sans cesser d'émettre le même long *fa* de violon, Sara Felicidad arracha une planche du mur de la petite cour et ramassa les excréments : ils avaient même emmené la pelle et le balai. Comprenant ce qu'elle voulait dire, Jaime dut faire un effort pour conserver son regard accusateur.

– Plus que le sang, c'est la foi qui me maintient en vie. Toi, à qui manque cette racine essentielle de l'âme, je peux te soutenir de toute l'immensité de ma confiance. Et en te soutenant, je te transforme en ma charpente. Si tu n'étais pas à mes côtés, je m'écoulerais irrémédiablement, comme un torrent, jusqu'à être avalée par le monde ! Lorsque ce Jésus-Christ est apparu, j'ai cru en lui, non pas en tant que dieu incarné, mais en tant qu'homme qui avait développé en lui-même une foi asservissante capable d'enfoncer les barrières dressées par l'égoïsme humain. Qui peut dire la différence qu'il y a entre un fou et celui qui a reçu la lumière ? Tous deux sont capables de voir le miracle ; parce que les miracles ne se font pas, ils s'acceptent. Tout est miracle, la plus petite mouche, le moindre caillou, chaque être qui naît, chaque fleur qui se fane, chaque sentiment, chaque désir, chaque étincelle de conscience, tout. La réalité entière est prodige. Qui reconnaît le miracle des jours et comprend que chaque instant est un don inédit, perd l'envie de détruire, de se séparer, de s'ériger en réalité unique, comme une île cuirassée flottant vers le néant, et se trouve animé de l'envie de semer, de partager, de faire surgir de cette terre assoiffée le jardin qu'elle garde au fond de ses entrailles… Ce qui me fait mal, c'est que ce charlatan a découvert que dans un recoin obscur de leur cœur, les êtres humains conservent l'espoir du paradis à venir, illusion qui leur permet de supporter le joug de ce mensonge nommé « réalité », et qu'il profite d'un si beau sentiment. Au lieu de semer l'espoir, il sème la déception ! Je ne souffre pas pour nous, Jaime, parce qu'unis comme nous le sommes, nous pourrons toujours survivre ; je souffre pour les gens faibles, en famille ou en couple mais solitaires, dont, en leur extirpant jusqu'au dernier centavo, il détruit la foi et dessèche l'âme. Et quand les âmes se dessèchent, la terre se change en un sombre désert ! »

Avant que Jaime ait pu dire un mot, la radio, que le voleur avait laissée allumée dans les toilettes et certainement dédaignée à cause de sa puanteur, se mit à déclamer les premières informations de la matinée.

– La mine de Chuquicamata, exploitée par la compagnie nord-américaine Grugenstein, a produit huit millions de tonnes de cuivre au cours de l'année qui s'achève ! Ses mineurs sont les mieux payés du Chili. On leur procure un logement, de la bonne nourriture, une excellente paye. Il y a beaucoup de métal, mais peu de bras pour l'extraire. Citoyen, qu'attendez-vous ? Le cuivre vous appelle !

Ronchonnant, Jaime alla aux toilettes, urina sur la radio, et revint se poster devant Sara Felicidad, tendu comme s'il essayait de retenir le cours du temps ; après une minute d'une grande intensité, les lèvres tremblantes, il lui embrassa les mains.

– Mon cygne, notre enfant va naître dans sept mois et nous n'avons ni marchandises ni un sou d'économie. J'ai décidé d'aller gagner de l'argent à la mine ! Je vais prendre le premier autobus pour Antofagasta ! De là, je monterai dans le train pour Chuquicamata ! Je t'enverrai de l'argent et je reviendrai quand tu auras accouché. Je te le promets !

Sara Felicidad n'émit pas une seule note. Elle ferma la Casa Ukrania et, telle une ombre blanche, se mit à courir derrière Jaime. Elle irait où son homme irait, un point c'est tout... ! Sans tourner la tête, mon père sourit, satisfait, en entendant les légers bruits que faisaient derrière lui les grands pieds blancs. Sa femme avait compris la leçon : mieux vaut un seul mari bien en main que mille Jésus-Christ flottant dans les airs !

II

L'IMPÉRATRICE DE CHUQUICAMATA

Sur le quai de la gare, Jaime souriait toujours, tout en mangeant les noix que sa femme lui cassait avec les dents. Il se rendait évidemment compte que l'homme qu'on appelait le Recruteur n'était qu'un faucon déguisé en colombe. Mais comme il considérait que certains naissent avec de la veine et d'autres avec de la peine, cette exacte copie de tant d'autres personnages du même genre lui semblait inoffensive, à lui qui pensait pouvoir cracher en l'air sans que rien ne lui retombe jamais dessus. Sara Felicidad, au contraire, observait avec tristesse le troupeau des recrues dont l'haleine empestait le vin, pénétrer en titubant dans les wagons de marchandises qui leur étaient destinés. Les arrachant à leur misérables fermes, à leur forêt, à leur pluie et à leur brume, grâce à des flots de belles paroles et d'alcool versés sans compter, le Recruteur les avait amenés du Sud jusqu'au port d'Antofagasta en bateau, puis de là, entassés dans des camions, ils avaient rejoint le train, hommes, femmes et enfants maigres mélangés, tous ivres, chargés de matelas, de chaises, de sacs, de cages à chats. Il n'y avait rien chez ce comédien qui ne soit destiné à embrouiller l'esprit : son large sourire, son chapeau incliné, sa dent en or, sa lavallière en soie blanche, son costume en cachemire anglais, sa chaîne ornée d'un dollar en argent, ses souliers vernis, sa grosse montre, sa liasse de billets dans la poche du pantalon, sa voix de stentor.

– Mes amis, la compagnie Grugenstein vous attend les bras ouverts ! Tenez : une bouteille de plus par tête et une demi-empanada ! Vous allez voyager sans escale dans notre convoi express toute la journée et une partie de la nuit. Vous verrez comme ces terres sont belles. Et la mine est encore plus belle. Là-bas, les femmes s'habillent de soie et ressemblent à des princesses. Les hommes remplissent des barils avec les dollars qu'ils gagnent, car malgré l'allègement des horaires, leurs salaires restent plus élevés que ceux des chercheurs d'or de la Californie. Ces chefs yankees distribuent à qui mieux mieux ! Vous serez même reçus par la fanfare !

Sara Felicidad sentait que le Recruteur cachait un être plein de ressentiment, un homme trompé qui trompait les autres pour ne pas être le seul à avoir reçu des coups. D'un arpège grave, elle montra à Jaime le coup de couteau qui marquait le visage du charlatan.

– Quelqu'un lui a donné ce qu'il mérite pour ses mensonges !

– Tu te trompes, mon âme. Tous les hommes ne sont pas des Messies de pacotille ! Ce monsieur est excessif, je te l'accorde, et son sourire n'est pas sincère, je te l'accorde également, mais il dit la vérité : Chuquicamata contient des millions et des millions de kilos de cuivre, et ses mineurs sont les plus riches du Chili. Il fait tout ça parce que s'il veut décider les paysans à quitter leur région pluvieuse et à venir dans le désert travailler pour leur bien, il faut qu'il les éblouisse. La tâche d'un Recruteur, c'est de fasciner, d'enthousiasmer, d'arracher les chômeurs à leurs porcheries par des chants de sirène. Comme le mensonge, la vérité a besoin de bonimenteurs, parce que si on ne la chante pas, personne ne la remarque !

Ils étaient sur le point de monter dans les wagons de marchandises, où couchés par terre, pelotonnés, les futurs mineurs vidaient leurs bouteilles, quand le Recruteur les prit par le coude, murmurant avec une complicité lascive :

– Mes amis, c'est pour les bronzés, ces endroits pouilleux, pour les « blackies », comme mes chefs les appellent. Les blancs vont dans le wagon de première. Il ne manquerait plus que ça !

Dans la vaste voiture aux fauteuils recouverts de cuir, il n'y avait qu'une passagère, endormie, les pieds appuyés contre le dossier du fauteuil de devant. C'était une jeune fille aux cheveux roux, frisés, la peau criblée de taches de rousseur, portant des bottes de toile blanche, des pantalons de cheval, une chemise kaki et de grosses lunettes de myope… Sara Felicidad chanta tout bas une mélodie composée de notes graves.

– Tu vois Jaime ? L'injustice est grande ! Cela me fait de la peine de voir tout cet espace vide. Il y a des mères qui allaitent leurs enfants, au moins elles…

Tâchant de ne pas penser que quand on donne un doigt à un pauvre, il essaye de prendre la main tout entière, Jaime se dirigea vers la porte dans l'intention d'offrir le luxueux wagon aux femmes, mais il eut beau forcer, il ne parvint pas à l'ouvrir. Le Recruteur fit un signe au machiniste, écouta avec satisfaction le sifflement qui annonçait le départ et, avec une grimace moqueuse doublée d'un geste obscène, il fit ses adieux au train. Sara Felicidad émit un gémissement de flûte et appuya sa joue contre la tête de Jaime, qui plongea son nez entre les deux énormes seins.

– Ces pauvres sont plus résistants que des mules. Ne t'inquiète pas, mon cygne. Tu vas voir comme notre voyage sera beau. Ça va te plaire, je te le promets.

À sept heures du matin, le soleil châtiait déjà la terre stérile, diffusant une chaleur asphyxiante. Sifflant, trépidant, toussant, le ver mécanique contourna les collines, grimpa avec une lenteur proche de l'agonie, après être passé par les salines du Carmen, et traversa la Cordillère orientale avant de s'enfoncer dans le désert d'Atacama. L'air devint presque irrespirable. Tout n'était que sable et sable encore, sur lequel gisaient de grands rochers érodés par les infatigables coups de fouet du vent. Pas un arbre n'offrait le vert de son feuillage, pas la moindre broussaille rachitique, pas le plus petit animal vivant. Aucun oiseau ne volait dans le ciel torride, aucun ruisseau ne serpentait, aucune ferme ne fumait. Rien que de la poussière, des rochers, des cailloux, des gravillons et parfois, au loin, une crevasse pleine de pierres rondes, silencieux témoins d'anciens cours d'eau. Dans le paysage tout entier on percevait l'attente assoiffée d'une pluie qui ne viendrait jamais.

Les wagons étaient assaillis par de chaudes rafales qui soulevaient des nuages de poussière se faufilant par les ouvertures, couvrant le sol et les fauteuils d'une couche vermeille, envahissant les yeux, les oreilles, le nez, traversant les vêtements, s'infiltrant à l'intérieur du corps irrité et suffoquant. Jaime descendit une seconde la vitre pour lancer un crachat boueux vers l'horizon.

– Tu avais raison, Sara Felicidad ! Si ce sont là les jolies terres qu'il nous a tant promises, le Recruteur est un menteur !

Avec une expression qui annonçait un début de rébellion, Sara Felicidad posa ses yeux bleus sur Jaime. Il pouvait bien se targuer d'être très sensé, lui aussi s'était trompé. Maintenant, ils étaient à égalité : d'un côté un Jésus-Christ, de l'autre un Recruteur. Ses airs de mâle supérieur lui paraissaient désormais insupportables ! Il faudrait qu'elle le fasse descendre de son piédestal… Par chance, la tension se dissipa lorsque la rousse s'approcha d'eux en s'éventant avec son chapeau d'explorateur. Après deux révérences elle se lança dans un véritable discours, en s'efforçant de dissimuler un fort accent anglais :

– Pardonnez mon indiscrétion. J'ai entendu ce qu'a dit monsieur et, si vous le permettez, je voudrais lui répondre. Il est certain que le Recruteur a menti dans la mesure où, à ses yeux, ce territoire de sable est laid, agressif, mortel ; mais pour moi qui suis géologue, c'est l'un des plus beaux endroits du monde. Ces espaces en apparence desséchés renferment d'énormes réserves de cuivre. Il suffit de creuser un peu pour en découvrir les multiples variétés : bigarré, indigo, arsénieux, sélénique, sulfureux, vanadique, micacé, écumeux, etc. Et par là, si vous observez avec attention ces chaînes de collines basses, vous verrez se mélanger les verts de la chalcosine et de la malachite avec le bleu intense de la chalcopyrite. Des nuances qui se combinent avec le jaune et le rouge des taches de fer, parmi lesquelles on retrouve l'azurite bleu ciel ainsi que le sulfate de cuivre vert-de-gris… Ne soyez pas surpris si je vous dis que cette région n'est pas aride. Le cuivre, c'est l'eau solide qui humidifie ses entrailles !

L'admiration que cette petite avait pour ces linceuls de sable était si forte qu'elle en devenait contagieuse. Jaime et Sara Felicidad portaient dans leurs gènes la relation au sol comme quelque chose d'essentiellement douloureux : toujours désiré mais jamais possédé. Et s'ils se satisfaisaient de vivre dans le Nord, c'était parce que dans ces dunes, ces plages et ces champs de rocailles rébarbatifs, ils ne couraient pas le risque de tomber amoureux d'un verger d'où ils seraient un jour ou l'autre expulsés. Trouver beau le désert changeait la pauvreté en richesse. Ils réalisèrent que comme elle n'admettait pas de racines, cette étendue désolée pourrait très bien devenir la patrie de leurs âmes nomades… Le soleil se couchait déjà, le vent calmait son impétuosité, le sable demeurait aussi paisible qu'un lac de sang. Avec les dernières clartés crépusculaires, les silhouettes opaques des rochers et des montagnes se découpaient nettement dans le gris acier du firmament, qui changeait sans cesse de nuance, passant du bleu marine au pourpre, jusqu'au noir violacé. Des myriades d'étoiles commençaient à répandre leur lumière profonde. Il n'y avait pas de nuages, pas d'émanation de vapeur, ni même la plus légère brume. Ainsi, rien n'existait entre le ciel et le sable, en dehors d'une mince couche atmosphérique dont la raréfaction transparente et brillante rehaussait la splendeur des joyaux de la nuit… Souriant aussi béatement que la rousse, Jaime et Sara Felicidad furent soudain plongés dans un monde merveilleux.

À mesure que passaient les minutes, le sol perdait de la chaleur accumulée tout le temps où il avait été exposé à l'inclémence torride de l'astre diurne ; un vent froid, aussi pénétrant que la poussière, s'était mis à souffler, avec légèreté d'abord, avec rage ensuite. Il se glissait dans le wagon et venait transpercer les os de ses piques glacées. Engourdis, mes futurs parents commencèrent à grelotter. Sara Felicidad, haussant les épaules, résignée (elle savait très bien que les terres, quelles qu'elles fussent, finissaient tôt ou tard par répondre à son amour par une agression), ouvrit un petit sac et en sortit les quatre œufs durs qui, chaque soir, apaisaient sa faim et celle de Jaime. Tremblant elle aussi, la rousse leur adressa un sourire angélique. Immédiatement, ma mère écala un œuf, le saupoudra de sel et le lui offrit. Mon père fit de même. Touchée, la jeune fille protesta :

– Maintenant j'en ai deux, et vous un seul !

– Il vaut mieux que vous en ayez plus que nous, mademoiselle. Moi je ne pourrais pas, dans ces circonstances, manger plus que ma femme et elle, j'en suis sûr, ne supporterait pas non plus de me désavantager… Par ailleurs, la plus élémentaire courtoisie nous interdit de vous laisser l'estomac vide. Et n'allez pas nous proposer de partager un œuf en trois, parce qu'il est impossible d'en diviser un en parties égales ! Or si elles ne sont pas égales, on commet…

La jeune fille l'interrompit en éclatant de rire :

– Un péché ? Quelle merveille ! J'ai l'impression d'entendre un passage du Talmud !

Elle courut au fond du wagon, ouvrit un carton qui voyageait dans la pénombre et en tira une couverture de fine laine. Elle sortit également deux saucissons, des pommes, du pain noir, du saumon fumé, des boîtes de sardines, une thermos de café chaud et une bouteille de whisky.

– Vous êtes juifs, n'est-ce pas ?

Gêné comme toujours d'être jusqu'à la mort ce qu'il était, Jaime grogna :

– Juifs-chiliens, mademoiselle !

Heureuse, la rousse se mit à applaudir. Puis, très sérieuse, elle déclara :

– Je ne peux pas vous appeler compatriotes étant donné que nous n'avons pas de patrie. Mais permettez-moi de vous considérer comme des amis. Vous avez partagé avec moi le peu que vous possédiez ; maintenant, s'il vous plaît, partagez aussi mon abondance. Les intendants de la mine se sont imaginé que j'avais un appétit d'ogre…

– Mais pourquoi, répondit Jaime qui avait l'eau à la bouche – vous donne-t-on tout ça, à vous ?

– Parce que Chuquicamata est à moi ! Je suis Rubí Grugenstein, la petite-fille de Fritz Grugenstein, l'homme qui a acheté la mine de cuivre en 1905…

Jaime murmura à la blanche oreille de Sara Felicidad :

– Jamais deux sans trois ! D'abord un charlatan, ensuite un menteur et là, une mythomane. Mais maintenant on est à l'abri des mauvaises surprises, mon cygne. Au lieu de la contredire, nous allons abonder dans son sens. Ses vivres ont l'air du tonnerre !

Jaime afficha un sourire si faux qu'on aurait dit un pantin.

– Si ma compagne et moi, humbles mineurs que nous sommes, pouvons faire la moindre chose pour vous, vous n'avez qu'à ordonner !

– Oh, mes amis ! Je l'ai su à l'instant même où je vous ai vus, vous êtes de bons et honnêtes juifs ! Vous méritez d'être plus que des ouvriers ! Je ne connais personne à la mine et Fritz m'a conseillé de me méfier de tout le monde. Je veux que vous m'aidiez à assumer l'immense tâche qui m'attend. Je vous obtiendrai un salaire de secrétaires particuliers. Vous acceptez ?

Caressant les saucissons et le pain noir, Jaime lâcha un « Mais bien sûr, mademoiselle, vous pouvez compter sur nous à mille pour cent ! » Sara Felicidad devint rouge de honte.

Le froid, de plus en plus intense, les obligea à vider la bouteille de whisky et à serrer leurs corps les uns contre les autres sous la couverture. Prudent – même le pubis le plus saint peut avoir une érection – Jaime plaça sa femme entre la rousse et lui. Les deux femmes ne tardèrent pas à s'endormir, mais lui, rendu fébrile par ces effluves féminins, resta des heures sans fermer l'œil... Les bords du Loa, un ruisseau aux prétentions de fleuve, apparurent. Soudain le train commença à traverser Calama, divisant en deux ce hameau déguisé en grande ville, mais qui ne pouvait pas loger mille âmes. La moitié de ses habitations consistait en hangars convertis en lupanars. Sans réveiller sa femme ni la mythomane, Jaime reçut l'impact de centaines de lampes rouges tremblotantes dans ses yeux irrités par l'insomnie. Des grattements de guitare, des danses, des claquements de chaussures, des couples se frottant sans vergogne, une odeur suffocante de vin aigre, de bière, d'urine, des chocs de dés, des boules d'acier raclant les numéros de vieilles roulettes, des toux, des cris, des coups de bouteilles, des pleurs d'enfants, des femmes impavides accroupies à la porte des bars en attendant les hommes, des vierges en plâtre et des bougies allumées sur de toutes petites tombes creusées le long des rails… ! Sans barrières de protection, le train avançait au milieu de la rue à la vitesse d'un escargot, lâchant des sifflements continus pour essayer d'éloigner les mineurs ivres qui se dressaient devant lui, les poings crispés, le provoquant en combat singulier. Ils se croyaient invincibles à cause de la boisson empoisonnée. La locomotive, gagnant du terrain centimètre par centimètre, les poussait jusqu'à ce qu'ils tombent sur le côté pour ronfler dans la poussière, tandis qu'une meute d'enfants en loques leur volait leurs vêtements. Des groupes de prostituées couraient près des wagons où s'entassaient les nouveaux mineurs, remuant la langue avec une rapidité vertigineuse. Elles étaient suivies par des maquereaux gominés vantant à grands cris toutes les vertus des bouches, anus et vagins de leurs protégées. « Ce doit être le jour de la paye, murmura Jaime. Ces pauvres gens, je les connais, ils travaillent toute la semaine comme des bêtes et en une seule nuit, tout leur salaire y passe ! Ils ne savent pas faire d'économies parce qu'ils vivent au jour le jour : puisqu'ils ne pourront jamais vaincre, à quoi bon lutter ? Mieux vaut s'en remettre au vin, à la drogue, au jeu et aux putes ! » Au moment où le train quittait le bourg, une file de mineurs estropiés surgit de l'obscurité ; agitant les moignons de leurs bras et de leurs jambes, leurs visages difformes, leurs crânes enfoncés, ils couraient et se traînaient près des wagons pour réclamer des cigarettes, du pain, ou à boire.

La locomotive émit un dernier sifflement et se lança à toute vitesse vers sa destination finale. Au loin, de temps en temps, la masse noire d'une montagne s'illuminait. Chuquicamata ! Les immenses cheminées de sa fonderie rejetaient des bouffées d'une fumée épaisse et des langues flamboyantes, bleues, verdâtres, grenat. La lumière des bâtiments des ateliers et autres dépendances débordait par toutes les fenêtres. L'ensemble ressemblait à un essaim de chauve-souris géantes. Fasciné par le spectacle, Jaime réveilla les deux femmes. La rousse se mit à caqueter :

– Oh, c'est le palais enchanté dont j'ai rêvé depuis que je suis petite ! C'est là qu'habite un prince d'or attendant sa princesse d'argent ! Il y a des paons qui montrent leurs queues de verre, des sphères de lumière au goût de miel, des lits sur lesquels tournent des fleuves de petites comètes, des chats borgnes portant un diamant dans l'orbite, des orchidées qui savent imiter le chant des oiseaux, et des cœurs de saints qui flottent dans les airs en projetant des rayons splendides !

– Elle n'est pas seulement mythomane, elle est aussi attardée mentale », chuchota Jaime à Sara Felicidad. Prisonnière d'un étrange pressentiment, elle lui répondit d'un accord funèbre. Son nez saignait. Ils étaient à deux mille sept cents mètres au-dessus du niveau de la mer.

Brusquement, à quelque cinq kilomètres de la mine, la voie ferrée s'interrompit. Le train s'arrêta au milieu du désert. L'aube commençait à poindre et les collines, aussi rouges que les nuages, ressemblaient à une tribu de géants millénaires traversant le temps pour arriver à l'instant promis, celui où l'univers entier se dissout au point originel. (Ce point originel, c'était le but du Rebbé. Quand je lui ai demandé de le décrire, il m'a répondu : « Impossible ! Ce secret ne tolère pas de spectateur, c'est la première pensée de Dieu (béni soit-Il) ; ce que personne ne peut comprendre ni concevoir, le limpide Air Intérieur, insaisissable, qui contient, sous forme d'une volonté amoureuse, les essences, les causes, les choses, celles qui ont été et celles qui seront. C'est le nombril où tout se crée et où tout se consume. Aller là-bas, c'est revenir à soi-même, en perdant d'un coup tout ce qui est personnel : idées, sentiments, désirs, mémoire. C'est se noyer dans la manifestation première et se transformer en néant, c'est-à-dire en espérance »). Poursuivis par des volutes de poussière violette, quatre camions, deux automobiles et un autocar plein de carabiniers firent leur apparition. Avec des ordres cassants, Enrique Jaramillo, un officier au visage piqué de petite vérole, au nez camus, aux yeux globuleux, la bouche masquée par une moustache, organisa le débarquement des gens du sud. Quand les militaires ouvrirent les portes des wagons, une odeur d'excréments et de vomi balaya le parfum saumâtre de l'étendue sablonneuse. Ils descendirent en vacillant, tendant le cou pour voir, par-dessus les casquettes des carabiniers, la fanfare promise. Ils n'entendirent que la mélodie sourde des coups de crosses et la voix de Jaramillo grondant, furieuse :

– Bande de culs-terreux puants, si vous vous êtes engagés c'est bien parce que vous l'avez voulu ! Ici, vous n'allez pas passer votre temps à vous gratter les couilles ! On exigera de vous huit heures de travail continu, sans petites pauses pour boire du vin ou manger des empanadas… On pisse et on chie sur place, à pied d'œuvre ! Celui qui aurait l'idée de voler ou de provoquer du bordel politique, je lui cogne le cul avec cette matraque ! N'allez pas croire que vous allez commencer en gagnant vingt pesos ; quoi qu'aient pu vous dire les grandes gueules, le salaire, c'est sept pesos ! Et si vous êtes pas contents, foutez-moi le camp tout de suite, à pied ! Personne ne va vous ramener gratis ! Et à partir de maintenant, mettez-vous bien dans le citron que vous n'êtes pas venus ici pour planter du blé ou ce genre de plante à la con : vous devrez devenir mécaniciens, affûter des pignons, faudra vous faire au progrès de la pelleteuse, casser les colcotars et les moellons à moitié broyés, redresser les dents de la cuillère à extraction pour le convoi de charriage et conduire des locomotives, si vous êtes pas des pédés ! Sachez que mes chiens de garde ont l'ordre de tuer les communistes qui tenteraient d'agiter la basse-cour ! Mes paroles sont dures, mais la faim est plus dure encore ! À bon entendeur… Qui s'en va ? Qui reste ? Allez, choisissez, bande de salopards !

Ils étaient tombés dans le piège : partir à pied à travers trois cents kilomètres de désert, cela équivalait à un suicide. Avec une résignation bovine, ils s'entassèrent dans les camions. L'officier et ses militaires retournèrent à l'autocar et s'éloignèrent vers le campement, suivis par les quatre véhicules surchargés… La rousse, cherchant un soutien dans les bras de Jaime et de Sara Felicidad, observa toute la scène avec le visage angoissé de quelqu'un dont le rêve se change en cauchemar. Les volutes violettes se dilatèrent, recouvrant tout. Un silence suivit, aussi intense qu'une lamentation. Jaime murmura :

– Fils de la maudite chienne qui a forniqué avec Ibáñez ! Grâce à ce dictateur, n'importe quel crétin en uniforme se prend pour le maître du monde ! Je ne permettrai pas qu'ils nous traitent comme ça ! Ma femme et moi, nous allons rentrer à pied, même si le désert doit nous dévorer les os ! Sans dignité, la vie ne vaut pas la peine d'être vécue ! Et toi ma petite fille, échange cette couverture et tous les vivres qu'il te reste contre un billet de train : ici, tu ne tromperas personne. Ils t'exploiteront corps et âme jusqu'à ce que tu finisses pute dans un cabaret de Calama. Si tu veux, nous t'accompagnons jusqu'à la gare.

Sara Felicidad passa un bras protecteur autour des épaules de la jeune femme. Celle-ci, secouant la tête de droite à gauche, se dégagea de son étreinte, avança de quelques pas et se planta au milieu du chemin, les jambes bien écartées et les mains à la taille, dans une attitude de défi… Quand la poussière soulevée par l'autocar et les quatre camions redevint poussière, les portes de deux automobiles s'ouvrirent. Engoncé dans un costume strict en cachemire, un Nord-Américain blond, le tronc court, avec des longues jambes, des mains velues et un maxillaire inférieur qui lui occupait la moitié du visage, descendit le premier. Une brune le suivait, accrochée à son bras gauche et portant un fox-terrier : elle était petite, vêtue d'une robe longue, rondelette, les lèvres charnues, les cheveux teints en blond, les doigts couverts de bagues, avec un médaillon en diamants qui cachait la profonde vallée entre ses seins opulents. Le gringo, l'haleine chargée d'alcool, se présenta comme étant Robert Pinkel, superintendant, accompagné de Loretta Selkirk de Pinkel, son épouse.

Loretta Selkirk de Pinkel ! Jaime dut se mordre les lèvres pour ne pas éclater de rire. Bon sang, mais c'était la Perricholi, une strip-teaseuse qu'il avait vu s'exhiber au bar Le Perroquet menteur, à Iquique ! Elle y faisait son entrée habillée en dame honnête, mais ondulant avec lascivité au rythme d'une mélodie orientale. Quand les ivrognes commençaient à crier « À poil ! À poil ! », le fox-terrier entrait et commençait à forniquer l'une de ses jambes. La dame, offensée, se débarrassait de l'animal insolent en l'envoyant d'un coup de pied hors de la scène. Mais il revenait à toute allure en grognant, mordait sa robe et la lui arrachait d'un seul coup, la laissant en sôus-vêtements. Elle dansait alors comme une couleuvre en chaleur. L'animal revenait à la charge, lui retirait son soutien-gorge, son porte-jarretelles, sa culotte, sautait sur son ventre, la jetait à terre, se mettait entre ses jambes et l'assaillait de coups de langue. La femelle se tordait de plaisir, poussant des gémissements si chauds que même ce tas de dépravés rougissait de honte. À la fin, appuyée sur les genoux et les mains, elle se laissait posséder par l'animal. L'assistance, excitée, agitant des billets, faisait la queue pour prendre la place du chien. La nuit où Jaime avait vu le numéro de la Perricholi, cent dix clients l'avaient prise en aboyant.

Jacobo Rentzel, le « gérant général », un juif du Bronx habillé en noir, dans le style rabbin, descendit de la deuxième automobile. Il était suivi d'Óscar Hidalgo, « Copper inspector », un chilien boiteux, au sourire mielleux, avec les cheveux teints en blond, un faux accent anglais et des yeux de lézard… Tous s'approchèrent de la rousse, saluant de la tête et courbant le dos en multiples révérences.

– Bienvenue à Chuquicamata, patronne ! C'est un grand honneur que la petite-fille de don Fritz Grugenstein vienne travailler avec nous ! Nous ferons l'impossible pour que votre séjour ici soit agréable, mademoiselle Rubí !

Comment ? Ainsi, ce n'était pas une mythomane ? Ils avaient voyagé avec la petite-fille de l'un des hommes les plus riches du monde ? Jaime en bavait presque de surprise. Sara Felicidad retrouva sa voix de hautbois.

– Tu vois ? Les fils du miracle sont nombreux dans la trame de la réalité…

Après avoir présenté mon père et ma mère comme ses secrétaires particuliers, Rubí, très sérieuse et s'efforçant de dissimuler son dégoût, dit à Rentzel :

– Vous, don Jacobo, qui semblez observer notre religion, trouvez-vous humain le traitement qui a été réservé à ces ouvriers ?

Le gérant général répondit d'une voix nasillarde :

– Ici, nous sommes arrivés à atteindre le maximum de production de cuivre au minimum de coût. Le reste n'est pas de notre ressort. Le lieutenant Jaramillo connaît à fond l'idiosyncrasie des *blackies* chiliens, qui sont bien loin d'être des saints. Nous avons l'absolue conviction que ses méthodes sont les plus appropriées : si on ne tient pas bien court les rênes d'un cheval vicieux, ses ruades finissent par démolir la ferme. Je vous prie donc, mademoiselle, avec tout le respect qui vous est dû, de réserver votre opinion pour plus tard, et pour le moment, de bien vouloir nous suivre à la mine.

Dans quelques minutes, nous allons faire exploser une colline.

– Faire exploser une colline ? Alors, la mine n'est pas souterraine ?

– Pas du tout, mademoiselle Grugenstein ! Le système de notre compagnie n'est pas de faire des trous, mais de raser les collines !

Tandis que l'automobile de Pinkel, puant le whisky, les conduisait vers l'exploitation et que le soleil cruel du matin faisait s'évaporer la bruine nocturne, Rubí rapprocha d'elle les têtes de Jaime et de Sara Felicidad pour leur murmurer tout bas à l'oreille, afin que le superintendant et sa racoleuse arrogante ne l'entendent pas :

– C'est criminel de détruire une colline… Comment ne s'en rendent-ils pas compte ? Les collines sont des êtres millénaires, sacrés. Elles furent les premières à émerger du chaos, quand l'esprit infini a soufflé sur les eaux primordiales, les faisant s'accumuler en un lieu afin qu'une partie sèche soit découverte. Elles sont nées avant les plantes et les animaux. Témoins de la création du monde, elles sont là, nous rappelant le moment où la vie a commencé à se différencier de la boue, pour parvenir à passer du magma informe à la conscience. Elles nous enseignent l'immuabilité d'avant les catastrophes, la persistance de l'être face à l'assaut du néant. Elles nous invitent à nous élever vers notre but, l'espace infini. Ce n'est que sur leurs sommets que nous pouvons accomplir le divin qui nous porte et nous transfigurer, enfin comprendre l'éternité. Quel sacrilège que de les abattre !

Bon, alors non seulement elle n'était pas mythomane, mais elle n'était pas idiote non plus. Jaime allait de surprise en surprise. La manière dont la jeune fille exaltait ce paysage qui lui avait semblé mort auparavant, lui faisait prendre conscience qu'en tant que fils de nomades, il avait toujours lutté pour la réalisation de l'homme en faisant abstraction du territoire : quelque chose comme vouloir obtenir du vin de qualité de raisin hors sol, poussant dans le vide…

Ils s'arrêtèrent devant un magnifique monticule qui, sous l'impact du soleil, paraissait entouré d'une aura multicolore. Le ventre de la rousse frémit, comme si ce promontoire martyrisé était un enfant qui lui eût empli les entrailles. On était en train de finir de lui perforer un puits vertical, la traversant de la cime jusqu'au centre de la base, et un tunnel au ras du sol, qui commençait du côté où donnait le soleil et se terminait en communiquant avec l'autre orifice. Par l'excavation horizontale, des petits chariots avancèrent sur des rails portatifs, tractant la dynamite qu'il faudrait utiliser pendant le tir. À la jonction des deux galeries, cinq frontons formaient une étoile. Là, un essaim d'hommes lugubres entassèrent avec ardeur l'énorme quantité d'explosifs.

Accompagnée de quelques arpèges tristes de Sara Felicidad, Rubí murmura :

– Ils ont trahi les rêves millénaires de l'humanité ! Au lieu de s'élever pour aller peupler le cosmos, ils ont, par convoitise, transformé leur haute destinée en étoile déchue !

Un courant électrique déclencha l'immolation. La colline se renversa comme si une main invisible l'avait retournée par la base. Et telle un fruit qui éclate en mûrissant, elle s'ouvrit complètement. Il n'y eut pas de bruit, mais le sol fut secoué d'un tremblement de terre. De la crevasse ouverte, une langue de poussière s'éleva dans les airs et, immobile, elle prit la forme d'un immense agneau sacrifié. Celle qui avait été un véritable colosse gisait, fragmentée en colcotars, en rochers, en particules, en viscères de terre sanguinolents que les longs convois de charriage allaient devoir engloutir.

– Maintenant, mademoiselle, les grandes pelleteuses vont attaquer ! dit Jacobo Rentzel.

– Entièrement fabriquées aux États-Unis ! ajouta avec orgueil Hidalgo le boiteux, forçant son accent anglais.

Dix énormes locomotives avec chaudière, cheminée et réservoir à pétrole s'avancèrent le long des rails. En haut, la cuillère grognait : un museau fait d'acier, plein de dents longues et pointues, qui avançait, tournait à droite et à gauche, s'incrustait dans les restes de la colline, avalant chaque fois jusqu'à deux tonnes de restes cuprifères.

L'équipe esclave de chaque monstre était composée d'un mécanicien, d'un chauffeur et de huit ouvriers qui ramollissaient la terre dans les avancées avec de grandes piques pointues, détachaient les rochers qui n'avaient pas été complètement arrachés, éventraient les mottes de terre et préparaient l'explosion des pans de matière dure, en les perforant à l'aide de forets à air comprimé.

– Nos pelleteuses dévorent des collines vingt-quatre heures sur vingt-quatre. Les ouvriers font les trois-huit. La mine ne se repose jamais, elle ne dort jamais…

Rubí, qui se sentait mal, courut avec le soutien de mes parents se rasseoir dans la voiture de Pinkel, où la brune caressait son chien, les fenêtres fermées pour se protéger de la poussière. La jeune fille pâlit, et bien qu'elle se soit couvert la bouche de ses mains constellées de taches de rousseur, elle vomit un jet nauséabond qui atterrit sur le fox-terrier. Le sourire enjôleur de Loretta se transforma en une grimace abjecte :

– Putain de merde, sacrée giclée ! Bob, file-moi ta chemise !

Obéissant, le Nord-Américain ôta le vêtement et, torse nu, montrant un pistolet coincé entre l'abdomen et la ceinture, il but le fond d'une flasque qu'il sortit de la poche arrière de son pantalon. Tandis qu'avec une chaussure, Jaime éventait la Grugenstein qui demandait pardon, secouée par de profonds sanglots, Sara Felicidad la logeait entre ses seins. Grâce à un coup de genou du superintendant, la grossière créature récupéra sa finesse de carton-pâte, et roucoula en disant : « Ce n'est rien, patronne, ne vous inquiétez pas ! », elle nettoya les éclaboussures qui avaient sali le pelage canin avec la chemise puis elle sortit un volumineux flacon de parfum – « Amour-amour » de chez Patou – d'une mallette en cuir, et en imbiba son cher animal. Le narcisse mêlé à la groseille, à la bergamote, au jasmin, à la rose et à l'œillet se changea en une véritable baïonnette. Jaime sentit que ses narines, violées, incisées, dévorées de l'intérieur, allaient éclater. Il ouvrit la portière et sortit respirer l'air poussiéreux à pleins poumons. Il fut suivi de sa femme et de la rousse. Le chien sauta comme s'il avait été piqué par un scorpion, courut vers les pelleteuses la langue pendante et alla se perdre dans le fourmillement des ouvriers. La brune vola vers le lieu d'extraction en criant :

– Roméo, viens ici ! Bandes de culs-terreux de merde, faites arrêter les machines, n'allez pas me le réduire en purée !

Jacobo Rentzel se précipita vers les pelleteuses en sifflant. Derrière lui venait Hidalgo le boiteux, qui balayait de son mouchoir la couche de poussière vermillon que son costume de rabbin attirait comme le miel attire les mouches.

Les monstres s'immobilisèrent et les travailleurs formèrent un cercle bigarré de silhouettes rouges sang autour de l'animal. Lançant un dernier « Roméo ! », la harpie se fraya un chemin parmi la foule, à coups de coudes. Elle trouva son chéri en train de creuser désespérément un bloc de terre. Les pieds d'une momie apparurent ! En quelques secondes, les ouvriers, soufflant avec leurs tubes d'air comprimé, firent apparaître un indien de la race de bronze, en parfait état de conservation.

Mister Pinkel se gratta la tête et calcula :

– C'est un mineur qui a été enterré par un pan de colline alors qu'il travaillait. La terre sèche l'a conservé comme ça. Il a plus de quatre cents ans mais ce n'est pas une vraie momie…

Le chien, de retour dans les bras de sa maîtresse, secouait son pelage, essayant de se défaire de ce parfum si peu canin. Pour protéger ses yeux des gouttes corrosives, elle le lâcha. Roméo, montrant sans pudeur un appendice grenat, courut vers l'indien et commença à forniquer l'une de ses jambes, à coups de reins très rapides…

Les mineurs éclatèrent de rire. La femme, furieuse,

interrompit cette tâche obscène d'un coup de pied, l'envoyant dans les airs. Après avoir roulé dans les gravillons, il se mit à grogner et se jeta sur sa maîtresse pour mordre le bord de sa robe et commencer à la tirer, dans l'intention manifeste de la lui arracher. Des centaines de silhouettes rouges se mirent à siffler la mélodie orientale qui accompagnait le numéro de la Perricholi. Ne sachant que faire, elle attrapa le chien et s'exclama, désemparée :

– Bob… !

Robert Pinkel brandit son revolver, se tourna en visant vers ses *blackies*, qui enterrèrent aussitôt leurs moqueries dans un silence épais. Après avoir lancé un violent « Shit ! », il déchargea toutes ses balles sur la momie, faisant d'abord sauter la tête puis le reste du corps.

– La récréation est terminée ! Mettez les pelleteuses en marche et enlevez-moi cette saloperie de là !

Tandis que les cuillères s'emplissaient de nouveau, ne laissant pas un os de l'indien, le Nord-Américain, d'un geste protecteur, reconduisit vers l'automobile sa bien-aimée qui versait des larmes teintées de rimmel sur la tête du fox-terrier. Rubí lui coupa la route.

– Mister Pinkel, faites arrêter les machines et laissez-moi seule ici ! Que tout le monde s'en aille et ne revienne pas avant deux heures !

– Mademoiselle Grugenstein ! Vous voulez que la mine cesse de travailler ? Mais comment pouvez-vous avoir l'idée… ?

– Je peux avoir cette idée parce que tout ça m'appartient ! Allez-vous-en tout de suite, je ne veux plus entendre un mot !

Les centaines d'ouvriers et leurs grandes pelleteuses, le Nord-Américain et sa greluche, le juif et son lèche-cul, enveloppés d'un épais nuage de poussière, s'éloignèrent jusqu'à n'être plus visibles.

D'où cette jeune fille, qui avait pourtant l'air d'une gringa excentrique et inepte, puisait-elle une telle force ? Elle seule avait été capable d'arrêter la mine, pour la première fois en vingt ans. Deux heures d'immobilité ! Des millions de pesos perdus ! Dans quel but ? Jaime en revint à sa première théorie :

– Elle a beau être archi-millionnaire, c'est quand même une tarée ! Si elle veut rester ici pour que le soleil la transforme en viande carbonisée, eh bien qu'elle reste ! Nous, nous allons au campement !

Ma mère ne fit pas attention à lui : elle ouvrit le parapluie que lui avait prêté le superintendant et elle suivit Rubí, qui commençait à se promener dans le gigantesque amphithéâtre, en la protégeant du soleil. Rapidement, agressé par les rayons brûlants, mon père les rejoignit, mendiant un petit morceau d'ombre. Sans le fourmillement des ouvriers, dans cette montagne mise en pièces qui formaient d'énormes marches, le vent soulevait des petits nuages incarnats à l'allure de spectateurs désolés attendant un spectacle qui n'aurait jamais lieu.

– Regardez ce paysage qui a été autrefois une chaîne de montagnes : saccagé, pulvérisé, démoli, sans collines altières où puisse nicher le mystère, c'est devenu une vallée ridicule ! Quand mon grand-père m'a envoyée ici, je m'attendais à autre chose. Il m'avait parlé du cuivre avec une telle admiration que j'ai cru, naïve que j'étais, qu'il était respecté par notre compagnie. Il ne s'agit pas d'obtenir la production maximum au coût minimum ! Le métal se trouve là où il est parce qu'il a une fonction cosmique. Épuiser une mine équivaut à dépouiller la planète de son squelette. Mais les employés sont aussi aveugles que leur maître ! Aujourd'hui, ils ont vu un Roi et l'ont traité comme s'il s'agissait d'un mendiant. Cet indien était mieux conservé qu'une momie égyptienne. Sur ce site, une civilisation supérieure a existé : sachant que l'être humain n'emporte pas ses richesses dans la mort, ils ont habillé le Monarque d'un humble manteau et l'ont enterré sans bijoux. Ils ne lui ont pas construit de pyramide en pierre, ils lui ont donné quelque chose de plus sublime : une colline de cuivre. Et ce barbare, pour soustraire sa prostituée à la moquerie, a détruit à coups de pistolet une si précieuse relique ! Quelle folie ! Pire encore : en voyant ce crime, aucun travailleur ne s'est soulevé ! Ils n'ont pas considéré que cette noble momie incarnait l'idéal de leur race ! La misère et l'alcool leur ont fait perdre toute volonté ! Le héros a cessé d'exister parce que son peuple a cessé d'être ! Cependant, rien ne prouve la véracité de ma vision. Est-il possible que le sacré soit un rêve, que l'existence n'ait ni créateur ni sens, que le corps déterré ne soit qu'un mineur, aussi misérable que ceux qui l'ont déterré, et que ma foi soit une folie de plus ? Si c'est le cas, je préfère mourir ! J'ai besoin d'une preuve, d'un signe, de quelque chose !

Sara Felicidad regretta de ne pas pouvoir parler pour dire à cette jeune fille trop intelligente : « Penser, c'est créer et créer, c'est croire, ne laisse pas le doute entrer dans ton âme, ne t'éloigne pas de la réalité à laquelle tu crois, enracine-la. Toi, tu peux le faire, ce monde est à toi ! Agenouille-toi : si tu pries de toutes

tes entrailles, l'illusion deviendra réalité ! » Jaime voulut traduire ce que sa femme exprimait avec des notes de musique, mais il n'en eut pas le temps, parce qu'un intense vrombissement se fit entendre et le prit de vitesse.

Rasant le sable, un scarabée doré vola autour du trio pour finir par se poser sur une pierre sombre. Là, il se mit à pousser sur une fente du caillou comme s'il voulait y pénétrer. Dans cette fournaise desséchée, l'apparition de l'insecte d'or semblait surnaturelle. D'où venait-il ? Combien de kilomètres avait-il parcouru ? Que cherchait-il ? De la nourriture ? Et pourquoi à l'intérieur d'une pierre ? Rubí murmura :

– C'est de l'or vivant, du métal qui s'élève de la croûte dense puis s'envole. Est-ce là le signe que j'ai tant attendu ?

Le scarabée continua à pousser pour entrer dans la grosse pierre. Sara Felicidad s'en approcha. Émettant un accord de surprise, elle souleva le faux caillou et courut le montrer à Rubí. L'animal doré fouillait une oreille ! Les pelleteuses avaient cru dévorer tous les fragments de la momie, mais elles en avaient oublié un !

Ma mère détacha le scarabée avec une grande délicatesse et le lança vers le ciel. Il se mit à vrombir autour d'eux, comme pour solliciter un don. La Grugenstein introduisit son auriculaire dans l'étroit conduit auditif, là où le scarabée avait essayé d'entrer en vain. Elle en retira une petite pierre noire taillée en forme de goutte. Son visage s'éclaira.

– Comme je le disais, ce n'était pas un simple mineur écrasé par une avalanche mais la momie d'un Roi ! Les prêtres l'ont enterré, le dépouillant de ses attributs du pouvoir terrestre, mais, en guise de symbole distinctif de sa royauté, ils lui ont introduit ce fragment de météorite dans l'oreille, métaphore de la parole divine qui tombe du ciel et qui doit retourner à lui. C'est ainsi que l'esprit du Roi, enfermé dans la chair pétrifiée, doit retourner dans sa patrie céleste.

Elle remit la goutte noire au scarabée. Celui-ci la saisit entre ses pattes et, s'élevant de plus en plus haut, il disparut dans la lumière du ciel… Les deux femmes s'étreignirent. Dans cette chaleur infernale, un frisson courut le long de la colonne vertébrale de Jaime. Son édifice théorique, construit sur la « réalité réelle », craquait, menaçant de s'effondrer. Il secoua la tête. « C'était un imbécile d'indien, écrasé par un éboulement de terrain, pensa-t-il. Des pierres ont dû lui entrer non seulement dans les oreilles, mais aussi dans la bouche, dans les yeux, dans le nez et dans le trou d'en bas. Les femmes s'émerveillent d'un rien. » Satisfait, il sourit.

Les deux heures à peine écoulées, le train ramena la foule des ouvriers. Et la destruction de la montagne reprit immédiatement. Cette fois, une seule voiture surgit, conduite par Hidalgo le boiteux. Il dit dans un anglais précaire :

– Mes chefs sont restés pour préparer le cocktail de bienvenue. On nous attend là-bas. Patronne, vous allez voir comme le campement est beau ! Vos luxueuses installations sont uniques au monde. Nous avons un hôpital, une salle des fêtes, une église, une école et une caserne militaire d'une capacité de trois cents soldats. Vous serez très bien. Et évidemment, vos secrétaires particuliers aussi.

Du pied de sa jambe la plus courte, il dessina un huit dans le sable et regarda Sara Felicidad avec une lubricité cynique, évaluant le plaisir que lui procurerait une telle quantité de chair. Elle se baissa le plus possible, essayant de se cacher derrière Jaime. Cet employé abject, la bouche imbibée de whisky, exhibant avec arrogance ses cheveux oxygénés, imitant les gestes brutaux de ses chefs, méprisant la langue espagnole dont il avait honte, lui donnait la nausée.

La réponse de Rubí la réjouit.

– Je n'irai pas avec vous, monsieur Hidalgo. Les réceptions officielles m'intéressent moins que le contact direct, sans flatteurs, avec la réalité ouvrière. Présentez-moi aux mineurs.

Comme un général passant ses troupes en revue, mais avec un sourire aimable, la reine de Chuquicamata observa les travailleurs un à un. À la fin, elle s'arrêta devant un homme à la peau foncée, aux jambes arquées et courtes, au torse large, aux bras musclés et à la chevelure prématurément blanchie.

– Comment t'appelles-tu ?

– Eulogio Gutiérrez, madame.

– Depuis combien de temps travailles-tu à la mine ?

– Sur ces terres désolées, on finit par perdre la notion du temps ! Peut-être deux ans, peut-être quatre, je ne sais pas…

– Tu as le regard honnête. Montre-moi le campement. Je veux tout voir comme tu le vois, toi. Nous emprunterons le chemin de fer qui transporte le minerai…

– Le voyage à travers les collines est très dur, patronne. Pour nous autres mineurs, les wagons ne sont que des plates-formes ouvertes avec des bancs en acier, très inconfortables pour vous. Vous allez avoir mal partout, avaler de la poussière, vous faire piquer par les taons…

– Ça, c'est mon problème, pas le tien ! Allons-y !

Jaime admira la détermination de la Grugenstein. Refusant de regarder la vérité de l'or à travers les yeux de ses associés exploiteurs, elle connaîtrait la réalité à travers les yeux des exploités, la vérité du pain. Cependant, affligé, il caressa le ventre de Sara Felicidad. Lui, il pouvait supporter l'inconfort, mais elle, elle était enceinte.

– Mademoiselle Rubí, est-ce que ma femme peut y aller en voiture ? Son état ne lui permet pas…

Un *do* dièse, suivi d'un brusque *mi* bémol, l'interrompit. Sara Felicidad, nullement disposée à voyager seule avec le boiteux lascif et à se séparer de son homme, courut vers un wagon et se coucha de tout son long sur l'un des bancs d'acier.

Hidalgo le boiteux tira sa patronne par la manche, avec toutes sortes de révérences, l'amena vers l'automobile et lui dit en chuchotant venimeusement :

– Ne vous fiez pas aux apparences, mademoiselle Grugenstein. On ne peut pas faire confiance aux Chiliens. Avant de vous laisser accompagner par cet homme, permettez-moi de consulter la liste rouge.

Il tira un carnet moite de sueur de la poche de sa chemise, et le feuilleta pour trouver la lettre G.

– C'est bien ce que je soupçonnais ! Voilà : Eulogio Gutiérrez. On ne sait pas grand-chose de lui. Il semble qu'à l'agence salpêtrière de María Helena, sa femme et ses trois enfants aient été déchiquetés par un tir de dynamite. Il n'en parle jamais et se comporte en ouvrier exemplaire, ce qui est grave. Ses gains correspondent à ses dépenses, il n'a pas de dettes, il ne boit pas, il ne joue pas, on ne l'a jamais surpris à voler et en plus, il sait lire. Ça doit être un dirigeant politique important ! À la première faute, on le rossera jusqu'à lui briser les os !

– Mais comment pouvez-vous être certains de ce que vous affirmez ? Peut-être que c'est seulement un brave homme…

– Impossible, mademoiselle ! Les *Blackies* ne sont pas comme ça, ils sont pleins de vices… Le service d'espionnage ne se trompe que très rarement…

– Un service d'espionnage ?

– De première ! Nous avons le contrôle absolu sur la vie intime des travailleurs. Nous savons s'ils dorment dans leur chambre ; s'ils se saoulent ; avec qui ils se réunissent, de quoi ils parlent ; quels lupanars ils fréquentent à Calama ; quelles maladies ils attrapent (il y a beaucoup de cas de syphilis, par ici)… Où qu'ils aillent, il y a quelqu'un qui les suit, sans se faire remarquer le moins du monde… Vous pouvez être fière de votre entreprise, mademoiselle Grugenstein, il n'en existe aucune qui maintienne un service de surveillance aussi strict ! Si vous voulez, je vais vous recommander un de nos hommes de confiance…

– Je ferai le plus grand cas de ce que vous m'avez dit, monsieur Hidalgo, mais je m'en tiens à mon choix : mes secrétaires particuliers et Eulogio Gutiérrez m'accompagneront.

Tels deux serpents d'argent, les rails montaient, s'enfonçaient et regagnaient majestueusement les hauteurs de ces côtes emmêlées d'aspérités et de monticules. Le chemin destiné aux rails de grand gabarit avait été ouvert à coups de dynamite. Les rochers brisés gisaient comme des animaux morts ; on voyait que l'élégance des coteaux avait été humiliée par les coupes brutales des explosifs. Dans les défilés, mille yeux vindicatifs brillaient, des pointes de roche cristallisée qui reflétaient les rayons du soleil, les transformant en longs poignards. On avançait dans ce paysage en fermant à demi les paupières et en se couvrant la bouche et le nez avec la main, car le sable soulevé par les wagons surchargés blessait les narines et les faisait saigner. De l'autre main, il fallait s'agripper au dossier du banc d'acier : à chaque virage, le wagon menaçait de se renverser. Eulogio fouilla dans la charge minérale et en exhuma un escargot pétrifié.

– Regardez, madame, on trouve souvent des fossiles dans les collines ! Toute cette région était submergée par la mer… Comme vous voyez, si on laisse le temps au temps, ce qui est en dessous finit toujours par remonter à la surface.

Rubí, sans s'offenser du sourire narquois de l'ouvrier, sortit quatre citrons de son sac et les distribua. Ils les sucèrent avidement ; le jus acide leur parut doux. Eulogio se frotta le visage, les mains et les vêtements avec la pulpe.

– Faites comme moi. L'odeur du citron éloigne les taons. Bientôt, nous allons traverser la zone où ils pullulent, et leurs dards traversent même les vêtements.

Ils arrivèrent tels un nuage gris, dans un vrombissement continu qui couvrit les plaintes sourdes de la locomotive. Un brouillard vivant qui empêchait de voir la route.

– Faites un effort, patrons, et tâchez de voir à travers les bestioles. Observez les rochers. Vous vous rendez compte ? Ils sont tous sculptés. Des guerriers, des hommes pumas, des serpents entre les pattes d'un condor, des lièvres dévorant la lune, des têtes de prêtres couronnées d'une autre tête, comme si celle du bas était contrôlée par un esprit supérieur ! Avant les Incas, les Paracas ont vécu ici. Ils avaient une méthode pour ramollir la pierre : ils modelaient leurs sculptures à la main en obéissant aux désirs du rocher. Ils croyaient que chaque roche abritait un esprit, et que grâce à la fumée de certains champignons, ils pouvaient le voir. Ils ne sculptaient pas pour inventer une nouvelle forme, mais pour amener l'apparence extérieure du bloc vers sa réalité intérieure. Ils mettaient à la lumière le dieu que la roche portait en elle… Enfin, il vaut mieux que je me taise : vous autres qui avez une culture née dans les villes, ce que je vous raconte doit vous sembler délirant…

Jaime sourit, moqueur :

– Ou un bien joli mensonge. Les enfants voient des visages et des corps dans les nuages, dans les taches, dans les roches…

Mais la rousse dit, avec un respect sincère :

– Don Eulogio, ce que vous racontez concorde avec ce que j'ai pensé quand j'ai vu la momie : une civilisation supérieure a vécu ici. Ces lieux sont sacrés.

Un peu avant d'arriver à l'usine, le train s'arrêta. Utilisant une voie parallèle, la locomotive se plaça en queue de convoi : les wagons cessèrent d'être tirés pour être poussés. Un pont de trois cents mètres de long et de douze mètres de hauteur les attendait, appuyant ses multiples pilastres sur de profondes fondations de ciment. Ils avancèrent sur son large dos sans qu'un seul de ses écrous ne tremble, bien que chaque wagon, avec son chargement, pesât soixante-dix tonnes.

Deux machines colossales, aussi hautes que le pont, ouvraient un museau avide près de la voie ferrée où les morceaux de colline devaient être vidés afin d'être broyés.

– Voici les moulins, madame.

Comme s'ils dansaient, sans paraître affectés par le bruit infernal des engrenages, des personnages masqués, agiles et silencieux, fixèrent sur une plate-forme mobile le wagon qu'ils allaient décharger. Au moment où le minerai se vidait dans les effroyables mandibules, un nuage de fine poussière se leva, si dense que pendant un moment il les empêcha de voir leurs mains. Les ouvriers interrompirent leur labeur et attendirent que la brume sèche se dissipe.

– Le travail des moulins est complexe, madame. Leur action se divise en plusieurs secteurs, reliés par des courroies porteuses, qui réduisent le caillou jusqu'à le transformer en farine…

– Je veux que nous assistions à ce processus !

– À vos ordres, patronne, mais vous allez devoir mettre un masque…

On leur fournit des petits cornets en plastique remplis de coton imbibé d'eau, pour se couvrir une partie du nez et de la bouche. Sara Felicidad rendit l'appareil protecteur et parla normalement pour la première fois, sans chanter :

– Je ne peux pas vous suivre. Ça ferait du mal à mon enfant. Je vous attends ici…

Jaime perdit le contrôle de sa mâchoire inférieure. La bouche ouverte, avec des yeux de chien perdu, il scruta cette inconnue. Une géante blanche qui émettait des notes de musique au lieu de parler faisait partie intégrante de ses rêves, mais une géante blanche parlant comme n'importe quelle autre femme devenait une réalité terrifiante. Il préféra suivre Rubí. Peut-être qu'en sortant du moulin, l'anomalie normale serait revenue, et que Sara Felicidad redeviendrait l'ange musical de ses rêves.

(Après l'éclosion des événements tragiques alors en gestation, Jaime, désormais habitué au parler simple de sa femme, trouva le calme nécessaire pour écouter ce qu'elle avait ressenti devant les broyeuses :

– Jusqu'à cet instant, je vivais collée à toi, comme si ta peau était la mienne ; je vivais telle une barque partant à la dérive dans l'océan infini, sauvée de l'égarement par l'étoile du Nord que tu étais. Je voulais que ta splendeur ne soit pas seulement mon guide mais aussi mon but. Tu brillais et moi j'étais obscure, secouée par les vagues, au niveau le plus bas ; j'avais besoin d'arriver à tes hauteurs, tout en les croyant inaccessibles. Dans un monde de bêtes enfermées dans des cages, tu étais le seul être humain, et mes yeux ne voyaient que toi ; mes oreilles aussi n'écoutaient que toi, dans le scandale des voix creuses ; et mes autres sens, sans trouver ni lieu ni réponse, comme des fleurs enracinées dans la mort, ne s'ouvraient que grâce à l'insémination de tes caresses… L'organisme sans conscience qui s'agitait dans mon ventre était comme un poisson engloutissant la lymphe dans l'univers sombre d'une grotte sous-marine, à la frontière de l'invisible, loin de moi. Soudain, sans que la moindre torsion ne daigne me l'annoncer, face à ces deux monstres colossaux qui commettaient l'infamie de dévorer le paysage en toute impunité, l'esprit de mon fils est entré dans la matière. Ce fut un cataclysme pour ma conscience : tout ce en quoi je croyais a été brisé, un ouragan a emporté les morceaux, et en une seconde, d'amante je suis devenue mère. Que s'est-il passé ? Comment t'expliquer pour que tu comprennes ? Tu es homme, tu es condamné à voir ta vie à l'intérieur de la vie ; d'une certaine façon, tu te situes toujours au centre. Moi je suis femme, je ne vois pas seulement la vie autour de moi mais aussi à l'intérieur de moi : soudain, comme par miracle, je deviens continent et je capte la vie de celui que je ne suis pas. Je ne parle pas du fœtus dans ses premiers mois, lorsque son impulsion vitale est concentrée sur la reproduction de cellules et sur la formation d'organes, de cet animal visqueux croissant comme un viscère de plus, allant même parfois jusqu'à acquérir les caractéristiques d'une tumeur… Je parle de l'instant où une porte s'ouvre, dans l'impalpable mur qui nous sépare du mystère, et où une impulsion ardente transporte depuis une dimension impossible à imaginer un être humain complet, une âme dans la totalité de son temps, c'est-à-dire millénaire, avec une mémoire qui recule jusqu'à l'éclatement du point qui se fait Univers, avec une avidité pour le futur qui arrive à l'instant où le cosmos cesse son expansion et commence à s'avaler lui-même ; et aussi avec la mémoire des fois infinies où le processus se répète ; et plus encore, au moment suprême où la goutte individuelle se sépare de l'océan divin et se voit lancée vers le sentier des innombrables morts et résurrections ; cette conscience totale a soudain fait son nid dans mon ventre, a reçu la formule organique qui serait son cercueil pendant l'étincelle fugace qu'on appelle une vie humaine. Sur-le-champ, sachant que la matière transporte l'oubli, elle a déposé dans mon sang des mots que mon cerveau a absorbé avec la soif du sable : « Ma mère : il faut que tu saches que je suis une existence universelle, que mon besoin absolu de tes soins est la seule chose que je peux te donner, parce que je suis venu pour te dévorer. Je n'ai pas seulement besoin de ton lait, je veux aussi digérer ton âme. Sa mission accomplie, l'homme qui m'a engendré doit passer dans l'ombre, c'est-à-dire être mon ombre. Tu dois te consacrer entièrement à moi. Tu me donneras le calcium de tes os, l'essence de ta chair, la vitalité de ton sang ; tu laisseras ton cerveau se ramollir pour que moi, tel un oisillon affamé, je fasse mon nid en son centre et que j'engloutisse tes lobes ; tu dirigeras tes espoirs vers moi, je serai le Père Suprême changé en fils cannibale ; pour toi, il n'y aura pas d'autre idéal que celui de mon développement, ni d'autre plaisir que ma croissance. Je serai ton pouvoir, ton amant intérieur ; ton essence habillera mon corps comme un manteau miraculeux. Pour cela, il te faudra descendre de l'éden des rêves et traîner tes pieds lourds dans le monde d'en bas, celui qui exige la densité comme passeport essentiel. Tu perdras le chant, tu laisseras les murs du langage articulé t'endurcir, et tu pourras ainsi être mon refuge, la mère de granit que tous les moulins du monde ne pourront réduire en poussière. J'ai besoin de grandir dans la sécurité, de quitter l'ombre pour habiter dans les volumes, et d'avoir confiance dans le monde que tu m'as préparé. Je t'en prie, ne me déçois pas !… » Le désir de lui donner le meilleur de moi-même, de lui donner, si nécessaire, le souffle qui me maintenait en vie, a emporté les derniers traits de ma personnalité, comme une irrésistible inondation. Je me suis transformée en mère générique, en une molécule de la femelle cosmique, celle qui tisse toute l'incarnation avec ses huit pattes ; mon corps fécondé et créateur s'est uni au paysage, s'est étendu sur la terre jusqu'à embrasser la planète ; j'ai été la figure de proue de l'humanité tout entière, voulant accoucher de mon fils dans une société parfaite. Mais en voyant les moulins implanter leur masse comme deux lipomes d'acier dans ce désert sacré, je me suis rendu compte du bain tragique dans lequel j'allais plonger l'être que je portais dans mes entrailles. Je me suis sentie responsable. Responsable et coupable. Coupable de tous les maux que l'homme inflige à la Terre. Si j'avais pu, j'aurais avorté immédiatement. Mais mon maître absolu, ayant déjà perdu la mémoire, demandait de l'aide à toutes mes cellules. Il exigeait de vivre. Et pour cela, moi, faible femme, il fallait que je change le monde, en commençant par fermer les museaux de la mine. Est-ce que tu comprends mon angoisse, Jaime ?)

Rubí, conduite par Eulogio et suivie de mon père, observa les différentes phases du broyage. Les travailleurs avaient cessé de se couvrir le visage avec les petits cornets en plastique et portaient maintenant un mouchoir qui permettait à peine de se garder de la forte odeur dégagée par la farine mouillée. Au bout de cinq minutes, Rubí et Jaime comprirent pourquoi : la poussière volatile, en se mélangeant avec le coton humide du masque, formait une boue qui empêchait de respirer.

– Patrons, vous qui venez d'entrer, vous toussez et vous éternuez déjà. Tous ces ouvriers qui absorbent de la poussière toute la journée sont condamnés à mourir dans peu de temps, les poumons détruits…

La courroie répartissait sans cesse sa charge dans différents bassins, chacun d'une capacité de cent vingt mille kilos. Une fois pleins, des pompes très puissantes versaient des jets d'acide sulfurique jusqu'à recouvrir la farine pour la transformer en une solution qui était conduite aux cellules où, par le moyen du courant électrique, on parvenait à séparer et à accumuler le cuivre sur des plaques du même métal qui occupaient la partie centrale de chaque réservoir.

– Parfois, quand les contremaîtres poussent la fabrication, les cuves éclatent. Des colonnes d'une fumée mortifère envahissent le périmètre. En mourant, les ouvriers gigotent comme des mouches… Le pire, c'est qu'il y a des enfants qui travaillent ici. Depuis que je suis à Chuquicamata, j'ai vu enterrer mille quatre cents gamins. Et je ne vous parle pas du nombre d'adultes qui ont donné leur vie pour un salaire dérisoire de sept pesos ! Tous les jours, on jette six cadavres dans la fosse.

– Incroyable !

– C'est comme ça, patronne ! À la mine, il n'y a pas de registres ou de trucs comme ça. On est des gens sans existence légale. La compagnie creuse un grand trou dans le désert pour qu'on y balance les morts, sans autre forme de cérémonie. Quand cet endroit est plein, on en ouvre un autre.

– Mais personne ne se plaint, personne ne lutte pour ses droits ?

– Madame, ici, c'est pas le Chili. Sauf votre respect, c'est plutôt Grugenland. La loi, c'est les gringos qui la font. L'ouvrier ne bronche pas, parte qu'à la moindre protestation, on donne le « Out camp », c'est-à-dire l'ordre de le jeter hors de la zone du campement dans un délai d'une heure. On met l'expulsé et son maigre bagage à la gare. S'il n'a pas les moyens de partir, comme c'est souvent le cas, il marchera jusqu'à Calama et là, il implorera la charité pour, fatalement, finir par tomber dans le vice…

Les plaques épaissies de cuivre électrolytique étaient placées sur des chariots traînés par des petites locomotives, qui les transportaient jusqu'à la fonderie. Eulogio invita Rubí et Jaime à monter dans l'un de ces petits trains. Ils arrivèrent jusqu'à un four aérodynamique, une masse d'acier couverte de graisse noire d'une capacité de deux cents tonnes de cuivre liquéfié, qui vomissait une fumée piquante au milieu de crépitements et de longs halètements.

– Couvrez-vous bien le nez, cette vapeur contient du chlore ! C'est ici que le cuivre liquide se transforme en barres de neuf cents kilos qui vont directement du moule aux chariots du chemin de fer, lequel les emporte vers le port d'Antofagasta pour qu'elles partent par bateau pour les États-Unis.

– Je comprends, dit Rubí, le visage rouge de honte. Le cuivre perd sa forme originelle, et de colline il devient un chargement de barres, tels des cercueils. Tout part à l'étranger, aucune miette de cette richesse ne demeure au Chili. Les coffres sans fond de mon grand-père avalent le sang solide du pays.

– Nous ne donnons pas seulement notre sang,

patronne, mais aussi notre chair. La mine recrache jour et nuit dans la pampa un jet chargé d'acide sulfurique de cinquante litres par seconde. Les couches imperméables du terrain empêchent ce résidu de s'infiltrer ; ce qui fait qu'arrivant intact à l'oasis de Calama, il continue ensuite en suivant le cours du Loa, polluant l'eau dans la région salpêtrière et tuant les cultures dans toute la vallée. Les contremaîtres boivent du liquide mis en bouteille à des sources pures ; nous, qui n'avons pas assez d'argent pour nous permettre ce luxe, nous étanchons notre soif en avalant de l'eau douce mélangée à de l'eau saumâtre, ce qui nous donne des tumeurs à l'estomac. Ajoutez à ça la respiration des fumées acides, la mauvaise alimentation due aux maigres salaires, l'insalubrité des campements surpeuplés, l'alcoolisme, la corruption des enfants, l'abus de cocaïne, la syphilis et la blennorragie, les avortements criminels, les magouilles avec les contremaîtres, les incessants accidents causés par le manque de protection de la part de l'entreprise, et les passages à tabac des carabiniers à la moindre protestation ! Pour vous enrichir, patronne, nous n'avons pas seulement donné notre sang, mais aussi notre chair et notre âme !

Rubí s'assit près d'un gros tuyau qui vomissait sans cesse une langue de boue et d'acide. Elle se voûta, enfonça sa tête entre ses genoux, serra les coudes contre sa taille, croisa les mains et, ayant ainsi pris la forme d'une boule, elle médita. Une heure passa. Mes parents et Eulogio Gutiérrez attendirent que la jeune fille sorte de ses transes, à peine protégés du soleil par l'ombre d'un pilier. Une autre heure passa. Sans savoir pourquoi, Jaime mit le carnet de Benjamín entre les doigts croisés de Rubí. Elle l'ouvrit sans s'étonner, comme si c'était un papillon qui s'était posé sur ses mains, et elle commença à lire très lentement, avec un petit filet de voix… Peu à peu elle parla plus fort et lorsqu'elle arriva à la dernière phrase incomplète, « [Le poète] va à l'essentiel, au centre du monde, et de là… », elle continua à déclamer, le regard fixé sur les pages, comme déchiffrant un poème écrit à l'encre sympathique :

– … et de là, il s'étend dans les dix directions pour trouver partout sa signification profonde. Il laisse toujours les circonstances décider parce qu'il sait qu'il les crée lui-même. Il s'approprie les mille choses en se donnant à elles, mais quand il marche ici-bas, c'est qu'il marche déjà dans d'autres mondes. Étranger aux rêveries de séparation, il est le même qu'avant et le même qu'après, il est le chant secret enfermé dans chaque pierre. L'Espace infini est son corps, et le Temps ce qui vient après lui. Dissous dans la conscience, devenu Créateur, l'Univers lui apparaît comme un fils unique. Il regarde tous les êtres et toutes les choses avec l'amour d'un père, et sa tendresse pour l'existence éphémère est intense. Rien ne commence, rien ne finit, rien ne naît, rien ne meurt. Il sait qu'en lançant une pierre vers les confins éloignés, il la verra un jour revenir dans la paume de sa main. Membre de l'équipage du rêve, il ne craint pas le réveil. Ce n'est pas un poisson bouffi d'orgueil qui, en sautant de l'eau, se croit maître du ciel. Il reconnaît qu'il n'est qu'une partie infime de l'engrenage océanique et il accepte avec amour de sacrifier sa forme illusoire afin que son cœur de lumière s'épanouisse comme une rose de feu. De ses pensées ne reste que le parfum, parce que les mots ont été arôme avant la musique ; de ses pas ne demeure que le rythme brut de l'absence de schéma. Il sait que sous le ciment du monde industriel attend le terrible râle de la terre furieuse !

Jaime ne put continuer à écouter, parce que des sanglots venus du fond de l'enfance lui secouèrent la poitrine. La « réalité réelle » s'effondra d'un seul coup, comme une tour anéantie par la foudre. Il y avait des idéaux capables de vaincre la mort. Dans une dimension inexplorée, les morts continuaient à vivre. Et certains cerveaux privilégiés pouvaient établir un pont. Ce n'était pas Rubí la créatrice de ce texte, c'était son propre frère qui décrivait l'homme libre. Il comprenait enfin ce que le poète avait essayé de dire ! Plus important que l'acte politique – toujours orienté vers une finalité future –, il y avait l'acte poétique, où la cause et l'effet arrivaient simultanément, transformant l'espoir en une pure action présente. Ce poème inachevé, trésor extrait du fond de la mer, devait être continué par tous, non seulement par des mots mais aussi par des actes…

Rubí referma le carnet, le rangea contre sa poitrine puis, silencieuse, elle se redressa. Elle semblait avoir laissé tomber une vieille peau pour se transformer en une femme mûre, décidée, implacable. Observant intensément le mineur, elle lui prit les mains et caressa longtemps les callosités de ses paumes.

– Don Eulogio, vous êtes un homme seul… Votre instinct vous oblige à rendre visite une fois par mois aux prostituées de Calama. Ne le niez pas, c'est écrit sur la liste rouge… Maintenant, je veux que vous me regardiez bien, sans faux respect, comme un homme regarde une femme ! Mon corps est beau et, j'en suis sûre, il possède les volumes qui vous conviennent. Je vous propose d'arrêter de travailler pour venir vivre avec moi. Je serai vôtre avec un objectif précis : laisser votre race conquérir mon ventre ! Une fois enceinte, je prendrai congé de vous. Acceptez-vous ce marché ?

L'homme, malgré la raideur de granit qu'acquéraient les muscles faciaux des mineurs, eut une orgueilleuse grimace de refus ; puis il rougit, fixa les pupilles vertes de la femme qui osait lui proposer une relation sexuelle en des termes aussi arrogants, avec le désir de planter un couteau dans ce cœur froid ; mais l'âme honnête qui maintenait ces jolis yeux grands ouverts, sans sourciller, le captiva définitivement.

– Sans me sentir humilié, patronne, j'accepte avec respect ce marché parce que je comprends que ce que nous allons accomplir est un acte politique.

– Poétique, corrigea Jaime.

– Eulogio, je ne suis plus votre patronne, je suis votre amante, appeliez-moi Rubí.

III

LE DESTIN DU MONDE

Le luxueux campement central était couvert de banderoles en papier. Exagérément lent, l'orphéon des carabiniers massacrait l'hymne nord-américain. Les vastes maisons arboraient à leurs fenêtres des pots de bougainvilliers, la seule fleur à supporter la sécheresse du climat. Sur une large bande de cotonnade, un « WELCOME » ornait l'ensemble des imposants bureaux, tandis que l'église d'acier construite par Eiffel dressait un clocher où claquait un pavillon de soie décoré d'un carré bleu couvert d'étoiles et de treize bandes rouges et blanches. Accompagnés de leurs indigènes endimanchées et plongés dans un silence solennel, les employés attendaient debout sous les hauts palmiers de la place ; en dehors de quelques Anglais, Italiens et Yougoslaves, c'était pour la plupart des *Yankees*. Au premier rang, le curé espagnol brandissait un étendard à la gloire de la Virgen del Carmen. Près de lui tanguaient un Robert Pinkel ivre comme à son habitude, sanglé dans un smoking impeccable, et une Loretta Selkirk de Pinkel qui, tout en essayant d'éviter à la fois les trépignements de Roméo et de se faire écraser les pieds par son mari, maintenait à mi-poitrine, avec une admirable habileté, le grand décolleté de sa robe de gala. À côté d'eux, Jacobo Rentzel tordait nerveusement le papier de son discours officiel de bienvenue. Sans cesser de lui fouetter le dos avec son mouchoir de soie, Hidalgo le boiteux donnait des ordres irrités aux serveurs chinois pour qu'on couvre les bols à punch avec des cartons, avant que l'eau-de-vie mélangée à du jus d'orange ne se remplisse de mouches et de poussière. Enrique Jaramillo aboya un ordre : ses trois cents flics claquèrent des talons et brandirent leurs carabines. La maîtresse du minerai venait d'arriver !

Avec un air de défi, Sara Felicidad suivait Jaime ; hautaine, plus fantomatique que jamais, elle ne faisait désormais plus rien pour dissimuler sa grande taille. Tremblant de haine, son mari marchait derrière Eulogio. Mi-moqueur mi-féroce, ce dernier se collait contre Rubí... Ils étaient couverts de poussière des pieds à la tête. Après les moulins, ils avaient visité les épiceries, goûté le vin empoisonné qu'on y vendait, constaté les prix abusifs qui saignaient les mineurs, obligés d'acheter là leurs provisions à cause du système de paiement par bons imposé par la compagnie. Ils avaient vu le campement de Pueblo Hundido, un amas de maisons rouillées par le sel, où des familles entières vivaient entassées comme des rats, entre des nuages de punaises et de poux. Ils avaient examiné les grandes baraques appelées « Vaisseaux », qui servaient à loger les employés célibataires. Elles dissimulaient leur laideur sous des noms pittoresques de bateaux à vapeur chiliens : Teno, Cachapoal, Aconcagua, etc. Dans des chambres étroites, sombres et malodorantes, dont les latrines étaient immondes, on casait jusqu'à quatorze individus, dans une promiscuité fétide. Ils inspectèrent

Ciudad Perdida, des constructions misérables faites d'étais et de calamine, à l'intérieur desquelles un peuple bestial s'entassait au milieu des soûleries, des bagarres, des viols et des crimes. Eulogio leur montra les lupanars clandestins où des jeunes femmes se livraient à de rapides coïts sur une couverture jetée à même le sol en terre battue, dans des chambres aux cloisons de cotonnade, sans autre hygiène qu'un bac d'eau saumâtre et une serviette sale. À la fin, osant appeler la patronne par son prénom, il eut un sourire amer et dit :

– Toute cette misère, Rubí, s'étale en face d'une route où passent en trombe, sans jamais s'arrêter, les automobiles conduites par les contremaîtres et les fonctionnaires étrangers.

Sara Felicidad avait l'intuition que ce monde n'était qu'une vipère se dévorant elle-même la queue. Le fils qu'elle portait dans ses entrailles ne pouvait pas naître là. Elle, Jaime, Eulogio et Rubí devaient mettre un terme à la voracité de cette industrie suicidaire. Mais comment ? Elle chercha une réponse dans les yeux de Jaime, dont la haine transformait toute cette prospérité en pestilence morale, alors qu'ils approchaient du campement décoré pour la fête. Chuquicamata n'était cependant que le symptôme de la profonde maladie mondiale. Aucun mouvement politique ne pourrait arrêter cette gangrène. Ne croyant pas en Dieu, il adressa ses prières à Karl Marx : « Cher vieux barbu, fais que l'esprit de mon frère n'abandonne pas cette généreuse jeune fille, et qu'il continue à parler par sa bouche. Peut-être qu'un poète pourra arrêter notre chute infâme ! » Eulogio, de son côté, profondément modeste, ne se préoccupait pas du destin du monde. Étant donnée l'inertie des mineurs, il se considérait comme le seul capable d'obtenir des changements locaux, et consacrait son énergie non pas à leur montrer les kilomètres infinis du chemin qui restait à parcourir, mais à leur apprendre à faire au moins un pas. La Grugenstein, au contraire, se sentait capable de tout transformer : la mine était un point relié à la planète toute entière ; en appuyant ici sur un bouton, elle pourrait faire sauter le monde. Pour cela, ni la violence ni les mots n'étaient utiles. D'une certaine façon, elle devrait convertir le principal obstacle, son grand-père, en une arme destructrice mise à son service.

Battant la mesure avec une baguette de cuivre dans l'axe de son étendard, le curé fit entonner « Bénie soit ta pureté » par le chœur des enfants, qu'on avait habillés en premiers communiants, chacun tenant une bougie de cire. Avançant vers la place, Rubí jeta son sac sur le côté, puis son casque d'explorateur et finalement tous ses vêtements, lunettes comprises. Sur le bas-ventre, émergeant de la peau couverte de taches rousseur, son pubis roux ressemblait à une flambée.

Personne ne fit un geste, ne posa de question, ne formula de reproche. Ils restèrent paralysés, comme si le temps s'était arrêté. Le chœur des enfants commença à se dissoudre dans le vrombissement des mouches, et le vent transforma les couvercles en carton des bols à punch en énormes moineaux.

Au bras de son ouvrier, comme si elle était habillée d'une robe à longue traîne, Rubí s'avança avec élégance puis déboucha sur la place, où elle fit des confettis avec le papier couvert de sueur sur lequel Rentzel avait écrit son éloge. Elle dut esquiver Robert Pinkel – qui s'écroula sur son passage, stupéfait et ivre –, pour monter sur un banc, pendant que le curé, cachant l'étendard de la Virgen del Carmen sous sa soutane, courait s'enfermer dans l'église métallique. De là, tout en observant, altière, le comité de réception, elle déclara en espagnol :

– Je ne suis pas venue pour paraître, mais pour être. Ce que j'ai vu à Chuquicamata m'a rejetée hors de l'enfance. Nous avons agi comme des bêtes rapaces. Même si nous payons notre dette, il nous sera difficile d'obtenir de cette terre le pardon. Nous devons d'abord descendre de notre piédestal. Grâce à don Eulogio, le sang du peuple chilien entrera dans ma chair de conquérant étranger. Je vais enfanter. Je veux que personne ne me dérange. Je refuse les luxueux appartements que vous m'avez préparés. Accompagnée de mon concubin et de mes deux assistants, je vivrai jusqu'à nouvel ordre enfermée dans un atelier ouvrier, afin de transformer l'un de ces sinistres lingots vomis par nos moulins en une sculpture de déesse. C'est tout pour le moment ! Rompez !

Les carabiniers, les musiciens, les chefs, le personnel des bureaux, les femmes entretenues, tous murmurèrent à plusieurs reprises le mot « folle ». Mais le pouvoir de l'argent faisant force de loi, obéissants, ils firent comme si la reine dévêtue était habillée et retournèrent à leur travail, s'obligeant à croire que Chuquicamata restait le même Chuquicamata. Ils semblèrent oublier très vite cette indésirable capricieuse.

Rubí, qui avait décidé de vivre définitivement nue, ne quittait pas l'atelier de sculpture. Infatigable, insomniaque, heure après heure, elle caressait les neuf cents kilos d'un lingot en essayant de l'amollir grâce à la chaleur de ses mains. « Les Paracas n'avaient pas de secrets alchimiques. Ils aimaient le métal ; et ce sentiment était si profond que la matière le leur rendait. Dans cette intention, je dois me vider, jusqu'à ce que mon amour parvienne à ouvrir le cercueil que mon grand-père a fabriqué avec ce cuivre, pour que la forme sacrée surgisse de son cœur. Je saurai alors que ma complicité involontaire a été pardonnée. »

Discret comme à son habitude, la plupart du temps accroupi dans l'ombre, Eulogio ne quittait pas des yeux le corps de la femme : elle caressait obsessionnellement la surface métallique, à genoux, sans aucune pudeur, les fesses plus hautes que la nuque, et lui montrait des recoins ombreux, d'où il imaginait que surgissaient d'intenses effluves floraux… Cachant avec le plus grand soin l'impertinente boursouflure de sa braguette sous les pans de sa chemise, Jaime ne pouvait pas non plus se sortir cette rousse dénudée de la tête. Évidemment, cette idée fixe n'avait rien à voir avec l'amour absolu qui l'unissait à Sara Felicidad. Mais l'érection que l'énorme corps blanc de sa femme provoquait chez lui n'avait rien à voir avec celle produite par l'esprit arrogant, la peau mouchetée et le parfum dense de la Grugenstein. C'était comme avoir deux phallus : l'un tranquille, tendre, protecteur, et l'autre semblable à une barre de fer chauffée à blanc, animé non seulement de l'envie de la posséder mais aussi de la marquer, afin que la femme, sa signature imprimée dans la chair, soit définitivement sienne, et à personne d'autre. Il enviait la mission d'Eulogio, il aurait voulu être le donneur, tomber comme un aérolithe dans ses entrailles et éjaculer dans son âme, entrer en elle tel un mort dans la crypte et là, dans ce paradis intime, fermenter jusqu'à la remplir complètement, en lui gonflant orgueilleusement les seins et le ventre… Pour dissimuler, craignant que sa femme ne lise dans ses pensées, sans se sentir coupable mais convaincu qu'une femelle, par antonomase monogame, ne comprendrait jamais l'essence polygame d'un mâle, il s'était assis dans une cuvette d'eau glacée et se mouillait la tête toutes les dix minutes. Il jouait avec Sara Felicidad à la canasta, furieux de ce qu'elle lançait les cartes sur la table avec nonchalance, attentive seulement au développement de la créature qu'elle portait dans son ventre. Que sa femme ne se rende pas compte de l'impossible désir qui lui rongeait la moelle le plongeait dans une inquiétante sensation de solitude. Un être étranger s'était infiltré dans le palais, et il était en train de le chasser du trône. Parfois, sans raison apparente, il jetait les cartes et lançait un violent : « Traîtresse ! ». Il se rendait alors à l'épicerie d'où il revenait avec un petit chariot plein de provisions. Ni Sara Felicidad, plongée dans sa gestation, ni Eulogio, changé en ombre de l'ombre de sa promise, ni cette dernière, massant toujours avec ferveur le lingot de cuivre, ne semblaient avoir conscience de ses allées et venues.

Une nuit, après avoir caressé la masse de métal pendant douze semaines en ne dormant que cinq minutes toutes les deux heures, Rubí tomba en catalepsie. Avec la lenteur d'un iguane, le mineur surgit alors de l'ombre, aussi nu qu'elle. Sa peau brune, glabre, avait la même texture que la surface métallique. Sur sa couche étroite, se servant de Sara Felicidad comme d'un matelas, Jaime rêvait avec angoisse que vêtu en femme, il était Miss Ukraine, noyée dans le cimetière marin près de Benjamín. Pendant ce temps, avec des gestes légers, Eulogio écarta peu à peu les jambes de la vierge, observa longuement cette porte qui, entre les deux lèvres lisses, n'était qu'une ligne ambrée exhalant des fragrances ambrosiaques, et il y appuya respectueusement la tête de son sexe, aussi noire que l'ébène. Tout en soufflant une haleine chaude sur le visage de la femme endormie afin qu'elle ne se réveille pas, il poussa, millimètre après millimètre, jusqu'à ce que, sans la moindre déchirure, l'hymen s'ouvre en quatre pétales, permettant au membre entier d'être absorbé par les parois humides et de parvenir à l'utérus pour y déposer comme une offrande, sans aucun va-et-vient, une grande perle liquide.

Le regard fixé sur la femme immobile, l'homme se retira en reculant lentement, et fut à nouveau avalé par l'ombre… Peu après, Rubí remua les doigts de pieds. Elle sentit un fourmillement agréable sur toute l'étendue de sa peau. À présent bien réveillée, pleine d'un bonheur physique qu'elle n'avait jusque-là jamais connu, elle regarda ses cuisses. Elle vit qu'un petit filet de sang coulait de son sexe. Aspirant une bouffée d'air, elle laissa échapper un long soupir. Ce n'était plus une enfant… Elle s'étira avec des mouvements sensuels, bailla en jetant un regard reconnaissant vers les deux braises qui brillaient dans l'ombre – les yeux aimants de Eulogio –, puis recommença à masser le lingot, muette, heure après heure, sans se reposer, sans dormir… Chaque fois qu'elle retombait dans sa profonde léthargie, exténuée, le mineur quittait l'ombre, soulevait les longues jambes couvertes de taches de rousseur, et à genoux comme devant un autel, il déposait son offrande séminale dans le calice…

Jaime se réveilla d'un cauchemar, ouvrit les yeux et surprit le mineur en pleine action. Il fit semblant de dormir. Quand Rubí se remit à l'ouvrage, il rampa jusqu'à elle et lui chuchota qu'il lui demandait pardon de lui causer le désagrément de lui décrire ce qui lui avait semblé être un viol fourbe et hypocrite. Rubí lui répondit :

– Dès la première fois, je me suis rendue compte qu'Eulogio a décidé de m'inséminer pendant mon sommeil. Avec une admirable honnêteté, il a été capable de sacrifier l'orgueil que lui procurerait le fait de me donner un plaisir sensuel et il s'est contenté de n'être qu'un géniteur, comme nous l'avions spécifié dans notre contrat oral. Délicatesse dont je lui serai reconnaissante jusqu'au jour de ma mort.

Se mordant les lèvres, Jaime revint à sa couche, grimpa sur le corps de Sara Felicidad, mit la tête entre ses mamelles de plus en plus volumineuses et, rassemblant toutes les forces de sa volonté, il laissa son amour sans espoir se dissoudre dans les acides de la déception. Furibond, il obtint vite de sa géante la jouissance que lui rendit la « réalité réelle », grâce à une douzaine de coups de reins. « La couronne qui ne doit pas un jour ceindre ta tête, laisse-la rouiller ! »

Un mois plus tard, la Grugenstein s'aperçut qu'elle était enceinte… Avec le tarissement du flux menstruel, il lui sembla que le pardon des peuples premiers lui était accordé. La blessure infligée par les conquistadores avait cicatrisé. La race vaincue occupait à nouveau le trône et, à partir du centre de son ventre, elle rétablissait l'union avec le sang solide de la Terre. Comme elle était sienne, le cuivre était enfin sien... Elle s'approcha du lingot, appuya ses mains ardentes sur la surface polie et, petit à petit, elle le modela, grâce à de légères caresses et à un amour intense. Le métal obéissait à l'énergie de sa passion et, devenu une pâte molle, sans offrir de résistance, il adoptait les formes que ses doigts lui imprimaient. Sacrifiant sa volonté, en transes, la femme obéissait à une force millénaire qu'elle sentait venir du fond de la Terre, la pénétrer par la plante des pieds, envahir toutes ses cellules et ressurgir par la paume de ses mains. Peu à peu, une déesse au masque d'oiseau brandissant un plant de maïs apparut.

Sara Felicidad n'en fut pas surprise ; au contraire elle sourit, soulagée : la vision du miracle lui confirmait la trame magique, immatérielle, de pure conscience, sur laquelle le monde était tissé. Mais, ouvrant et fermant la bouche comme un poisson agonisant au bord de l'eau, Jaime assistait à l'effondrement de sa forteresse rationnelle. Ainsi la matière dépendait de l'esprit ! Il eut la sensation que son âme sautait d'une ligne horizontale à une ligne verticale. Ce cuivre amolli par des doigts, révélant une forme intérieure, passant de l'état de vulgaire lingot à celui d'œuvre d'art, lui dispensait un apprentissage qui aurait nécessité des milliers d'années, en d'autres circonstances. Quelle était l'origine d'un tel changement ? Quelle force sourdait-elle du contact des mains avec le métal ? Il était évident que la chair et le cuivre s'unissaient dans la force de l'amour. La réalité n'était-elle, par conséquent, que celle qui procédait du cœur ? En dehors de ce qui allait mal, la vie entière était-elle, par nature, un miracle ? Si la dévotion, c'est-à-dire la concentration amoureuse, pouvait inverser les lois physiques, celles-ci se révélaient être, en fait, des pensées, des niveaux supérieurs de l'esprit qui n'obéissaient ni à la matière ni au temps. Un être pur pouvait annuler le passé dans le présent, libérant du même coup le futur. Rubí, qui possédait tant, voulait donner à ceux qui avaient si peu. Et son don le plus grand n'était pas l'argent, mais le miracle que serait pour toutes les âmes de pouvoir s'unir en Dieu… À l'intérieur de mon père, saisissant pour la première fois dans ce cerveau têtu le concept de Dieu, le Rebbé murmura « Béni soit-Il ». Il sentit son hôte libéré d'un cauchemar : la réalité réelle n'était pas cet enfer lourd et sans issue dans lequel, pendant tant d'années, il avait lui-même déambulé en niant sa propre lumière.

Cette nuit-là, la faute d'inattention d'un contremaître ivre causa l'explosion prématurée d'une charge qui étendit son bras de feu le long d'un tunnel rempli de centaines de tonnes d'explosifs. Des groupes d'ouvriers furent jetés à terre avec une violence démentielle. D'autres se virent incrustés dans les flancs de la galerie tels des clous humains. Une montagne d'éboulis roula avec fracas, ensevelissant les équipes restantes. D'autres charges explosèrent. Les plaintes, les hurlements de douleur et les râles angoissés se noyèrent au milieu de cette secousse colossale. Les tympans éclataient comme du verre broyé ; les têtes volaient en éclats, les ventres crevés projetaient des méduses rougeoyantes. Un vacarme poisseux rendait impossible la localisation du moindre bruit. Pendant de longs siècles, tout fut plongé dans les ténèbres. Des traces violacées surgirent des roches décrochées et rampèrent comme des serpents de lumière, dans la confusion. Avec des oscillations destructrices, des vapeurs grises, denses et sinueuses, avançant avec avidité, étouffèrent les survivants dont les cris d'agonie montaient des crevasses obscures. Dans l'océan de fumée, quelques rescapés rampaient, terrifiés, affolés, se serrant en troupeaux. Les grandes nuées commencèrent à s'évanouir petit à petit, après avoir occupé les cavités intimes, les galeries de communication et le plafond des excavations. Dans un long silence, interrompu par les plaintes de quelques moribonds, une lumière naquit, laiteuse, tachée du gris verdâtre et du rouge de ces corps asphyxiés ou déchiquetés… Des sifflements stridents résonnèrent. Des groupes de femmes, d'enfants et d'hommes qui travaillaient dans d'autres équipes surgirent de partout. Impatients d'obtenir des nouvelles, ils s'approchèrent du campement nord-américain où ils furent arrêtés par les carabiniers. Ils leur désignèrent un tableau vide avec dédain.

– On ne sait pas encore s'il y a des morts ! Retournez au travail !

Des voix désespérées s'élevèrent, des pleurs de protestation, des insultes sourdes, tandis que les gardes les mettaient en joue. Quatre ambulances passèrent, crachant des nuages de poussière que la clarté de l'aube naissante rendaient lumineux. Des noms commencèrent à apparaître sur le tableau. Il y en avait tant que, faute de place, on finit par les écrire sur les murs. Poussant des hurlements, une femme se fraya un passage dans la foule et alla coller ses yeux sur les traits de craie. Il fallut trois soldats pour la faire partir. Elle tomba à terre comme un ballot, agitée de brusques contorsions.

Les pupilles dilatées, Jacobo Rentzel fit irruption dans l'atelier.

– Mademoiselle Grugenstein, il y a eu des centaines de morts ! Mais ne vous inquiétez pas, il reste encore beaucoup de *Blackies* ! La production ne s'arrêtera pas une seule seconde !

– Et qu'avez-vous l'intention de faire concernant les familles, monsieur le Gérant ?

– Ne vous inquiétez pas non plus de cela, mademoiselle : nous indemniserons dix gagnants grâce à une loterie ; ils recevront chacun mille pesos. Il faudra bien qu'ils s'en contentent : mieux vaut peu pour quelques-uns, que rien pour tout le monde…

– Jacobo Rentzel, transmettez immédiatement cet ordre à l'intendant : je décrète que demain sera jour de deuil ! Aucun ouvrier ne travaillera, mais la journée leur sera payée ! Après avoir enterré les morts avec tous les honneurs qui leur sont dus, les habitants de la mine, chiliens et étrangers, nous retrouveront, moi et cette déesse de cuivre, près de la gueule béante du premier moulin ! Je ferai une importante déclaration et un dangereux sacrifice !

Jaime pensa que la Grugenstein exagérait. Que pouvait-il arriver de grave à la propriétaire de Chuquicamata ? Elle allait se donner le plaisir d'exhiber sa sculpture : est-ce que c'était dangereux, ça ? Il dut vite changer d'avis. Il n'avait pas imaginé que l'idole causerait un tel tumulte. L'image apparue dans le cuivre constituait un emblème miraculeux pour ces

Chiliens, dans les âmes desquels on avait depuis l'enfance mêlé les mythes incas avec le catéchisme. À huit heures du matin, six hommes robustes se présentèrent ; certains portaient des cicatrices de coups de couteau, d'autres avaient des doigts en moins. Ils placèrent la déesse sur un rectangle de planches décorées de fleurs en papier faites avec des paquets de cigarettes, puis la hissèrent sur leurs épaules. Ainsi chargés, ils empruntèrent le chemin du cimetière très lentement, à petits pas rythmés. Un cortège silencieux d'hommes, de femmes et d'enfants se joignit à eux ; ils étaient tous vêtus de noir, et charriaient sur leurs épaules des boîtes dans lesquelles ils transportaient les morceaux de chair qu'ils avaient récupérés après l'accident. La foule, en s'étendant sur la plaine vermeille, prit la forme d'un immense corbeau. En se reflétant sur l'idole, le faisceau de lumière diffusé par le soleil gratifia l'oiseau d'une huppe dorée. Toujours nue, mais enveloppée d'un drapeau chilien, Rubí marchait devant la plateforme. Eulogio Gutiérrez avançait collé à ses talons, discret, comme une ombre. Oubliant le paysage, il gardait les yeux fixés sur la nuque tendue de la future mère. Ce regard perçant était le fruit d'une passion qui l'avait inondé comme une vague géante, emportant ses défenses, balayant jusqu'à la dernière miette de son passé. Un amour impossible qui voulait se déverser de sa bouche en mots d'adoration, mais qu'il contenait en serrant les mâchoires jusqu'à presque se casser les dents… Placé dans la queue de l'oiseau, Jaime avançait en traînant sous le parapluie avec lequel Sara Felicidad, déjà grosse, le protégeait du soleil ; après s'être senti obligé de maudire ces cérémonies infantiles, ces dieux inutiles, cette ridicule croyance en l'au-delà, il commença à absorber le silence collectif. Puis, percevant dans la douleur l'impuissance de la colère, il pressa le pas, se mit à courir, traversa l'océan noir et, parvenu auprès de Rubí, il rompit le silence d'un cri rauque, tonnant, continu, mélange de souffrance colossale et de protestation. À présent, le corbeau avait une voix, et croassait pour manifester sa profonde blessure !

Les montagnes firent écho au hurlement de mon père et, de crête en crête, elles le transmirent jusqu'au puits. Là, accompagnés de leurs concubines, les employés étrangers attendaient de mauvaise grâce. Pour faire taire cette lamentation lancinante, l'officier Maturana ordonna à son orchestre de carabiniers d'entamer la marche funèbre. Le curé espagnol prépara l'encensoir et le goupillon, puis répandit l'eau bénite. Les coteaux commencèrent à se teindre en noir. L'énorme ombre vivante descendit et alla entourer l'ignoble trou qu'on appelait cimetière. Les trois cents carabiniers tirèrent des salves répétées. D'une voix lente et aiguë, le prêtre pérora en latin. On déposa les boîtes en bois goudronné dans la cavité. Jaime continua à crier sans le vouloir, car il ne pouvait cesser d'exprimer la douleur de tous, possédé qu'il était par l'esprit collectif qui l'avait choisi comme gorge. Les cercueils improvisés remplirent le trou jusqu'au bord. Une pelleteuse recouvrit en quelques minutes la surface avec des grandes pierres. Sur la plus haute, on fixa une croix faite d'une pelle et d'une pioche. C'est alors seulement que Jaime put se taire. Rubí se dirigea vers le moulin et sans avoir besoin d'en donner l'ordre, instantanément, les ouvriers qui portaient la déesse la suivirent. Derrière eux, comme une armée de fourmis, tout le personnel de la mine leur emboîta le pas.

Très loin en arrière, le gérant général, le superintendant, Jaramillo le flic et Hidalgo le boiteux échangeaient des bougonnements acides :

– Elle a une araignée au plafond ! Elle perd des millions de pesos pour enterrer quelques *Blackies* ! C'est donner beaucoup trop d'importance à ces moins que rien ! Qu'est-ce qu'elle va leur dire ? Les mots, ils s'en foutent pas mal. La seule chose qui les intéresse, c'est l'argent, pour pouvoir le dépenser à boire et à aller aux putes. Femme stupide et impudique… elle se prend pour une grande artiste ! Elle pense qu'elle va les séduire avec son cul nu et son polichinelle en cuivre ! Il faudra qu'on envoie un télégramme à monsieur Grugenstein : il fera venir quelqu'un de l'asile pour la chercher !

Les ouvriers déposèrent la déesse sur la plate-forme mobile qui soulevait les wagons chargés de minerai jusqu'au museau broyeur du moulin. Rubí y monta aussi, et, d'un geste grave, elle laissa tomber le drapeau qui l'enveloppait. Dans le nouveau silence de la pampa, (parce que c'était la première fois en vingt ans que le fracas du moulin avait été muselé), un silence ancien s'installa, celui des travailleurs vaincus. En eux, la moindre émotion devait franchir le barrage d'un cœur blindé, aussi dur que les roches qu'ils cassaient à longueur de journée. Grâce au changement de niveau, la plate-forme offrit en s'élevant une autre dimension au corps qu'elle transportait, comme si l'idole était le vêtement de la nudité, et que la nudité était le secret intérieur de l'idole… Regroupés sur le pont et au pied de l'immense machine, ce n'est qu'à ce moment qu'ils commencèrent à tomber à genoux, confondant les deux femmes, celle de cuivre et celle de chair, en une seule… Au second plan, sur un plateau réchauffé par les rayons verticaux du soleil de la mi-journée, assis sur des chaises pliantes comme au balcon d'un immense théâtre, les employés étrangers esquissèrent des grimaces moqueuses devant tant de ferveur populaire ; ces sourires s'évanouirent brusquement lorsque Rubí souleva les quatre-vingt-dix kilos de sa statue avec une force inattendue, et la déposa près du monstre muet. Dans le silence total, les plus petits pas, frottements de tissu ou vrombissements de mouche, résonnaient comme des coups de feu. D'en haut, la rousse n'éleva pas la voix, et pourtant chacune de ses paroles fut distinctement entendue par les quatre mille travailleurs.

– Nobles mineurs, mes amis, je vais devant vous parler au fils que je porte dans mon ventre ! Je le fais parce que le sperme qui l'a engendré est l'élixir de cette terre, la chair de votre chair, et que parler à cet enfant, c'est vous parler à vous ! Mon fils : qui suis-je pour accaparer ton attention ? J'ai l'air d'être la maîtresse de ces entrailles fabuleuses, mais en réalité, je ne suis guère plus que la servante de celle qui s'est manifestée à travers mes mains, et qui est l'essence du cuivre. Métal sacré extrait dans la douleur, modelé dans la douleur, et utilisé pour rajouter à la douleur du monde, en le rendant complice d'un rapace qui, dédaignant le trésor de la vie éternelle, aspire au pouvoir éphémère de l'argent ! Toi et moi, étant tous deux héritiers de Fritz Grugenstein, nous sommes, ici et maintenant, les principaux coupables de ce saccage ignominieux ! Nous ne nous étions pas aperçus que le désert n'est pas un cadavre mais un esprit en gestation, qu'il n'est pas une étendue stérile mais un foyer fertile où la conscience humaine fleurira. Pour chaque lingot que nous avons fait extraire, nous aurions dû planter un arbre, afin de changer cette désolation apparente en une région de forêts capable d'attirer les nuages, la pluie, la vie animale, les communautés humaines ; elles auraient cultivé avec sagesse et bonheur ces terres généreuses. Toi qui bois mon sang juif changé en venin par des siècles de répudiation néfaste ; toi qui grandis de la semence d'une classe humiliée, incapable de rompre l'engourdissement moral dans lequel la misère l'a précipitée ; toi, le métis, qui dès avant ta naissance es à la fois coupable de la richesse exploitante et de la pauvreté résignée, tu m'aideras à faire que cela cesse ! Si tu ne m'aides pas, quatre mille bêtes vaincues, incapables de se rendre maîtresses de ce qui leur appartient, continueront à aller à l'abattoir ! Le combat que nous allons mener est monumental ! Pour vaincre la rapacité de mon grand-père, qui nous oblige à remplir le ventre de ses innombrables bateaux en partance vers les États-Unis, et pour rendre Chuquicamata à son véritable maître, le peuple du Chili, il faudra le sortir de la cuirasse mentale qui le sépare de la réalité et le plonger dans la douleur, afin qu'il connaisse la destruction qu'il sème, en l'expérimentant dans sa propre âme ! Comprends, mon enfant, que l'unique chance de survie des Grugenstein, c'est toi ! Mon grand-père a placé en toi toutes ses espérances de domination de la planète. Tu es sa continuation ambitieuse. Nous devrons lui arracher le cœur, pulvériser son futur, faire que le profit lui devienne inutile, afin que, avec des griffes mais sans proie, il détruise lui-même la machine de pouvoir que les banquiers font fonctionner avec son argent ! Pardonne-moi, mon fils, pardonne-moi infiniment : pour que tout cela change, je dois te sacrifier !

Entendant les mots « te sacrifier », Eulogio Gutiérrez, le seul au courant des projets de son amante, abaissa la manette qui actionnait le moulin. L'avaleuse fit résonner ses dents d'acier. Au milieu du fracas, soulevant de nouveau la déesse, Rubí se jeta avec elle dans la gueule du monstre féroce. En quelques secondes, elles furent changées en farine dorée.

Le désarroi paralysa la foule. Profitant du trouble général, Eulogio arrêta la machine, sortit de la cabine de commande et, escaladant l'échafaudage, parvint jusqu'au toit. Là, il se mit à hurler :

– Camarades, cette femme divine a donné sa vie pour que vous vous réveilliez ! Que son sacrifice ne soit pas vain ! Mettons-nous en grève ! Formons un syndicat pour exiger des salaires qui nous permettent un niveau de vie décent ! Un repos hebdomadaire de vingt-quatre heures ! La suppression du travail des enfants dans les emplois pénibles, l'application de la loi sur les accidents du travail, le paiement des heures supplémentaires, de nuit et du dimanche, l'attribution de chambres salubres, un service médical, des bibliothèques, des écoles pour nos enfants ! Et des parts dans la compagnie, parce que le cuivre est à nous ! Des… !

Robert Pinkel cria à Enrique Jaramillo :

– Fermez-lui le museau à ce communiste !

Le murmure croissant des mineurs, qui commençaient à réagir peu à peu, s'étouffa devant les lances brandies par les carabiniers. En meutes déchaînées, teignant de vert la tache noire, ils s'ouvrirent un passage à coups de pieds pour atteindre le moulin, l'escalader et frapper le meneur. Souriant pendant qu'on lui brisait les os, Eulogio réalisa qu'il mourait plus pour son amante que pour son peuple.

Hidalgo le boiteux courut aussi vite qu'il put jusqu'à la tour centrale et actionna la sirène marquant les changements d'équipes. Vidant sa flasque de whisky, le superintendant vociféra :

– Allez, vite, retournez au travail ! Immédiatement, comme ça, avec vos vêtements de deuil ! Et celui qui ne grimpe pas dans le train dans les cinq minutes, il sera foutu dehors à coups de bâton, bordel !

Les carabiniers poussèrent les ouvriers avec les crosses de leurs fusils pour qu'ils s'entassent dans les convois qui partaient l'un derrière l'autre vers les collines. Du manche de leurs lances, ils secouèrent la poussière des épaules de plus d'un retardataire. L'instinct de conservation, la peur et le réflexe canin d'obéissance firent taire les protestations et transformèrent les mineurs en scarabées muets. Apeurées et en se signant, les femmes coururent trouver refuge dans leurs chambres sordides… Robert Pinkel respira avec soulagement : avec ce caractère soumis, les *Blackies* pouvaient tolérer n'importe quelle forme d'oppression…

Pendant ce temps, d'abord avec une pelle, puis avec une spatule, Jacobo Rentzel tâchait de récupérer jusqu'au dernier gramme de la farine sanguinolente, qu'il recueillait dans un baril d'acier. Un instinct millénaire lui faisait respecter les restes mortels. En larmes, il ne pouvait s'empêcher de murmurer en yiddish :

– *Aineh villen leben un kennen nit, un andereh kenen leben un villen nit.* (« Certains voudraient vivre bien et ne le peuvent pas, alors que d'autres qui pourraient vivre bien ne le veulent pas. »)

Sara Felicidad tomba assise sur le sable chaud et, entre deux soupirs rauques, elle murmura :

– Ah, Jaime… Quel effroyable et héroïque sacrifice ! Nous ne devons pas oublier Rubí ! Nous devrons l'aider à poursuivre son œuvre ! Mais, comment ? Quatre mille personnes ont vu assassiner don Eulogio, et il n'y en a même pas eu une seule pour protester. Devrons-nous, nous, leur apprendre à se libérer du joug ?

– Sara Felicidad, depuis que tu es enceinte, tu t'es préoccupée non seulement du salut de l'être que tu portes, mais aussi de celui du monde entier ! Je t'en prie, contente-toi de bien accoucher ! Nous ne pouvons offrir à ceux qui viendront le Paradis qu'Adam et Ève ont perdu, d'après le conte de fées sacré ! Ici, après le suicide de Rubí, la situation va devenir dangereuse. En plus des flics, ils feront venir des soldats et ils trufferont les campements d'espions… Nous avons économisé assez d'argent pour payer ton accouchement. Il vaut mieux que nous rentrions à Tocopilla.

IV

LA TÊTE DE L'EMPEREUR

Sara Felicidad commença à ressentir les premières douleurs. La sage-femme prédit que la mise au monde aurait lieu dans les quarante-huit heures, et qu'elle serait difficile. Comme il n'y avait pas d'hôpital à Tocopilla, les accouchements se faisaient derrière l'église, dans une clinique improvisée construite en calamine… ; un endroit étouffant où ils s'en furent dormir après avoir fermé la Casa Ukrania. Préoccupée par le destin du monde, ma mère se réveilla à trois heures du matin en pleurs. Tombant avec une lenteur angoissante dans la machine à broyer, Rubí Grugenstein lui avait dit en rêve :

– Ce ne sera pas moi que Fritz recevra dans ses bras, mais un cercueil plein d'une pâte d'os et de cuivre. Il verra alors s'effondrer ses illusions, son nom se changera en excroissance stérile, ses griffes ne rencontreront plus que le vide en guise de proie, sa nuque perdra tout orgueil, et tel un vaisseau fantôme, il tombera dans la solitude. Une marée de haine lui noiera l'âme. Il voudra se venger du système, de l'histoire, de l'humanité. Il commencera à retirer tout son argent des banques. Profitant de la confusion des économistes, il sèmera la panique sur les marchés. Il dépouillera le futur de ses couleurs brillantes, il convertira les prévisions de bénéfices et d'augmentations de capital en une tragédie sinistre. Il donnera le coup de grâce de la comptabilité cruelle en pleine Bourse des valeurs, royaume de la chimère où les joueurs savourent des triomphes aux fondements irréels. Sans l'appui de son argent, l'univers manipulé par les forces irrationnelles du désir de pouvoir se dévorera lui-même. Conduisant Wall Street à la faillite, Fritz Grugenstein brisera le rêve américain en mille morceaux et sera le point de départ d'une crise qui jettera la planète dans la misère. Les citoyens arrogants passeront du jour au lendemain de l'ostentation de l'or à l'amertume du chômage. La monnaie, celle qui déguise son corps de cuivre d'une cape de nickel, sera dévalorisée, transformée pour toujours en une créature capricieuse, fluctuante. Stable comme une montagne, l'invincible dollar deviendra le déversoir où convergeront tous les maux de la Terre. Il n'y aura plus rien de certain : incertains les idéaux, incertaines les frontières, incertaine la justice, incertains les emplois, incertaine la famille, incertain le futur ; l'humanité sera plongée dans une incertitude identique à celle dans laquelle mes ancêtres ont été contraints de vivre pendant des siècles...

Mon père tenta de la calmer :

– Rubí était une artiste à l'imagination débordante. Un seul homme ne peut démolir toute l'économie mondiale. Les actions individuelles sont inutiles. Dors tranquille, mon cygne, il n'arrivera rien !

Mais quand, la voix tremblante, un carabinier annonça à la radio qu'en ce mercredi 23 octobre, New York connaissait un début de tremblement de terre boursier – chutes vertigineuses des cotations et liquidations désespérées alternant avec des reprises spasmodiques, bassesse d'agents qui, sans même se cacher, vendaient à prix cassés des titres qu'en vérité il ne possédaient pas, ou des actions acquises à crédit avec des réserves insuffisantes, impuissance des banquiers, se révélant effectivement incapables d'aider les acheteurs qui, au milieu d'une panique totale, voyaient partir en fumée leurs chimériques fortunes –, Jaime crut enfin les prédictions de Rubí Grugenstein.

Alors que Sara Felicidad était la proie de douloureuses contractions, il lui écarta les jambes, enfonça profondément le nez dans sa vulve et, plus tendu qu'une barre d'acier, il souffla longuement et de toutes ses forces, donnant ainsi une impulsion au Caucasien pour qu'il entre dans mon corps par le couloir brûlant du vagin… J'ai déjà dit plus haut que je ne peux affirmer avec certitude la réalité de ce personnage. Aujourd'hui encore, après tant d'années passées à profiter de sa compagnie, je continue à douter. Serait-ce une hallucination contagieuse, transmise par mon grand-père à mon père et à moi par lui ? Quoi qu'il en soit, avec toutes les réserves d'usage, le Rebbé décrivit ainsi les difficultés de ma naissance :

« Satisfait de ne plus vivre en Jaime, un homme qui me détestait, et de pouvoir m'incarner à nouveau, je m'introduisis dans ton petit corps qui à ce moment précis luttait, victime des coups de pieds de ta sœur jumelle, pour se faire une place convenable où il lui serait possible de tourner sur lui-même et ainsi de naître correctement… J'ai cru que je pouvais t'aider, mais je compris, à peine avais-je entouré la glande pinéale, que ton cerveau en développement ne pourrait se rendre compte de ma présence avant qu'il soit complètement formé. Sept années de silence m'attendaient.

« Se sentant incapable de vous donner, à toi et à ta sœur, le paradis terrestre que vous méritiez, accablée d'une douleur coupable, Sara Felicidad se mit à lutter contre les os de ses hanches, essayant d'empêcher qu'elles s'écartent, pour vous garder dans son ventre, protégés toute la vie… À la place des contractions de l'utérus qui, commençant par le fond et les amenant jusqu'au-devant selon une onde sinusoïdale, auraient dû agir sur les jambes et le pelvis de ses jumeaux, elle produisit une vague de mouvements musculaires pour vous faire reculer et vous comprimer la tête contre la base… À coups de pieds colériques, vous avez produit une impulsion dans le conduit en forme de V pour essayer de vous introduire dans le canal utérin qui ne voulait pas se dilater. Le liquide amniotique, qui à ce moment-là aurait dû se trouver derrière vos corps, vous pénétra par le nez et par la bouche avant d'envahir vos poumons, trachées et estomacs. Poussés par l'envie de naître, vous êtes malgré tout parvenus à avancer mais, n'étant pas aidés par les contractions et faute de pouvoir effectuer la rotation nécessaire, vous vous êtes cognés contre la protubérance du sacrum… On a injecté à Sara Felicidad un puissant anesthésique, qui vous a drogués en traversant la barrière placentaire. Désormais incapables d'avoir les réactions normales qui auraient dû faciliter votre mise au monde, vous vous êtes abandonnés au chaos. La respiration affaiblie, sans plus d'énergie musculaire, les crispations désynchronisées vous ont écrasés, comme dans un compresseur. Le liquide s'est rempli de mousse et a commencé à vous étouffer. Désespérément, Raquel Lea s'est jetée à plusieurs reprises contre le pelvis. Finalement, en se frottant contre la surface râpeuse du sacrum, elle est parvenue à s'ouvrir le chemin et à te conduire, toi, Alejandro qui, accroché à ses chevilles, te laissais tirer…

« Au moment où sa tête était sur le point d'émerger du canal, Raquel Lea, entravée par ton étreinte, ne put se servir de ses pieds pour sortir. Ainsi bloqués, paralysés par la drogue, l'oxygène a commencé à vous manquer. Un forceps a saisi le crâne mou de ta sœur et, enfin, d'un seul coup, tu ne l'avais pas lâchée, il vous a tous les deux amenés au monde… On vous a mis la tête en bas pour que vous puissiez vomir le liquide ingurgité, votre cordon ombilical a été coupé avant l'heure, on vous a enveloppés de serviettes rêches puis conduits dans une autre pièce, à cent mille kilomètres de ta mère, et on vous a laissés, seuls, dans un berceau en métal froid, pendant les premières heures de votre vie.

« Le cœur de Raquel Lea, deux fois plus grand que la normale, cognait avec une telle force qu'on entendait ses battements dans toute la clinique. Toi, en revanche, mon Alejandro, sans jamais cesser de sourire, tu respirais lentement et tu bougeais à peine. Plus tard, les infirmières ont été étonnées de constater que tu avais un tout petit cœur, pas plus grand que celui d'une colombe ».

À quatorze mois, Raquel Lea parlait couramment. Chancelant et essayant de garder l'équilibre, elle courait d'un meuble à l'autre en même temps qu'elle murmurait des phrases énigmatiques : « Entends-tu l'aboiement de l'air enseveli au milieu des orties, et sous lequel fermentent les pierres de sa mémoire solide ? Éclaircis-tu, tel un brouillard mélancolique, ce que tes yeux nient pour pouvoir laisser des traces dans la roche dure ? Pour moi, l'ombre fugace de tes doux pieds est un sentier plus dur. » Du lever au coucher, et parfois même en dormant, elle ne cessait de déverser cette rivière de paroles qui, se changeant en poème, traversait les jours, les semaines, les mois, et menaçait de durer des années. « Je me cherche plus loin, dans les lieux où je ne suis jamais allée… Je sais que les pas que nous laissons nous attendent toujours… Dans l'inauguration hostile des matins, l'orage amène une odeur de mouettes… » D'abord intrigué, puis énervé par tant de bavardage, Jaime se bourra les oreilles de mie de pain. Au contraire, Sara Felicidad s'extasiait à entendre ce qui lui semblait être des messages venus d'une dimension magique. Mais, par déférence envers la rationalité rebattue de mon père, elle scellait la bouche de ma sœur avec une tétine enduite de miel ; elle en suçait le sucré jusqu'au bout, avant de la recracher et de reprendre son discours. « Soumettre mes rêves à d'autres rêves. Briser mes os entre tes mains jaunes. Enfoncer tes ailes dans mon ombre… »

Pendant ce temps, pauvre de moi ! j'étais incapable de prononcer la moindre syllabe, et encore moins de marcher. Dans mes tendres gencives quatre incisives avaient douloureusement poussé, deux en haut et deux en bas ; ajoutées à mon grand nez, elles me donnaient un air de rongeur. Furtivement, comme un animal, je me glissais en rampant sous les lits, les chaises et les tables. Il m'arrivait souvent de rester une journée entière au fond d'une armoire que j'avais trouvée ouverte sur ma route. J'aimais mordre le bas des robes de ma mère, si imprégnés de son exquise odeur de pain, en arracher de longues bandes de tissu pour les sucer jusqu'à en faire des boules imprégnées de salive. (C'est ainsi que j'ai transformé sa robe de mariée en une pyramide de sphères.) Lorsque Sara Felicidad revenait de la boutique, elle s'asseyait dans le fauteuil à bascule et sans me chercher, dans la pénombre de la nuit naissante, faisant émerger un sein qui brillait comme la lune, elle fredonnait un fil d'argent qui venait s'attacher à mes oreilles : « Alejandrito. » J'avançais par reptations. Tel un escargot je grimpais sur ses longues jambes, puis donnais ma bouche au robuste mamelon et avalais ce serpent blanc qui, après avoir fait éclater ma langue en un ciel étoilé, ondulait le long de ma gorge, affolant les parois de mon œsophage, finissait par s'enrouler au fond de mon estomac amoureux, et par grandir, grandir, pour finalement pousser ma peau vers l'horizon et, plus loin encore, jusqu'à la fin de l'Univers. « Mère, tu es tout, moi je ne suis rien ; plus je te mange, plus tu me tues ! » Effacé, repu, impersonnel mais heureux, je m'endormais dans ses bras, petite pierre protégée par une montagne… Cependant, quatorze mois plus tôt, le monde entier s'était écroulé. Malgré tous les efforts du colonel Ibáñez pour cacher la crise, muselant les journaux et la radio, ordonnant l'arrestation et la mise au secret de toute personne s'avisant de propager des nouvelles alarmistes, déclarant que jamais les finances publiques ne s'étaient mieux portées, la dure réalité s'infiltra petit à petit dans le faux paradis. Le chômage progressait, lentement mais sûrement. Même dans les villages propres et bien pavés, on voyait errer des troupes de chiens affamés cherchant dans les poubelles un os à ronger. En plus de la crise mondiale, l'invention européenne du salpêtre synthétique, beaucoup moins cher, assena un coup de massue mortel au commerce extérieur. Les banques nord-américaines cessèrent de prêter de l'argent : le Chili, nation dont l'économie dépendait d'un seul produit, lequel n'était désormais plus vendable, ne faisait pas un bon débiteur. Asphyxiées par leurs réserves, les compagnies salpêtrières commencèrent à fermer… Mettant le cap sur la lointaine capitale, de larges taches de haillons défilèrent : des mineurs faméliques charriant leurs femmes, leurs enfants et leurs poux. Aidées des autorités municipales, les paroisses organisaient pour eux des soupes populaires : formant d'immenses queues, les loqueteux ne recevaient guère qu'un bouillon maigre dans des boîtes de conserve vides. Mais à la commisération vint s'ajouter la terreur. Les langues firent galoper les rumeurs les plus folles : « Convertis au communisme, ces galeux préparent un soulèvement et une nuit, par surprise, ils vont nous couper la tête ! Ils jetteront des poux sur nos enfants pour leur donner le typhus exanthématique, et ainsi se venger de leur malheur ! » Résultat : on interdit aux mineurs de fréquenter les rues et de dormir entassés au pied des collines de la cordillère. Malheureusement, les poux pouvaient parcourir des kilomètres, et à partir des campements insalubres, peut-être à la recherche de sang plus substantiel (celui des ouvriers n'était plus guère que de l'eau claire), ils se répandirent dans la population, provoquant la peste tant redoutée. La panique fit que l'armée, baïonnettes au clair, poussa les chômeurs le plus loin possible vers la côte. Avec ses différents coquillages et algues, la mer se chargerait bien de les nourrir… La question de la faim fut ainsi résolue, mais pas celle de la soif.

Jaime échangea cinquante paires de bas contre une charrette porteuse d'eau tirée par trois ânes. (À cette époque-là, nombreuses étaient les maisons de Tocopilla à ne pas avoir l'eau courante. Des camions déglingués la ramenaient de la source de Mamiña en barils et la vendaient à des particuliers qui la revendaient à domicile, en la transportant sur des charrettes). Il baptisa ses ânes osseux Foi, Espoir et Charité. Têtu, il prit sur lui de distribuer aux parias gratuitement le liquide vital, même s'il devait pour cela mettre en gage tout le contenu de son magasin. Gamboa le boiteux daigna lui rendre visite. Faisant résonner le sol en ciment avec la haute semelle de son bottillon, il entra dans la Casa Ukrania.

– Écoutez, don Jaime, votre effort et votre générosité sont très louables : pour calmer la soif de tant de gorges, il vous faudra en effet sacrifier tout ce que vous avez, et même plus encore, vous devrez vous endetter jusqu'à la moelle. Putain, je vous le dis, sur ma saloperie de guibolle : vous méritez des applaudissements de mains de géant ! Mais, et c'est un mais plus grand que la colline Don Pancho qui protège notre village des mauvais vents depuis la nuit des temps, ces allées et venues, entre ici et là-bas, peuvent contribuer à l'acheminement de poux qui, on le sait bien, ont le bec venimeux. D'autant que vous pourriez vous-même être mordu et tomber foudroyé par l'exanthématique. En soi ça pourrait n'être que votre problème. Après tout, chaque corps est une propriété privée, et personne n'a le droit de mettre le doigt dans vos trous intimes, qu'ils soient propres ou sales. Cependant, étant donné le degré de contagion de cette cochonnerie, vous mettriez en danger votre moitié d'orange, vos gosses, vos voisins et, ce qui n'est pas le moins tragique, vos trois ânes. Laissez-les boire de l'eau salée, don Jaime ! Ces ploucs sont très résistants, plus que le moindre chrétien, et ils s'adaptent à tout. D'ailleurs, comme dit le sage, celui qui ne s'adapte pas, démontre sa faiblesse et doit crever pour laisser sa place aux plus forts…

– Taisez-vous, traître boiteux ! Soyez heureux que la sorcière qui vous a extrait du ventre de votre putain de mère n'ait pas eu ces idées imbéciles. Avec la jambe écrasée que vous traînez, elle aurait pu vous juger faible et vous jeter en morceaux aux chiens ! Comprenez, mon ami, que l'individu est une illusion. Nous sommes toujours, en toutes circonstances, et à tout moment, du bétail. S'ils ont soif, vous et moi avons soif. Nous sommes des hommes et nous devons assumer cette responsabilité…, lui répondit Jaime.

– Je vous ai bien compris ? Vous êtes en train de me dire que si j'ai la jambe difforme vous aussi vous devez boiter ? Eh bien c'est avec plaisir que je vous cède mes clopinements !

Excédé, l'écartant de son chemin d'un revers de la main, Jaime se jucha sur la charrette ; avec trois vigoureux « Hue », il mit Foi, Espoir et Charité au trot. Pressentant ce qui allait se passer, ma mère lui dit adieu en versant deux filets de larmes… Elle ne se trompait pas : après avoir distribué l'eau en s'enfonçant dans cette jungle de corps couverts de plaques de crasse si profondes que, pareilles à des tatouages, elles résistaient aux bains de mer – tous se poussant jusqu'à la louche distributrice, piétinant les ânes, donnant des coups de coude sur la tête des enfants, criant « moi d'abord ! » –, mon père fut piqué par les poux et revint à la maison tremblant de fièvre.

Épouvantés, le voyant avancer dans la rue le visage rougi par des éruptions qui ressemblaient à la rougeole, balbutiant comme un ivrogne des mots incohérents, les voisins coururent à la caserne des carabiniers. Sara Felicidad se dépêcha de le faire descendre de la charrette, de le mettre dans la boutique et de fermer le rideau de fer. Les militaires arrivèrent, arrosèrent le véhicule et les ânes d'essence puis y mirent le feu. Enveloppés par les flammes, les animaux s'enfuirent en poussant de terrifiants braiments vers les collines, grimpèrent le chemin en zigzag et, au sommet, ils s'effondrèrent, réduits à l'état de charognes noires… Gamboa le boiteux cogna le rideau de son bottillon :

– Écoutez madame, vous êtes en train de créer des problèmes d'ordre public. Vous n'arriverez à rien en vous enfermant comme ça. Vous allez être contaminée. Cette putain d'exanthématique ne pardonne pas. Nous monterons la garde ici jour et nuit, ne croyez pas que vous pourrez vous échapper. Si vous ne vous rendez pas, vous crèverez là-dedans en faisant de la Casa Ukrania un foyer d'infection, et nous serons obligés de brûler tout le bâtiment. Il vaut mieux que vous mouriez à l'hôpital ! Et pour vous montrer que nous sommes généreux, nous avons déjà réservé une place à l'orphelinat de Iquique pour vos petits enfants qui se trouvent en ce moment même sous la garde de Cristina.

Pour toute réponse, Sara Felicidad ajouta trois cadenas à la serrure intérieure du rideau. Peu de temps auparavant, ils avaient acheté à des marins suédois une caisse sans l'ouvrir, qui avait peut-être été volée ; elle se révéla contenir toutes sortes d'aliments en boîte et des jus de fruits. Ils pourraient résister au siège pendant des mois. De plus, en dépit de sa folie mystique, Cristina était une excellente nourrice. Elle prenait soin des enfants avec une dévotion proche de la sainteté, même s'il est vrai que tout Tocopilla se moquait d'elle à cause de son allure extravagante : ses gants en caoutchouc qu'elle n'enlevait jamais, ses mules de satin couleur chair sur lesquelles elle portait, cousu, un rond de paillettes rouges symbolisant les blessures des clous qui avaient traversé les paumes et les pieds du Seigneur ; et puis, sur le bonnet de bain serré qui ne quittait jamais sa tête, elle avait collé une couronne de petits bouts de verre rouge en forme de gouttes. Sachant que ma sœur et moi étions entre de bonnes mains, ma mère se consacra corps et âme à soigner Jaime… Sans craindre le typhus, étalant de la poudre de riz sur ses éruptions cutanées pour lui éviter d'atroces démangeaisons, passant sans cesse la langue sur son front et lui déposant des serviettes imbibées d'eau froide sur le ventre, elle étreignit Jaime pour absorber dans son énorme corps les douloureuses convulsions provoquées par une violente fièvre. Sur les murs ondulants, le malade voyait apparaître des milliers de visages démoniaques et, tombant du plafond, une pluie de sable dont chaque grain craquait avec malveillance. Il voulait traverser le rideau de fer et, tout brûlant, courir à travers les rues pour incendier le village dans une traînée de flammes. Sara Felicidad le soulevait en le serrant dans ses bras et le laissait gigoter, jusqu'à ce que, épuisé, il se laisse mollement retomber, ayant la sensation d'être un morceau de chair morte assailli par des essaims de mouches… Ma mère l'allongeait sur le comptoir, passait des heures à chasser les bestioles imaginaires avec un éventail espagnol et à prier. Il y avait bien longtemps déjà qu'elle avait cessé de demander des choses pour elle-même ; toutes ses prières imploraient le retour de Jaime à la santé, sans penser une seconde que pour lui cette guérison correspondrait finalement à un bénéfice émotionnel. Un secret instinct lui disait qu'en arrachant son mari à l'abîme de la mort, et en lui donnant ainsi une nouvelle vie, elle l'obligeait à se créer un autre monde, dans lequel elle n'aurait peut-être plus de signification. Croyant en l'existence d'une conscience omniprésente qu'elle appelait Dieu, elle était convaincue de former, avec toutes les choses vivantes, une partie de Lui. N'étant pas séparée du Très-Haut, elle considérait que son pouvoir guérisseur devait être illimité à partir du moment où elle abandonnait l'illusion d'un *je* personnel, et où, en se concentrant sur l'œuvre et en oubliant le fruit, elle devenait vecteur de cette présence absolue. Ainsi, elle ne pouvait échouer ! Transcendant son corps et sa mémoire, elle transcendait toute limite. Avec une reconnaissance infinie, elle laissa entrer la lumière et attendit que la guérison se produise. Toute à Dieu, elle était aussi toute à son malade… Elle bénit le typhus parce qu'il donnait à Jaime la sagesse qui lui manquait, faute de racines dans une véritable patrie. La fièvre lui accordait l'union. S'il survivait, il ne serait plus jamais séparé du monde.

Au cœur de son délire, mon père se mit à grandir. Il

commença par mesurer trois mètres, puis cent, mille, dix mille, cent mille, etc. Il finit par faire quatre mille trois cents kilomètres, s'étendant d'un bout à l'autre du Chili. Il eut ses vastes étendues desséchées dans la tête ; sous leur croûte brûlante, elles cachaient une énergie colossale en forme de temple. Dans ses pieds, la glace palpita, mère blanche, froide et profonde, tombe apparemment, mais en réalité réserve sacrée de tous les germes vitaux. Sable et neige, deux extrêmes cachant l'espoir d'une conscience cosmique sous leur surface mortelle… Il ressentit les routes goudronnées comme de longues blessures dans son dos ; son ventre se couvrit de vignobles et de pâturages, ses jambes de jungles humides ; l'océan lui fouetta le côté droit, changé en plages. Son côté gauche accueillit les montagnes. Puis vinrent les animaux, et enfin les êtres humains, le creusant, le ravageant, faisant exploser ses collines, empoisonnant ses poissons, provoquant l'extinction de ses aigles, construisant des villes purulentes dans ses vallées, dilapidant son énergie. Je ne suis pas une idée, je ne suis pas un drapeau, je ne suis pas une histoire de guerres de conquête ! Je suis un être dans lequel chaque pierre, chaque goutte, chaque motte de terre, n'est qu'amour ! Mes enfants, unissez le Nord avec le Sud, le sable avec la neige, créez le cercle de la connaissance : fertilisez-moi ! Changez-moi en jardin des délices ! Et des pieds à la tête, Jaime se couvrit d'arbres : des canneliers, des palmiers, des tilleuls, des araucarias, des chênes, des mélèzes. Arrivèrent alors des millions d'oiseaux qui gazouillaient : des étourneaux, des chardonnerets, des sizerins, des grives. Les eaux de l'océan, redevenues limpides, furent couvertes d'argent par l'éclat des écailles de millions de poissons : des thons, des congres, des corbeaux de mer, des lottes. Les gens commencèrent à vivre dans de grandes bulles flottantes. Un tremblement de terre fit jaillir les montagnes démolies : la cordillère retrouva sa faune sauvage et accoucha de condors bienveillants de la taille des baleines. Un immense nuage multicolore leur parla avec une grande tendresse : il se présentait comme étant Dieu, et promettait de ne jamais plus les abandonner, jamais plus, jamais plus… Poussant un cri de joie, Jaime recouvra la raison, complètement guéri ! Il ne se rappelait rien mais, avec une conviction inébranlable, il dit :

– Sara Felicidad, ce pays ne peut plus continuer à vivre dans le mensonge d'un tyran ! Il faut que j'aille à Santiago pour le tuer ! Je vais lui tirer une balle dans la tête !

Lorsqu'à l'aube d'un matin frais le rideau de la Casa Ukrania s'était ouvert, les carabiniers à moitié endormis crurent qu'ils rêvaient quand ils virent les époux Jodorowsky sortir de chez eux en parfaite santé. Ils pointèrent d'abord leurs fusils sur eux, puis les applaudirent en criant avec enthousiasme. Ce couple représentait un espoir : grâce à lui, la peste cessait d'être mortelle… Cristina arriva en jetant des poignées d'hosties en l'air et nous rendit à notre mère, les langes pleines d'images saintes et de tablettes de camphre. Moi qui, jusque-là, n'avais jamais cessé de sourire, je me mis à pleurer en poussant des cris stridents. En l'absence de ma mère, je sentais sa présence, mais maintenant, l'ayant devant moi, les quarante jours de son absence me tombaient sur l'âme comme une ancre noire. Imperturbable, Raquel Lea continua à déclamer :

« Dans le triste éclat de l'évidence, on ne nomme pas les étoiles… La mémoire ne recueille du sol, comme des fruits mûrs, que des événements morts… Nous célébrons dans le désert infini le festin d'une larme ».
Jaime proposa à Sara Felicidad, qui allait se retrouver presque toute la journée seule, enfermée dans sa boutique, de déposer ma sœur, fillette par trop agitée, chez ses grands-parents à Iquique, et de me garder avec elle, étant donné mon caractère un peu ahuri. Ma mère s'exclama :

– On dirait que le typhus t'a fait perdre la mémoire ! As-tu oublié le raffut du jour de notre cérémonie nuptiale !

Au début, le mariage avait ressemblé à toutes les noces juives. Dans un salon réservés aux banquets, sous un dais de velours, Sara Felicidad dans sa robe de mariée, chaussée de petits escarpins plats, et Jaime, en smoking et chaussures à triple semelle (pour, suivant les conseils de sa famille, équilibrer la honteuse différence de taille), attendirent patiemment que le rabbin eût terminé de faire ses vocalises en chantant les prières en hébreu ; puis ils échangèrent les anneaux, et, au lieu de boire le vin dans une coupe qu'ensuite le fiancé devrait briser d'un coup de pied, ils s'étaient livrés à un cérémonial tout personnel. Sara Felicidad retroussa sa longue jupe, dévoilant, en l'absence de culotte, un large pubis aux poils blonds soyeux ; elle s'allongea sur le dos en écartant les jambes. Avec pudeur, Jaime sortit son sexe et lança un mince rai jaune en direction de la vulve adorée – pour les parents stupéfaits, la mixtion parut durer des siècles –, baissa ensuite son pantalon et s'étendit à son tour sur le dos.

Accroupie, la jeune mariée lâcha un jet puissant, épais, chaud, qui inonda le pénis et les testicules d'un nectar doré. « Tu es mien et je suis tienne ! » « Tu es mienne et je suis tien ! » Ils s'embrassèrent, essayant de transvaser leurs âmes l'une dans l'autre. À les voir ainsi dégoulinant d'urine, le rabbin, les parents, et les invités, qui étaient restés jusque-là pétrifiés devant cet acte impensable, tournèrent les talons et fuirent ce lieu souillé. Ils devaient s'éloigner de ces deux fous le plus vite possible…

– Comment veux-tu que mes parents me reçoivent, après ce qu'ils ont jugé être un scandale impardonnable ?

– Bah, c'est la nature qu'ils appellent scandale ! Aucun animal ne considérerait un territoire comme sien, s'il n'urinait pas d'abord dessus !

Contrairement à ce que les auteurs de mes jours avaient pu penser, les grands-parents de Raquel Lea la reçurent à bras ouverts, en sanglotant bruyamment. Mais sa logorrhée poétique ne s'était pas interrompue : « Ici, on a tous l'air de clowns… on se donne des gifles sur nos joues pourries… en pleurant des larmes de sept mètres… sous nos masques de chiens ! » Les vieux manquèrent s'évanouir. « Regardez-la, pauvre petite, à cause de la démence de ses parents, elle ne sait plus dire que des bêtises ! Nous allons commencer par la gaver de riz au lait : ainsi, mastiquant et grossissant, elle apprendra à se taire ! » Riz ou pas, ma sœur continua à réciter. « Sans racines dans le train du Temps, expulsés de tous ses wagons, affligés de la honte d'autrui, nous transportons le secret sublime parmi les races qui ne veulent pas savoir… » Pour la faire cesser, ils l'obligèrent à garder jour et nuit sa tétine dans la bouche jusqu'à ce qu'elle eût dix ans.

Enfin tranquille – sa fille réfugiée à Iquique et sa femme, m'allaitant, clouée à la Casa Ukrania –, Jaime eut le temps d'entrer pour la première fois de sa vie à la bibliothèque municipale, avant d'aller à Santiago pour brûler la cervelle du tyran. Surmontant sa haine des livres, il y étudia des heures durant la biographie de Carlos Ibáñez del Campo. Comme le sujet était d'une actualité palpitante, les documents abondaient. Évidemment, ils étaient tous censurés… Pour vaincre un ennemi si puissant, Jaime voulait connaître à fond son intimité, découvrir ses faiblesses, trouver l'homme de chair sous la cuirasse invulnérable. Il devait par conséquent apprendre à lire entre les lignes : craignant les représailles, les passages à tabac, la prison, la déportation, aucun historien ni journaliste ne s'aventurait à révéler le moindre défaut du chef. Cachant qu'il parlait peu, prononçait des discours bégayants, qu'il était incapable de comprendre quelque texte que ce soit ou d'écrire lui-même une ligne, ils le décrivaient comme un preux chevalier, simple et digne. Jaime sentit un frisson lui parcourir le dos. Le caractère d'Ibáñez, obstiné et athée, correspondait dans une certaine mesure à son propre caractère. Un même rejet du mot écrit et une même difficulté, toutes proportions gardées, à parler en public. Tous deux se méfiaient de la plus petite forme de jouissance intellectuelle ou esthétique, rejetaient, moqueurs, les problèmes métaphysiques, ne soignaient pas leurs angoisses par les aspirines religieuses, et ne s'intéressaient qu'au présent matériel, un point c'est tout. Jaime, plein d'arrogance, ne considéra pas cela comme une preuve de bêtise ou de manque de sagesse. Le tyran allait à l'essentiel, et l'essentiel ne se trouvait jamais dans un livre, pour sacré qu'il fût. Néanmoins, pour avoir réussi à devenir président de la République alors qu'il n'était au départ qu'un simple lieutenant en second de cavalerie, il fallait bien qu'à un moment donné, il eût rencontré un maître. Mais qui ? Son père peut-être ? Don Francisco Ibáñez descendait d'une très ancienne tribu composée d'agriculteurs fortunés qui vivaient plus de cent ans. Grand, distingué, imposant, des manières parfaites et la courtoisie d'un grand seigneur, mais pauvre – même durement travaillées, les terres de sa petite propriété de Linares produisaient très peu – et immensément orgueilleux. N'ayant pas la foi, si incroyant qu'il lui était impossible de dire un Notre Père, sa situation précaire ne pouvait changer. Il n'acceptait pas de solliciter une quelconque aide divine et ne tolérait pas non plus de soutien familial. Se croyant l'unique responsable de sa misérable réalité, il sacrifia la joie vitale des siens en se plongeant dans un mutisme entêté, en faisant du désespoir son compagnon, en essayant de cacher sa pauvreté dans une vie stricte. Mauvais négociateur, sa dignité l'empêchant de discuter les paragraphes bassement matériels d'un contrat, il perdit ainsi des biens, plongeant de plus en plus son foyer dans le besoin. À tant dissimuler devant sa parenté aisée cette pénurie honteuse, son caractère s'aigrit ; il ne parla pratiquement pas avec sa femme María Nieves[1] – qui ne parvenait à vaincre la réclusion froide de son prénom qu'en multipliant les prières dans

1. Marie-des-Neiges *(NdT)*.

une étouffante chapelle privée –, ni avec ses enfants, Carlos – un garçon qui n'apprit jamais à sourire – et Nieves – la moitié froide du nom maternel –, qui passa directement de l'ambiance familiale mélancolique à l'habit de sœur de la charité à l'Hôpital des Andes. Une Nieves impersonnelle s'ensevelissant sous les neiges de la cordillère.

Jaime savait très bien ce que signifiait avoir un père physiquement présent mais dont l'âme était absente, confondant devoir et orgueil, pauvreté et échec ; un père qui ne se sentait pas à la hauteur, refusant à ses enfants tendresse, caresses viriles et, pire que tout, cette parole qui guide, qui encourage, qui jette un pont entre la famille et le monde. Jusqu'à ce qu'il rencontre Sara Felicidad, il avait vécu dans le vide affectif, désirant entendre des mots doux (qui chez sa femme seraient musique) qui lui feraient découvrir l'amour de soi-même. Non, don Francisco n'avait pas pu être un maître pour son fils ! La première chose qu'un père doit enseigner, c'est la valeur souriante du moment, le rire qui adoucit la brièveté de la vie. Pour les mêmes raisons qui avaient poussé sa sœur à se faire religieuse, Carlos Ibáñez décida d'endosser l'uniforme et d'entrer à l'École militaire. Là, on reçoit et on façonne ceux à qui on a interdit d'être eux-mêmes, et qui, au lieu de tendresse, ont reçu des exigences d'ordre. Un ordre tentant de conjurer le chaos de l'existence et obligeant à se conduire dans la vie comme si on était mort. La mère était pieuse et soumise. Sa sœur se fit religieuse, lui se soumit, et tous deux choisirent la gêne économique comme principe de réalité. Soldat sans-le-sou, le futur président du Chili vécut un demi-siècle dans une sobriété spartiate aussi bien à table que pour l'habillement ou les distractions. Renfermé, silencieux, sans amis ni amourettes, il ne participait pas aux fêtes, ne s'intéressait pas aux jeux de hasard, ne souriait pas et n'ouvrait presque jamais la bouche, guidé par des concepts sévères de discipline, de sacrifice personnel, d'esprit de travail et d'honneurs militaires, qui s'étaient substitués à l'absence d'orientation paternelle. Cependant, être sévère envers soi-même et faire de l'obéissance son credo, ne conduit pas nécessairement au pouvoir. Qui avait bien pu lui transmettre le don du commandement, le charisme de la domination, et fait de lui un chef ? Mystère ! Jaime se déclara vaincu et décida de chercher d'autres éléments pour mieux comprendre la personnalité de son ennemi… Peut-être l'amour…

En 1903, l'armée du Chili, formée par des Prussiens, entretenait des liens étroits avec le général Tomás Regalado qui, en tant que chef de la République du Salvador, avait décidé de fonder une École militaire. Il savait que l'armée chilienne était la plus prestigieuse d'Amérique latine, et il demanda qu'on lui envoie certains de ses officiers pour diriger la toute nouvelle école. Carlos Ibáñez fut du voyage. Il arriva en tant que modeste instructeur de cavalerie, d'abord dans la capitale salvadorienne, puis à San Miguel, une ville provinciale qui s'ennuyait au pied du volcan Chaparrastique. Jaime tâcha de se mettre dans la peau de sa future victime. Immédiatement, la chaleur tropicale le suffoqua. Il sentit son odorat envahi par le parfum insidieux de la fleur de café, qui recouvrait toutes les vallées étroites, dont il éprouva l'affolante monotonie, enfermées au milieu de montagnes stériles et de volcans endormis menaçant de se réveiller. Il ressentit également l'omniprésence despotique d'une mafia de quatorze familles descendant des aventuriers espagnols qui avaient pu arracher, par le sang et par le feu, au cours des siècles précédents, leurs terres aux autochtones ; lesquels, dépendant des trois mois que durait la récolte de café, se voyaient aujourd'hui réduits à la misère. Carlos Ibáñez n'était qu'un jeune homme de vingt-six ans lorsqu'il fut relégué à l'ombre du volcan. Il n'usait de la parole que pour donner des ordres. Avec qui aurait-il bien pu communiquer, dans ce paysage si différent de celui de sa patrie, au milieu de ces cadets appartenant à l'aristocratie et de cette armée de métis résignés, qui portaient toujours dans leur chair l'humiliation de leurs mères indiennes violées par leurs patrons étrangers ? Comme le volcan, il cachait sa colère au plus profond de ses entrailles. Un volcan solitaire, un homme solitaire, tous deux capables de faire un jour trembler toute la terre. En moins de trois ans, il parvint à discipliner son armée. Pour ce faire, il dut leur montrer comment apprivoiser un troupeau de chevaux. Où avait-il appris à le faire ? Il parut évident à Jaime que cela venait du tréfonds de sa petite enfance. Là-bas, sur cette terre triste, ne pouvant briser ni le mutisme de son père ni la glaciale béatitude de sa mère, il n'avait pu se lier qu'avec son cheval. Si relation émotionnelle il y avait eu dans son enfance, ç'avait été avec l'équidé. Et pour le dresser, il lui avait fallu le comprendre, intégrer à son propre caractère celui de cette bête. Formé ainsi, animé par l'esprit compétitif du quadrupède, sans but, à cris et à ruades, avec un orgueil aussi grand que celui de son père, triomphant de l'ennui provincial, il mit sur pied un régiment de cavalerie digne des meilleures armées du monde. Temps perdu ? Effort inutile ? En juillet 1906, le Guatemala déclara la guerre au Salvador. Le tout-puissant Regalado envahit le pays voisin et affronta ses rivaux à Jicaro où, après trois jours d'une lutte acharnée, il perdit la vie. D'autres batailles avaient suivi, jusqu'à la conclusion d'un armistice. Mais les Guatémaltèques, six mille hommes emmenés à leur tour par un autre général tout-puissant, envahirent le Salvador en attaquant la ligne adverse. Au centre de celle-ci, il y avait le régiment entraîné par Ibáñez. Désobéissant à une instruction péremptoire du gouvernement chilien – ne pas intervenir dans cette guerre –, à la tête de ses forces de cavalerie, il se frotta à l'ennemi en un combat sanglant et primitif. Les soldats délaissèrent leurs fusils à un coup et se battirent avec des machettes. Se mettant à la place d'Ibáñez, Jaime enfourcha un jeune cheval qui, dompté jusqu'à l'obéissance aveugle, pouvait être mené sans rênes, à l'éperon. Changé en centaure, il coupa bras et jambes, égorgea, fendit des ventres, piétina des amas de tripes. Tailladant férocement, le gris de son uniforme couvert de rouge chaud, suivi de sa troupe, il ouvrit un tunnel triomphal dans la chair de l'armée ennemie… Conduisant leurs montures avec arrogance, cadets et métis, avec ce regard exalté que donne l'assassinat légal, trottèrent victorieux dans les rues de San Salvador, au milieu de l'enthousiasme délirant des habitants de la capitale. À la tête du défilé, devenu héros populaire, Ibáñez se tenait bien droit, aussi puissant que son coursier. Bête et homme ne faisaient plus qu'un. Avec une secrète jalousie, mon père imagina son ennemi lançant des hennissements de triomphe dans les hourras et les applaudissements de la foule… Il imagina aussi le moment où Rosa Quiroz

Avila, une orpheline noble qui vivait avec sa grand-mère, se pencha au balcon. À la vue du champion traversant la foule, impassible, dressé sur sa monture, exhalant une odeur grisante de sueur humaine et équine, son cœur de dix-sept ans, ouvert par les deux blessures profondes de la mort précoce de son père et de sa mère, s'embrasa. Les flammes invisibles qui surgirent de sa poitrine nubile brûlèrent avec douceur les yeux du guerrier. Les iris sombres d'Ibáñez absorbèrent avec gourmandise le bleu intense de ceux de Rosa. Et l'homme qui avait déversé sans pitié un fleuve de sang s'attendrit du rouge brillant de l'épaisse chevelure qui encadrait un visage si angélique. Ce regard suffit pour les unir jusqu'à ce que la mort les sépare… Peu après, un dimanche matin, il alla l'attendre à la sortie de l'église. Sans se dire un mot, se considérant comme engagés l'un envers l'autre, ils se prirent les mains. Alarmée, la grand-mère tira la jeune fille en arrière et alla la cacher dans une ferme éloignée, tout près d'un volcan éteint. Pour être très héroïque, cet officier étranger, pauvre, socialement obscur, ne méritait pas de faire partie d'une famille aristocratique salvadorienne ! Ibáñez ne s'avoua pas vaincu : chevauchant des jours entiers sans dormir, il allait rejoindre sa bien-aimée et là, bien qu'on lui eût fermé la porte au nez, droit sur sa monture, comme une statue équestre, il restait immobile pendant des heures, parfois sous une pluie torrentielle, car il savait que l'air qu'il respirait était le même que celui qu'elle inspirait. Enfermée à clé dans sa chambre, Rosa poussait des cris qui ressemblaient à ceux d'un oiseau et d'un félin à la fois. Exaspéré par le mépris de cette famille, Ibáñez fit faire demi-tour à son cheval, revint vers la maison et défonça les portes à coups de ruades. D'abord celle de l'extérieur, puis celle du salon, et enfin celle de la chambre. Voyant sa petite-fille prendre place sur la croupe du cheval, heureuse, fanatiquement accrochée au Chilien, la grand-mère se mit à hurler en appelant au secours. Aucun péon ne se risqua à intervenir. Dans un galop effréné, le couple s'enfuit jusqu'à la caserne militaire de San Miguel et commença à satisfaire son intarissable désir dans une petite chambre, contre l'étable des chevaux. Pour éviter le scandale, la famille organisa un rapide mariage. Honnête et orgueilleux comme il l'était, Ibáñez, qui venait de fêter ses trente ans, n'accepta pas de devenir la partie opaque de ce clan resplendissant – les noms Quiroz et Avila étaient illuminés par des avocats, des médecins, des financiers, des militaires de haut rang, des conseillers municipaux, des députés, des sénateurs, des recteurs de l'université, des présidents et des vice-présidents de la République – : il demanda sa mutation. Il revint un an plus tard au Chili, accompagné de son épouse et d'une toute petite fille, baptisée Rosa comme sa mère. Ils devaient très vite avoir un autre bébé, appelé Carlos, comme son père… Ému bien malgré lui, Jaime reconnut le profond romantisme de cette passion. C'était écrit dans le destin du tyran : depuis sa naissance, Carlos portait les quatre lettres de Rosa au milieu de son nom. Assoiffés de tendresse, ils s'enfermèrent dans un amour qui n'en tolérait aucun autre. Considérant leurs enfants comme des intrus, ils leur nièrent toute individualité, en faisant d'eux un reflet de leur propre couple : Carlos et Rosa pensèrent se répéter en Carlito et Rosita. Exactement comme leurs propres pères et mères n'avaient jamais su ce qu'ils étaient, ils ne surent pas non plus qui étaient leurs enfants… Croyant n'être que deux, transformant chaque nuit en un paradis, malgré l'étroitesse et la dureté des lits étroits, ils s'abandonnèrent sans se plaindre à l'inconfort militaire. Pèlerins de villes et de régiments, profitant des demeures assignées aux officiers, louant de modestes maisons proches des casernes, ils se posèrent comme des oiseaux migrateurs dans d'innombrables et éphémères foyers, sans jamais construire de véritable nid… Se serrant contre le guerrier rigide qui l'inondait de ses multiples odeurs d'animal de race, ce corps vibrant de femme convertit les rudes couches en barques magiques et les chambres grossières en palais… Mais déraciner une plante, pour vigoureuse et consentante qu'elle soit, conduit à la longue à son extinction. Après la naissance de Carlitos, apparemment épuisée par l'accouchement et très certainement par la nostalgie du climat chaud de sa patrie, la jeune salvadorienne au yeux bleu marine, à la chevelure ignée et au pubis orangé comme le miel d'acacia contracta la même maladie pulmonaire qui avait mis fin aux jours de ses parents. Au terme d'innombrables mois d'un déclin languissant, triste de ne plus pouvoir embrasser son homme, elle mourut dans la petite clinique de l'École des carabiniers (alors dirigée par Carlos Ibáñez) où il l'avait faite transporter pour pouvoir lui rendre visite aussi souvent que son travail le lui permettait… Veuf, renfrogné, taciturne, il continua à mener son existence de caserne, spartiate et errante, pendant neuf ans. Il monta lentement en grade, on lui confia le commandement de la préfecture de police d'Iquique, puis la direction de l'École de cavalerie ; il gagna la confiance publique, devint ministre de la Guerre, puis ministre de l'Intérieur, et vice-président ;

le 21 juillet 1927, il fut élu président de la République et prit possession du pouvoir. Il ne tarda pas à se marier, au cours d'une cérémonie pompeuse, avec Graciela Letelier, âgée de dix-sept ans, elle aussi fille d'une famille d'aristocrates… Jaime sursauta : il avait compris quelque chose de très important. Celui qui s'était marié avec cette jeune fille n'était pas un homme mais un président. L'homme était resté enfermé dans la chambre mortuaire de Rosa Quiroz Avila, pièce qu'Ibáñez fit condamner, conservant tout exactement comme du vivant de son épouse, pour y revenir fréquemment, sans que personne d'autre que lui puisse entrer. Comment oublier cette innocente femme qui, pour lui prouver son amour, à lui qui ne l'avait obtenu de personne, même pas de sa mère, avait abandonné une vie opulente, sacrifiant le luxe, la réussite sociale, l'exubérance du climat tropical, pour embrasser la pénurie et la soumission ? Jaime savait ce que c'était que de désirer une jeune femme à la chevelure rousse et aux yeux clairs : Rubí Grugenstein avait réussi à l'ensorceler avec son corps mince, ses courbes douces et fermes, ses odeurs enivrantes, sa peau lisse qui, pour les mains qui la caressaient, laissait échapper par chaque pore une chaleur dispensatrice d'un plaisir inépuisable. Une femme comme elle, si délicate, une âme pleine, vibrante d'amour, ne pouvait que se rendre maîtresse pour toujours du cœur de cet austère soldat. Il ne l'oublia jamais, ne laissa jamais la blessure se cicatriser, n'accepta jamais son absence et, lui qui n'était pas croyant, il en fit une sainte. Il s'enfermait dans la chambre mortuaire pour lui adresser ses prières, laissant couler des larmes irrépressibles : « Mort, je serai vainqueur : un jour, dans ce monde ou dans l'autre, je te reverrai ! » Si l'aristocratie salvadorienne ne l'avait pas méprisé, Rosa n'aurait pas émigré et elle vivrait encore. Graciela Letelier n'était qu'une pâle copie de son premier et unique amour. Même âge, même classe sociale, même richesse. Identique mépris de la famille synarchique à l'égard de sa personne, mêlé à une admiration soumise à l'égard de sa charge. Fervente catholique, d'inspiration traditionnelle, Graciela, fermement accrochée à son cordon ombilical, épousait un président de la République non par passion mais par devoir, satisfaisant ainsi la vanité de doña Margarita, sa mère, et par ambition, satisfaisant ainsi les ambitions politiques de don Ricardo, son père. Une grande église, un prêtre vêtu d'une chasuble du XVIe siècle brodée d'or et d'argent, des centaines de nards blancs, des milliers de bougies allumées, un orchestre de soixante musiciens, un gâteau de mariage de deux mètres de haut, toutes les demoiselles d'honneur et leurs escortes masculines issues de l'oligarchie, et pour la plupart, des parents proches. En revanche, comme si ses ancêtres n'existaient pas, Ibáñez n'était accompagné que de quelques amis, des militaires. La cérémonie terminée, le couple partit vivre dans une grande propriété (apprenant cela, Jaime sourit, se délectant à vérifier que ses déductions n'étaient pas complètement fausses) que le jeune marié avait acheté avec l'héritage que lui avait laissé Rosa Quiroz, c'est-à-dire soixante mille pesos en or qu'il avait jusque-là gardé sur un livret d'épargne, sans jamais vouloir en dépenser un centavo. Fidèle à sa défunte, Carlos Ibáñez lui donna la grande maison et le jardin ensoleillé où elle avait toujours voulu vivre ; dans la cour, il fit même planter un grand figuier parce que c'était l'arbre qu'elle préférait en raison de son ombre parfumée. De son côté, Graciela ne cessa jamais d'accorder à ses parents la première place dans son cœur, donnant du respect plutôt que de la tendresse à un mari qui ne tenait que la troisième place dans sa vie. La deuxième étant occupée par les deux premiers enfants qu'elle se hâta de mettre au monde : ils furent baptisés Ricardo, comme son père, et Margarita, comme sa mère. Pour ne pas se sentir humilié par la fortune de cette famille aristocratique, il essayait de lui rendre visite le moins possible. Malgré tout, Ibáñez eut à souffrir de l'invasion de ses beaux-parents dans son propre foyer. En raison de la répétition des prénoms, les enfants étaient devenus le reflet de la famille Letelier. Aimant une morte sans consolation possible, haïssant la classe oligarchique, se retrouvant dans la même situation que dans son enfance, avec des parents riches mais qui le méprisaient, le président n'entretenait de relation affective qu'avec Granadero, son cheval noir à la tache blanche sur le front.

– Ça y est, j'ai trouvé ! Je sais comment pénétrer son intimité ! s'exclama mon père. Il enfila un pantalon large sur des caleçons serrés et glissa, entre son aine et ses testicules, un petit revolver acheté à Tina, la putain manchote, qui le tenait sans doute d'un soutier ivre à qui elle avait permis de lécher son moignon. Il était décidé à transformer cette arme, petite mais néanmoins mortelle, en un second sexe. « Aucun soldat, à cause de sa virilité, ne viendra me palper à cet endroit. Vipère endormie, je la porterai dans mon intimité obscure et je ne la laisserai piquer que quand le tyran sera seul avec moi, sans défense et confiant. »

Jaime n'avait pas de plan précis mais, ayant vu ce

qu'il avait vu, étant passé par où il était passé, il ne niait plus les possibilités miraculeuses de la réalité. Il se rendait compte que tout était lié par des fils invisibles, comme un tissu dépendant d'une conscience infinie, toute-puissante et prompte à obéir… Pour peu qu'on ait l'audace de s'en proclamer le maître et de la mettre fermement en ordre, en réunissant tous les moyens pour la réalisation de ce dessein, et sans qu'importent ni le bien ni le mal. Ce qui comptait dans ce plan, ce n'était pas la qualité morale du héros mais la force de sa volonté. Et cette force-là, il l'avait, il en était certain, en tout cas autant que ce maudit dompteur de chevaux. Ce qui allait faire pencher le plateau de la balance en sa faveur, en dehors de l'astuce, c'était le miracle.

Ni Sara Felicidad ni Jaime n'avaient voulu prononcer de paroles d'adieu. Ils savaient que la séparation pouvait être définitive ou durer plusieurs années, mais la flèche était tirée et désormais, ils ne pouvaient plus en dévier la trajectoire, encore moins la faire revenir à l'arc. Retenant ses larmes, mon père introduisit son sexe dans la bouche de ma mère, et après quelques va-et-vient délicats, il déposa sur sa langue un jet de sperme qui prit la forme d'une coupe, le pied vers les lèvres et le creux vers la gorge, comme versant l'espoir, essence de la vie, dans les profondeurs de son corps. Ma mère avala le calice blanc et à travers le goût aigre-doux de la semence, elle gémit une phrase musicale qui suivit le rythme des pas de mon père s'éloignant vers le quai pour aller prendre le bateau qui le conduirait, au terme d'une navigation pénible contre le courant de Humboldt, jusqu'au port de Valparaíso. Quand Jaime fut hors de sa vue, le corps de Sara Felicidad se ramassa sur lui-même, comme si les os de sa colonne vertébrale entraient les uns dans les autres. Elle était devenue une petite femme qui alla s'asseoir derrière le comptoir, sa vie changée en attente du miracle.

Dans une petite cabine individuelle du bateau, le miracle attendait en revanche Jaime. Quand le navire commença à tanguer violemment, un voyageur, caché sous le lit, se mit à vomir. Mon père le sortit de la pénombre en le tirant par un pied. Le visage verdâtre, un garçon rondouillard émergea, le regarda en ouvrant deux yeux noirs exorbités. On aurait dit un crapaud ayant mal au cœur.

– Camarade, entre opprimés nous avons le devoir de nous aider. Certes, je voyage clandestinement, mais la mission que l'Histoire m'a confié le justifie. Si vous essayez de me dénoncer, je serai obligé bien malgré moi et tout innocent que vous soyez, de vous effacer de la surface de la terre.

Avec des gestes nerveux, il sortit un revolver et visa la bouche de mon père.

– C'est un 9 mm Smith & Wesson. Il peut vous faire un trou dans la tête de la taille d'un poing. Le voyage dure trois jours : je vais vous garder enfermé dans cette cabine. Ni vous ni moi ne mangerons. L'eau du lavabo sera notre unique nourriture. En arrivant à Valparaíso, si vous décidez de bien vous comporter, je vous laisserai ici, attaché et bâillonné. En cas de rébellion, je me servirai de cet oreiller pour vous faire taire et…

Il ne termina pas sa phrase parce que Jaime, d'un saut de chat furieux, le saisit par un bras, lui décocha un coup de pied dans l'entrejambe, écrasa ses doigts contre le mur, l'obligeant à lâcher son arme, et lui fit faire un vol plané jusqu'à la cuvette des *waters*. Il resta assis là, gémissant comme un enfant. Mon père enleva cinq grosses et longues cartouches du barillet avant de lui rendre son arme.

– Comment t'appelles-tu ?

– Luis Ramírez, monsieur.

– D'où est-ce que tu sors ce revolver ?

– Il était à mon père, un journaliste de *El Mercurio de Antofagasta*. Dans un article, il a cité une phrase de Bakounine : « Renversement de l'État tutélaire et du monopole financier : tel est l'objectif négatif de la révolution sociale ». Ibáñez l'a accusé d'être anarchiste et l'a envoyé dans un camp militaire où il est mort à la suite d'une infection intestinale qu'on n'a pas voulu lui soigner.

– Je vois, le tyran a provoqué la mort de ton père et toi, maintenant, tu…

– Maintenant, je vais tuer le tyran ! Ce n'est que justice, non ?

Il semblait que la trame invisible soutenant le présent qui lui était donné de vivre se resserrait jusqu'à ne plus devenir qu'un fil unique, ou plus exactement une solide corde, dans le but de s'enrouler autour de lui et de le traîner, sans détails superflus, vers l'œil du cyclone de son destin. Luis Ramírez était, d'une certaine manière, comme le lapin fou qui guidait Alice, apparemment contre sa volonté. Dès qu'il baissa son pantalon et lui montra le pistolet qu'il portait caché dans l'obscurité de son aine, lui racontant dans le même temps l'envoi par le fond de Benjamín et le génocide à Chuquicamata, le garçon comprit que le hasard avait mis deux assassins dans la même cabine. D'accord avec l'Ecclésiaste (« il vaut mieux être deux qu'un seul »), il accepta l'idée d'échanger leurs informations. Celles de Jaime ne lui furent d'aucune utilité. Pour lui, un tyran était une forme symbolique, un pantin néfaste actionné par la magie démoniaque de l'Histoire, et en aucune manière un être humain. Il ne s'agissait pas de lui trouver des vides psychologiques ou de perdre son temps à lui faire comprendre pourquoi on l'éliminait du présent, mais plutôt, profitant d'un moment d'inattention de ses gardes, de l'écraser comme une punaise puante.

– Non, lui dit patiemment Jaime, tu n'arriveras jamais à la montagne : elle est protégée par d'innombrables barrières. La seule façon de le faire, c'est qu'elle vienne à toi et qu'elle se livre en toute confiance, sans défenses ni défenseurs. Pour y parvenir, tu ne dois pas viser le corps mais l'âme !

Le grassouillet sourit bêtement, sans comprendre. Cependant, ses renseignements furent de premier ordre : tel jour, à telle heure, le président, son épouse, ses carabiniers, ses policiers en civil, ses tueurs personnels, iraient visiter le Salon de l'agriculture à la Quinta Normal. On pouvait difficilement protéger le tyran à cent pour cent au milieu de tous ces poulains et percherons (c'était la seule chose qui intéressait le militaire), de ces vaches, cochons, et autres bêtes, dans une atmosphère puant le crottin, un endroit plein de ces quadrupèdes boursouflés de muscles et de graisse, imbéciles hennissant, bêlant, mugissant, avec des brutes de paysans qui leur brossaient sans arrêt le pelage et une multitude de familles pâles, entassées, faisant claquer des applaudissements écœurants, comme si ce merdier, c'était le paradis perdu. Le revolver caché dans la poche marsupiale d'un chien déguisé en kangourou (parce qu'il y avait un concours de déguisements pour chiens), il fallait l'attendre dans un coin et le canarder à bout portant. Lui sacrifier sa propre vie sans regret pour arracher la sienne à la racine. Face à un tel délire et à tant de fiel, Jaime se tut mais pensa : « Quand les Chinois affirment que si on sauve quelqu'un du suicide, on doit le nourrir toute la vie, il faut comprendre que chaque destin est personnel. Si cet insensé a décidé de donner son existence pour éliminer mon ennemi, je dois accepter que le destin me l'offre comme une arme. Mon devoir est de le maintenir dans sa folie, de lui acheter le chien et la peluche pour le déguisement en kangourou, de lui payer les repas et l'hôtel jusqu'au jour du Salon. Et après, une fois le crime accompli, m'en laver les mains, retourner sain et sauf là où m'attend celle que j'adore. Je suis sûr que c'est le dieu en lequel Sara Felicidad croit qui me protège. Je ne peux oublier cette nuit où, alors que je lui donnais un orgasme monumental, ma femme a enfoui sa bouche dans l'oreiller pour ne pas réveiller les voisins de ses cris et a laissé une tache de salive en forme de cœur sur la taie… »

Se nourrissant de moules en conserve et de pâte de coings, ils passèrent un mois enfermés dans l'hôtel Mapocho. Avec une patience insensée, en balançant une grosse saucisse allemande au-dessus de sa tête, sans le laisser l'atteindre, Luis Ramírez apprit à un Saint-Bernard galeux, acheté bon marché à la Fourrière Municipale, à se tenir dressé sur les pattes arrières. Dominant son dégoût, Jaime prit ses mesures et lui confectionna le costume de kangourou. L'épaisse et longue queue pleine d'étoupe transformait l'énorme bestiole en tripode, lui conférant de la stabilité. À la

Quinta Normal, il ne vint pas à l'idée des carabiniers, pris d'un fou rire, de fouiller la poche marsupiale. Les juges du concours, indignés, refusèrent de primer un tel monstre, préférant décerner l'os d'or à une petite chienne pékinoise déguisée en Marie-Antoinette. Jouant les offensés, Ramírez s'assit près de son immense kangourou, entre deux stalles de vaches laitières, et attendit. De loin, Jaime, plus pâle qu'un mort, sentant son cœur battre dans sa langue, se cacha derrière la cage des poules cornues. Peu de temps après, un murmure grandissant annonça l'arrivée du cortège présidentiel. Vêtu d'un uniforme militaire impeccable barré d'un bande tricolore – insigne de l'autorité suprême –, Carlos Ibáñez del Campo était grand, rigide, robuste, osseux, ses épaules basses offraient un appui sûr aux épaulettes. Deux yeux bleus, intenses, encadrés par une chevelure de jais courte, brillaient dans son visage impressionnant de blancheur, barré d'une épaisse moustache noire. Tel l'éléphant dominant dans un troupeau de pachydermes, il ne laissait personne avancer devant lui. Tous ceux qui l'accompagnaient, soldats, policiers, ministres, ecclésiastiques, et jusqu'à son épouse, suivaient derrière. Jaime ne put s'empêcher d'être effrayé en voyant cette masse mythique, dont on aurait dit qu'elle portait un masque de marbre du fait de son manque d'expression, marcher à pas de velours régulier, ses bras immobiles, terminés par de longues et belles mains, collés au corps, dédaignant tout balancement. Quelque chose émanait de ce corps, une espèce de densité, une albumine invisible qui envahissait l'esprit des citoyens, imposant le respect, affirmant la puissance dictatoriale. Mon père comprenait maintenant pourquoi en présence du colonel, les chevaux les plus sauvages étaient paralysés de terreur… D'un coup de pied hypocrite, Ramírez sortit le Saint-Bernard de son engourdissement, l'obligea à se redresser, prit le revolver de la poche ventrale et courut vers le président en le menaçant de son arme. L'esprit de Jaime entra dans une autre dimension temporelle, là où les secondes sont éternelles. Tout se mit à glisser avec une immense lenteur. Ibáñez regarda son agresseur sans que la plus petite expression vînt changer le hiératisme de son visage. Il fit face à la mort comme une statue de cire. Et dans son immobilité froide, sous les yeux brillants de mon père, il se couvrit de noblesse. En revanche, Ramírez, indigne, le visage défait, ruisselant de sueur, tremblant presque jusqu'à l'épilepsie, faisait honte à voir. Il poussa un cri discordant et pressa la détente de son Smith & Wesson. Le coup ne partit pas. Jaime réintégra le temps normal et en deux sauts rapides, il se posta devant Ibáñez, ouvrant les bras en croix.

– Ne tire pas ! Ce n'est pas la mort que don Carlos mérite !

– Il n'y a qu'une seule mort ! cria le garçon, hors de lui ; et visant le front de mon père, il pressa la détente pour la deuxième fois. Et pour la deuxième fois, le coup ne partit pas.

Jaime se précipita vers lui, lui prit le bras et lui fit changer de direction. Ramírez pressa la détente pour la troisième fois. Le coup partit, faisant éclater la tête d'une vache, une championne de trois cents kilos qui, après avoir expulsé un jet verdâtre par l'anus, s'effondra sur son soigneur, lui brisant les côtes. Une force terrible, fille de la folie, transforma Ramírez en fou. Tandis que doña Graciela Letelier, nullement inquiète du sort de son mari, se dirigeait avec élégance vers la sortie, des policiers, des soldats et des carabiniers tentèrent de maîtriser le possédé. Le chien-kangourou, apparemment abandonné, déchiqueta sa longue queue et se mit à dévorer les poules cornues. Brandissant des râteaux, les paysans réclamèrent à grands cris le lynchage de l'assassin raté. Jaime roula à terre avec lui, recevant une partie de la pluie de coups de pieds destinés au coupable. Il crut sa dernière heure arrivée, mais une exclamation autoritaire, qui fit trembler les panneaux de verre du plafond, imposa le silence, paralysant humains et animaux.

– Ne le tuez pas ! Ce n'est qu'un pauvre dément ! Conduisez-le à l'asile et que la visite continue !

La force dominatrice de la voix du président était si grande qu'en un clin d'œil, la vache, le soigneur écrasé, le gallinophage et Ramírez disparurent. On entendit une valse viennoise et le public suivit le cortège, d'enclos en enclos, comme s'il ne s'était rien passé. Gémissant, Jaime se leva et secoua la poussière qui recouvrait son costume. D'un mouvement de la main droite, léger mais précis, Ibáñez lui ordonna de s'approcher.

– Je vous félicite, monsieur : vous ne vous êtes pas seulement comporté en brave, mais aussi en citoyen exemplaire ! Pour sauver le Chef Suprême, vous avez mis votre vie en danger ! Si le revolver ne s'était pas enrayé, cet insensé vous aurait brûlé la cervelle ! Vous méritez une récompense !

– Excellentissime, je ne veux ni honneurs, ni argent, je ne vous demande qu'une seule chose : j'adore les chevaux, mon rêve est de devenir écuyer et de vous servir. Je veillerai sur vos bêtes comme sur la prunelle de mes yeux !

– Votre demande vient fort à propos : don Aquiles, le vieux palefrenier de Granadero, veut prendre sa retraite. Je vais vous envoyer sur-le-champ dans ma propriété de Linares afin qu'il fasse votre apprentissage, et dans deux mois, je viendrai voir comment vous vous en sortez. Si mon cheval a l'air content, vous serez définitivement engagé.

Comme un pion mû par des dieux sur un échiquier cosmique, Jaime avait rapidement atteint ses deux principaux objectifs : gagner la confiance d'Ibáñez et devenir le palefrenier de son cheval préféré, c'est-à-dire du seul être devant lequel le tyran abandonnait sa froide cuirasse et montrait un cœur vulnérable… Jaime ne tirait cependant pas fierté d'un tel succès parce qu'en réalité, il ne le comprenait pas. Il cherchait des explications rationnelles pour justifier sa prise de risques insensée : si Ibáñez était tombé sous les balles du grassouillet, il ne serait pas mort, parce que celui qui se promenait au Salon de l'agriculture n'était pas un homme, mais une image fabriquée pour impressionner le peuple, une forme creuse, sans âme. Et c'était là, précisément dans l'âme, qu'il fallait le viser. Cet authentique soldat n'avait pas peur de mourir, et il était prêt à sacrifier sa vie pour une cause héroïque. L'assassiner au cours d'une activité officielle, habillé en militaire et en président, c'était lui faire un cadeau, lui ouvrir avec honneur les portes de l'Histoire. Non ! Le crime devait se produire dans l'intimité, le chef habillé en civil versant alors des larmes humaines. Mon père se disait aussi : « Il est inutile d'éliminer un symbole parce que les symboles sont substituables ; à peine un colonel disparaît-il, qu'un autre vient occuper le poste vacant ; il faut éliminer un homme sans uniforme parce qu'il est unique et que sa perte est irréparable ». Ces raisons étaient valables mais n'expliquaient pas qu'il se soit planté près du tyran, ouvrant les bras en croix tel un christ, se livrant au coup de feu avec un sentiment si étrange qu'y penser lui serrait la gorge et lui faisait monter le rouge au visage. Mieux valait enterrer tout cela dans le bourbier de l'irrationnel et poursuivre le plan, sans regarder en arrière. Ses coups étaient maîtres : s'il continuait ainsi, il arriverait très vite à l'échec et mat.

Don Aquiles, un homme vieux et petit au visage sillonné de profondes rides et au sourire d'enfant édenté, lui donna sa première leçon.

– Écoutez, mon ami, si vous ne devenez pas humble, vous gâchez l'animal. Reconnaissez que vous n'êtes pas son maître, que vous êtes ici pour lui obéir sans jamais exiger une chose que le cheval ne pourrait faire. Souvenez-vous qu'aussi doux qu'il paraisse et même s'il ne démontre pas d'intelligence, il possède une grande mémoire et il a son orgueil : si vous l'offensez aujourd'hui, demain il peut vous mordre. Respectez-le beaucoup : devant lui, n'ayez pas de mouvements brusques, et si vous commencez un geste, terminez-le sans précipitation. Parlez-lui sereinement et avec monotonie, jusqu'à ce que votre voix finisse par faire partie de son univers. Regardez-le avec honnêteté et tendresse, droit dans les yeux. Si lui recule, vous aussi vous reculez. S'il s'approche, alors approchez-vous. Vous oubliant vous-même, sachez sentir quand il veut rester seul, quand il a faim, quand il réclame la jument, quand il a fini de paître et qu'il veut rentrer au box. Tâchez de comprendre son langage, ne le forcez jamais, agissez toujours dans le calme, n'essayez pas de le dominer ni de lui donner des ordres, mais plutôt de lui suggérer et de l'encourager. L'âme du cheval est généreuse et assoiffée d'affection. Mais si un individu cruel l'offense par de mauvais traitements, il gâche cette belle âme. Les récompenses et les châtiments, les carottes et le fouet, tout cela est réservé à don Carlos, qui sait lui imposer son autorité sans le brutaliser. Vous, avec dévouement, levé chaque jour à l'aube, vous devrez vous occuper de la santé et du bien-être de Granadero, sans laisser un seul pouce de son corps qui ne soit touché, frotté et caressé. Les bons curés consacrent toutes les heures de leur vie à Dieu : vous ne devez pas agir autrement, excepté qu'ici, il vous faut mettre le cheval à la place de Dieu.

Dans la propriété de Linares, s'extirpant du cerveau les mille fragrances du corps paradisiaque de Sara Felicidad, Jaime se mit à absorber les enseignements de don Aquiles jusque dans leurs moindres détails. Rongé de rhumatisme et d'arthrose, le vieux se déplaçait avec difficulté, mais il s'entendait parfaitement avec Granadero. Il savait saisir l'état émotionnel du cheval grâce à la position de ses oreilles, au tremblement de ses narines ou à l'intensité de ses vents. Il captait le plus petit changement dans ses yeux, dans le ton de ses hennissements, dans la position de sa queue. Au goût de sa sueur, il pouvait dire si quelque chose avait effrayé l'animal, s'il était fatigué, ou s'il devait équilibrer différemment son alimentation. Mieux encore, il pouvait prédire le temps en observant le brillant de ses crins.

– Aujourd'hui Granadero s'est réveillé avec le dos terne : bien que ce matin paraisse ensoleillé, cet après-midi il va tomber une pluie torrentielle.

Il ne se trompait jamais.

Deux mois s'écoulèrent. Le vieux dit :

– Demain, don Carlos va venir, mais moi, ce soir, je retourne vers mes origines. Ne vous inquiétez pas mon ami, vous savez déjà tout et le cheval ne remarquera pas mon absence. Prenez une pelle.

Marchant avec difficulté (ses articulations ne fonctionnaient presque plus), à la lumière d'une bougie, don Aquiles traversa l'enclos suivi de Jaime, jusqu'à un saule pleureur.

– Comme je n'ai plus personne, cet arbre me pleurera.

Il indiqua à Jaime l'endroit où il devait creuser la fosse. Les nuages se dissipèrent ; au rythme des pelletées, un concert de crapauds célébra l'éclat de la pleine lune. Lorsque le trou fut terminé, le vieux se dévêtit. Dans cette nuit claire, sa chair desséchée parut argentée.

– Faites de même, mon ami. Donnez-moi vos vêtements et enfilez les miens. N'ôtez jamais ce chapeau de paille. Ainsi, Granadero ne se rendra pas compte que je suis parti, et il vous offrira la même affection que celle qu'il a pour moi. Demain matin, à l'aube, frottez-vous avec de l'avoine, crachez-lui sur le museau et donnez-lui une carotte. Le reste se fera tout seul.

Roulant les vêtements de mon père pour s'en faire un oreiller, il s'étendit dans la fosse.

– Dans un instant, je vais rendre l'âme. Elle veut retourner dans son foyer. Elle n'était ici que de passage, rien de plus. Recouvrez-moi de terre et demain, faites-la bien piétiner par le cheval. Dites à monsieur le président que je suis parti voir ma famille et que je ne reviendrai plus. Vous ici, il ne tardera pas à m'oublier. Les puissants ont mille choses plus importantes en tête que se souvenir d'un pauvre vieux. Merci pour tout, mon ami, et peut-être que dans quelques années, vous viendrez vous allonger près de moi.

Souriant, le vieil homme regarda vers le ciel étoilé, inspira une longue goulée d'air frais, éteignit la chandelle d'un seul coup et mourut… Jaime l'ensevelit sous la terre fraîche et, au milieu des coassements délirants des batraciens, il revêtit le pantalon et la chemise rapiécés, le poncho rêche puant la sueur équine et le chapeau de paille usé par d'innombrables pluies, avant de prendre le chemin du retour vers l'écurie, où l'attendaient un matelas dur et deux couvertures de l'armée… Pour se libérer de Sara Felicidad, qui lui apparaissait agitant une langue grenat de trente centimètres de long, il voulut se masturber. Mais les cals qui envahissaient ses mains, pourtant enduites de salive, transformèrent les frottements en torture. De plus, une puanteur si pénétrante montait du pistolet incrusté dans son aine, que son vigoureux désir se ramollit pour finir par se noyer dans un sommeil de plomb.

La voiture blindée arriva à trois heures de l'après-midi. C'était une énorme Ford kaki. Deux soldats costauds, avec mitrailleuses et casques d'acier en forme de champignon descendirent les premiers. Puis, vint le chauffeur, un autre Hercule en uniforme, et enfin Carlos Ibáñez del Campo, habillé en colonel. Jaime plia les genoux, baissa la tête et se mit à trembler. D'une voix aimable, le président lui dit :

– Comment allez-vous, don Aquiles ? Mon cheval se porte-t-il bien ?

– Votre cheval est en excellente santé, don Carlos. Mais je ne suis pas don Aquiles.

Les sbires pointèrent immédiatement leurs mitraillettes vers mon père. Il ôta son chapeau.

– Rappelez-vous, monsieur... la Quinta Normal... l'attentat... vous m'avez récompensé avec ce travail...

– Ah, oui, bien sûr ! C'est toi qui as risqué ta vie pour moi ! Comment aurais-je pu t'oublier ? Bon, conduis-moi à Granadero. Voyons comment tu t'es débrouillé.

Sa tache blanche sur le front brillant comme une étoile, ses sabots brossés et recouverts d'une fine couche d'huile, l'épaisseur de ses crins affinée et tressée, les endroits où la sueur s'accumule tondus, la selle, bien droite sur le dos, reposant sur les côtes et non sur la colonne vertébrale, le mors appuyé à la commissure des lèvres sans les déformer, le quadrupède exhibait son bien-être en trottant, la tête et la queue dressés. Il s'arrêta devant son maître et chercha à attirer son attention en lui donnant quelques légers coups de museau sur la poitrine. Le visage d'Ibáñez perdit sa rigidité et se crispa en un rire muet qui laissa voir deux rangées de dents presque aussi grandes que celles du cheval.

– Tu as l'air en forme, Granadero ! Laisse-moi t'examiner de près !

Le colonel vérifia la couleur des yeux et de la membrane du nez, s'assurant qu'il n'y avait pas d'aphte causé par quelque aspérité sur une dent. Il palpa les jambes sans trouver d'inflammation, examina les fers pour voir s'il leur manquait des clous, sortit une montre de gousset et observa le mouvement des côtes pour contrôler que l'animal effectue bien seize respirations par minute, puis appuya le bout de ses doigts sur l'artère qui passait le long de la mâchoire inférieure, et tout en mesurant les pulsations, il s'exclama :

– Bravo, Aquiles, jamais mon cheval n'a été mieux soigné ! Tu peux rester ici toute la vie ! Tiens !

Et il lui tendit une liasse de billets. Rougissant, Jaime refusa de la prendre.

– Continuez à envoyer les vivres une fois par semaine, c'est tout ce que je vous demande, patron. Je n'ai pas besoin d'argent. Je travaille par amour.

Le président rangea ses billets et soupira avec satisfaction.

– Ton désintéressement me touche, Aquiles. Je t'enverrai des provisions deux fois par semaine.

Jaime se laissa tomber par terre et, embrassant une botte du chef, il se dit : « Un autre coup de maître comme celui-là, et l'empereur perdra sa tête ».

– Levez-vous, don Aquiles, et allez préparer une ration d'avoine, de sucre de betteraves, de maïs, d'orge et de son ! Je vais faire une heure de trot et de galop. Ensuite je vous rendrai l'animal pour que vous lui donniez à boire et à manger…

Souriant, Jaime se dirigea vers l'écurie. « Cet homme est idiot. Il ne se rend même pas compte de la différence qu'il y a entre don Aquiles et moi. Il réagit comme le cheval. Parce que je suis habillé avec les vêtements du vieux, il croit que je suis lui. Et l'odeur de l'avoine avec laquelle je me suis frotté l'incline à la sympathie. Peut-être que si je lui mettais une carotte dans la bouche, il m'adorerait ! » Il se mit à rire et, regardant vers l'enclos, il souhaita mépriser le soldat. Il ne le put pas.

La lumière du soleil à demi voilée par un troupeau de nuages recouvrait le cheval et l'homme d'une peau dorée. Éblouissante vision d'un centaure dont la matière, changée en esprit, en or, accomplissait une danse dans laquelle la beauté s'unissait à l'efficacité. Ange-animal, artiste triomphant, Ibáñez, oubliant la guerre et les ambitions de pouvoir, réalisant des pas compliqués, du trot, du galop court ou ample, des contre-pieds, des pirouettes, le faisant se lever sur les postérieurs, reculer, sauter, tendait vers un but purement esthétique. Entre cavalier et monture, aucune tension, aucune résistance, la main et les poings légers, les hanches puissantes s'animant à la moindre sollicitation, la cadence rythmique harmonieuse, puis soudain, l'immobilité active. Cet animal éclatant se concentrait comme un fauve affamé qui guette sa proie, parcouru par une vibration envahissant toutes les parties de son corps ; il fusionnait avec un cavalier qui absorbait la totalité de sa conscience dans son centre de gravité, y canalisant la force de ses reins et la vitalité de son être, prêt à la moindre impulsion à se mouvoir avec la vélocité de l'éclair et l'harmonie dense d'un lac.

Bouche bée, Jaime contempla la danse du centaure. Il lui sembla que les grives, les étourneaux et les tourterelles se figeaient dans les airs, enchantés du spectacle ; que les feuilles des arbres, malgré le vent déchaîné, cessaient de s'agiter ; que la terre devenait un dos vivant, ronronnant de recevoir, telles des caresses, les impacts des quatre sabots luisants… Furieux, il secoua la tête : « Même si le tyran s'habille de soie, tyran il demeure ! Pas de faiblesses ni d'admirations infantiles ! L'art est étranger à la morale ! Ce cavalier parfait ne cesse pas pour autant d'avoir les mains tachées de sang, simplement parce qu'il produit aisément de la beauté ! »

Faisant honneur à son nom, Carlos Ibáñez del Campo[1] se mit à venir à la propriété tous les week-ends ; il était toujours accompagné de ses gardes du corps-champignons. Après avoir fait de merveilleux exercices avec Granadero, il se faisait descendre de la voiture un sac à dos de simple soldat et, tout en aidant Jaime à brosser l'animal, il partageait avec lui de délicieuses empanadas de coquillages et une bouteille de vin, buvant de grandes lampées au goulot. L'alcool lui déliait la langue. Il commençait toujours ses monologues de la même façon :

– Vous voyez, don Aquiles, vous représentez le peuple du Chili, et en tant que tel, c'est votre devoir de comprendre ce qu'est la philosophie de celui qui vous gouverne…

Puis, après avoir récité ces paroles grandiloquentes, il exposait certains de ses credos, tous inspirés à cent pour cent de la psychologie équine.

« Un cheval domestique hennit très peu, mais lorsqu'il le fait, cela signifie qu'il sent que son monde ordinaire a été perturbé. C'est-à-dire que le quadrupède, habitué à sa bonne écurie et à une ration régulière de céréales, ne souhaite pas récupérer sa liberté ni changer d'habitudes. Le peuple est ainsi. S'il a du pain, l'indispensable toit et du vin bon marché, il ne

1. Littéralement : Carlos Ibáñez de la Campagne *(NdT)*.

veut en aucune façon progresser. Il faut lui faire plaisir et le maintenir dans ce monde minimal. Un salaire modeste mais sûr élimine les révolutions.

« Les instincts ancestraux du cheval lui font prendre tout bruit insolite pour une présence ennemie… Le peuple est aussi pusillanime. C'est pour cela que le gouvernement doit museler ces foutus moyens de communication qui vivent sur le dos de l'insécurité qu'ils sèment eux-mêmes. Plus il y a de catastrophes, plus les journaux se vendent. Il faut rassurer le troupeau ! Même si le fleuve national et international est en crue, l'État ne doit pas laisser passer d'informations inquiétantes. Aucun bruit insolite : mieux vaut un mensonge calme qu'une vérité brutale.

« Un cavalier est sage lorsqu'il éloigne au maximum les écuyers afin que le coursier comprenne que de telles présences n'ont aucun pouvoir, et que les ordres ne viennent que du maître… Le secret pour dominer le peuple, c'est de lui montrer qu'il n'y en a qu'un seul qui commande : le président, annulant les autres pouvoirs, ceux du Parlement ou de la Chambre des députés.

« Pour se faire obéir et en même temps être aimé du cheval, le maître doit savoir bien doser le fouet et la carotte. La carotte est simple, elle est une. La douleur est complexe et il faut jouer de toute sa gamme : coups de fouet, secousses dans le mors, coups d'éperons, coups sur les parties osseuses et solides raclées. Pour être efficace, la carotte doit être accordée à l'instant précis où le cheval exécute l'action demandée, et le châtiment au moment même de la désobéissance… Tout bon gouvernement trace au citoyen une ligne de conduite hors de laquelle son intérêt l'incitera à ne pas s'éloigner : cette obéissance sera appuyée par des stimuli économiques, des honneurs, des récompenses. Au contraire, ceux qui s'éloignent du droit chemin doivent être réprimandés par des détentions, des tortures, des déportations, le passage par les armes. Les citoyens ne se conduisent bien que lorsqu'ils vivent entre l'espoir et la peur.

« Dresser, c'est simplement raccourcir le champ de volonté possible du cheval, le faire renoncer à son être pour exister seulement par la volonté du maître… L'attitude du président envers son peuple doit être comparée à la ferme mais affectueuse autorité d'un père qui prend soin de la santé de ses enfants obéissants et les guide dans la bonne voie, fondant son autorité sur une loi implacable. Il est donc juste qu'il jette hors de la maison les enfants désobéissants. »

Il leur arriva souvent de discuter ainsi dans l'écurie. Cependant, Jaime eut toujours la sensation que le tyran ne lui parlait pas à lui, mais qu'il s'adressait à Granadero. Il caressait avec un amour intense les flancs de l'animal en faisant glisser ses longues mains, trop fines pour un soldat. Lorsqu'il sentait qu'il avait froid et qu'il lui posait une couverture sur le dos, sa rudesse et son attitude sévère disparaissaient pour laisser apparaître une affection profonde et une tendresse d'enfant. Jaime sentait que ce changement n'était pas l'effet d'un excès de boisson, mais qu'il s'appuyait sur de profondes racines. Toute sa vie, le seul ami fidèle et l'unique confident du militaire avait été ce cheval… Une nuit, mon père se réveilla les cheveux dressés sur la tête ; une pensée l'obsédait et l'effrayait : si le dictateur voyait les Chiliens comme un cheval, cela signifiait qu'il les aimait du plus profond de ses entrailles. Ses excès, ses persécutions, ses crimes n'étaient donc pas le produit d'une âme mauvaise mais, bien que fondée sur des principes erronés, de la plus intense bonté. « Nooon ! Hors de ma tête ces idées traîtresses ! Ce n'est ni un père, ni un enfant, ni un homme bon, c'est un porc dégoûtant, une bête sanguinaire, un crétin paranoïaque, un monstre égocentrique, un colonel de merde ! »

Le moment tant attendu arriva enfin. Le vétérinaire du village d'à côté lui annonçait qu'il allait partir en vacances pendant deux semaines : les chaleurs de janvier n'étaient supportables qu'à la plage… À l'aube, il sortit Granadero de son box et l'amena dans un coin éloigné de la propriété, sur un petit terrain caché dans le bois, où il avait cultivé certaines fleurs jaunes aussi délicieuses que vénéneuses pour les chevaux. Pendant que le quadrupède dévorait avec gourmandise ces boutons d'or, Jaime lui demanda pardon à genoux :

– Mon ami, je sais que tu as autant de valeur qu'un être humain, que tu ne mérites pas la mort que je t'inflige, mais ta mission est grande, sacrée, et ton sacrifice louable. Sur les autels antiques, ce ne sont pas des animaux médiocres ou malades qu'on offrait en holocauste, ça non ! On dédiait les plus beaux spécimens au Très-Haut. Le Christ sur la croix annonce ton sacrifice : lui, c'est l'homme magnifique qui fait le don de son corps non seulement à Dieu mais aussi à l'Humanité. Tu seras ainsi : grâce à ton martyre, le peuple du Chili se verra libéré du joug dictatorial. Bien qu'inconnu de tous, tu deviendras un héros saint dans la mémoire universelle. Pardonne-moi mille fois, noble cheval !

Il courut sur près de deux cents mètres pour avoir une respiration haletante et composa le numéro personnel d'Ibáñez.

– Mon colonel : Granadero est très malade, on dirait qu'il est en train d'agoniser, et le vétérinaire est parti en vacances ! Je ne sais pas quoi faire, patron !

Au volant de la Ford kaki, un manteau passé sur son pyjama, ses chaussures de ville enfilées sans chaussettes, les cheveux ébouriffés, le président arriva une heure plus tard. Il s'élança vers l'écurie, suivi de Jaime. Là, il fut accueilli par un spectacle terrifiant. Les muscles contractés, faisant des bonds, se cabrant, retombant sur le dos, donnant des coups de pieds, roulant, se relevant, se cognant la tête contre les murs jusqu'à s'en briser les incisives, les yeux injectés de sang et la respiration sifflante, l'animal exprimait une souffrance insupportable.

Jetant des injures féroces à l'encontre de Dieu, Ibáñez se rua vers un coffre, en sortit une boîte à pharmacie, prépara une piqûre et s'approcha dc Granadero, en faisant un immense effort pour passer de la colère à la douceur.

– Chuuut ! Chuuut ! Du calme, mon petit ! Je suis là ! Ça va tout de suite t'enlever la douleur ! Mon beau, mon joli, s'il te plaît, tiens-toi tranquille !

Se sentant de plus en plus coupable de la terrible souffrance qu'il causait au cheval, entendant la voix pleine de tristesse de cet homme, apparemment plus dur que la pierre, qui essayait de calmer l'animal, Jaime ressentit un serrement dans la poitrine, et ses yeux s'emplirent de larmes… Granadero regarda son maître, ouvrit son museau ensanglanté, poussa un léger hennissement et retomba, immobile. Avec une rapidité désespérée, le colonel lui injecta le médicament, puis, plaçant ses doigts sur l'artère de la mâchoire, il compta les battements. Quand après un rythme accéléré, ils ralentirent pour laisser finalement place au silence total, Carlos Ibáñez éclata en sanglots. Pleurant comme un enfant, à genoux, il prit son cheval dans les bras, en le suppliant d'une voix hoquetante :

– Je t'en prie, ne meurs pas... !

À le voir ainsi, effondré sur l'animal, mon père en profita pour sortir le pistolet malodorant et viser la nuque de son ennemi. Échec et mat ! Il s'efforça de donner à sa bouche la forme d'un sourire et tenta de presser la détente. Il ne put pas, car toute sa main s'était crispée. Il prit l'arme de la main gauche et visa de nouveau. Elle se crispa également ! Il ne pouvait assassiner un homme qu'il admirait, bien malgré lui. Il ne pouvait assassiner un homme envers lequel il avait une incompréhensible dette : dans son cœur, il lui était reconnaissant de quelque chose ; quelque chose qui se mêlait à une intolérable honte ; honte de quoi ? Cela provoqua un court-circuit dans son esprit et il resta comme idiot, les deux mains paralysées.

Le dictateur tourna la tête, le regarda, se leva lentement et lui prit le pistolet des mains en murmurant :

– Merci, don Aquiles.

Il donna le coup de grâce à la bête. Il s'agenouilla et, prostré, il poussa un cri rauque, secoua son corps comme un chien sortant de l'eau, jeta loin de lui le pistolet et s'exclama :

– On va arroser l'écurie et les maisons d'essence ! Je veux que tout brûle !

Tard dans la nuit, lorsque les flammes eurent réduit

les constructions à un tas de décombres, Ibáñez serra fort mon père contre lui ; étreinte que celui-ci ne put rendre, car la paralysie l'atteignait jusqu'à la hauteur des coudes.

– Don Aquiles, vous avez été un fidèle serviteur : prenez cet argent et allez-vous-en. Je suis certain que vous avez des parents qui s'occuperont bien de vous. Je vais dès demain mettre la propriété en vente. Et n'essayez pas de venir me voir, parce que votre présence me rappellera des souvenirs douloureux. Adieu mon ami !

Sa rudesse retrouvée, il regagna sa Ford à pas énergiques et démarra dans un nuage de poussière, sans un regard en arrière. Immobile, Jaime resta au milieu du chemin, dans un brouillard de terre, à regarder comment de ses mains mortes s'échappaient les billets qui s'envolaient, poursuivis par les libellules. Lorsqu'on n'entendit plus le moteur et que le tourbillon de poussière se dissipa, il n'était plus Jaime. Il avait perdu la mémoire.

Au début, il crut qu'on lui tirait dessus à la mitraillette. Puis, il réalisa que c'était une averse de grêle fouettant le toit de calamine. Il était couché, couvert de sacs en papier, de journaux et de couvertures abîmées. Une pénétrante odeur d'urine émanait du sol en terre sur lequel gisait le maigre matelas. Les murs de la pièce étaient faits de morceaux de boîtes de conserve rouillées, de cartons et de planches grises. Près de lui, une femme ronflait. Dans cette pénombre sans fenêtre, il était difficile de distinguer son visage. Il essaya de se lever. Prenant appui sur ses mains, il les trouva insensibles, dures comme des griffes. Il les approcha de ses yeux et vit qu'elles étaient peintes de trois couleurs : bleu, blanc et rouge. Sur la tache bleue, il y avait une étoile à cinq branches... Il s'habitua à l'obscurité ; il rejeta en arrière une chevelure terreuse qui lui envahissait le visage, se gratta comme il put la barbe qui recouvrait ses joues, dans laquelle il sentait grouiller des petites bêtes. La femme gémit, se serra contre lui et posa une petite main molle sur son sexe. Elle continua à ronfler. Comme un négatif photographique qui se révèle petit à petit dans un bain d'acide, il commença à distinguer ses traits. Des cheveux rares, courts, plats, gras, une figure ronde, des globes oculaires remplissant démesurément des paupières chassieuses, une bouche où il manquait nombre de dents, des seins fanés, des côtes à fleur de peau et, sur un dos couvert de taches de rousseur, une bosse... Quelque chose se mit à remuer dans un coin. Un rat, peut-être ? La forme s'approcha de lui en rampant. Ses poils se hérissèrent, et il leva les bras, décidé à s'en servir de gourdins. La chose poussa des balbutiements humains et grimpa sur le matelas. C'était un enfant, d'à peu près cinq ans, au ventre gonflé par la malnutrition, aux lèvres épaisses et à la tête anormalement petite. Il s'accrocha aux seins chétifs de la bossue et se mit à les lécher en bavant. Jaime poussa un cri, se dégagea des bras flasques et partit en courant, à demi nu sous un manteau de soldat en loques.

Il se rendit compte qu'il était à Santiago. Entre la voie de chemin de fer et le Mapocho, un torrent anémique couleur café au lait, se dressait ce bidonville : des centaines de baraques, fabriquées avec des détritus ; c'était un village purulent, noyé dans la boue, se dissolvant comme un morceau de sucre, sombre, sous la pluie persistante. Une meute de chiens le suivit, tous marqués par la calvitie de la gale. Désespéré, il s'assit sous un arbre étique, sur une vieille jante peinte en blanc pour servir de jeu aux enfants. Les chiens cessèrent d'aboyer, vinrent le lécher et se serrèrent contre son corps, à la recherche d'un peu de chaleur. La toute petite femme, une bouteille de vin rouge dans les mains, s'approcha en quelques rapides enjambées. Ses yeux globuleux, aussi gris que le plafond de nuages qui menaçait de lui écraser la tête, plantèrent sur lui un regard tragique. D'une voix de petite fille battue, elle demanda :

– Salvador, mon joli cabot, tu vas bien ? Qu'est-ce qui t'arrive ? Tu te sens encore mal ? Bois un coup !

– Madame, je ne m'appelle pas Salvador, mais Jaime ! Dites-moi ce que je fais ici !

Éclatant en sanglots pitoyables, la bossue tomba à genoux dans la boue.

– Alors… Tu as retrouvé… la mémoire… le rêve est fini…

De ses mains impotentes, mon père essaya de relever la femme. Elle s'assit, les jambes toujours enfoncées dans la boue.

– Il y a sept ans que je t'ai trouvé, errant dans les rues, à demi mort de faim, et que je t'ai ramené pour vivre avec moi. Comme je n'avais jamais eu d'amant, j'ai abusé de toi. J'ai donné naissance à Mono, ton fils mongolien. C'est de ma faute : pendant les neuf mois de la grossesse, j'étais tout le temps saoule. Je me doutais bien qu'un jour tu redeviendrais toi-même. En espérant que ce moment n'arrive jamais, mais sachant bien que personne ne peut échapper au Destin, je t'ai écrit une lettre. Je suppose que tu sais lire. Tiens !

Il avait cessé de pleuvoir. La brume laissait passer les premiers rayons d'un soleil couleur tabac. La bossue fouilla dans son soutien-gorge et sortit un morceau de papier ordinaire enveloppé dans du bristol.

– Lis-la tout de suite, sans te presser, le plus lentement possible, afin que tu saches qui je suis, et que tu puisses me comprendre. Pendant ce temps, je vais au refuge donner à manger à Mono. Quand tu auras fini, viens me dire au revoir. Je te jure que tu n'auras aucun problème. Je déteste fabriquer des liens aveugles !

Courbant encore plus son dos monstrueux, la bossue s'éloigna dans la ruelle déserte… N'attendant rien de ce jour nouveau, les voisins, tous ivrognes et chômeurs, se réveillaient le plus tard possible… Jaime déplia le papier d'emballage et c'est avec une certaine difficulté qu'il se mit à déchiffrer les lettres tassées et nerveuses.

« Je m'appelle Antonia et je suis née à Santiago. Je suis la fille d'Abel Lagos qui a été carabinier jusqu'à ce qu'un jour, après bien des années, en 1929, il se rende compte qu'il était en train de changer : il s'est laissé pousser les cheveux ainsi que la barbe, et a dit que n'ayant pas besoin de maîtres, sa tête était libre de produire aussi bien des poils que des pensées. On l'a renvoyé. Quand il a quitté l'armée, il a rejoint un groupe anarchique, « Soleil de Mai », dont il est devenu le chef… En 1930, ils ont voulu organiser un attentat contre le chef de la police secrète, Ventura Matucana, un avocat au cerveau froid, grand, élégant, spécialiste de médecine légale en Allemagne, d'anthropométrie judiciaire et, surtout, expert en matière de nouvelles tortures : décharges électriques dans les testicules, ablation des mamelons, rupture des tympans, injection de drogues et autres raffinements. Ils ont réussi à lancer une bombe dans sa voiture, mais, par un miracle diabolique, la salope n'a pas explosé. Ils ont dû s'enfuir au plus vite… Le lendemain, très tôt, je me suis réveillée en entendant des injures, des éclats de balles, des cris de douleur et des sirènes de voitures de police. Une grande angoisse m'a tirée du lit. Comme en rêve, j'ai marché dans les rues, vers le tumulte. Criblés de balles, les lieutenants du groupe, Ñato Reyes et Guatón Corona, gisaient sous le kiosque de la place. Affolée, j'ai couru chez mon géniteur. (Je dois confesser que je ressentais pour lui un intense amour filial qui touchait à la dévotion. Même si je ne l'ai que très peu vu et qu'il m'a donné plus de coups que de caresses, c'est grâce à son existence que mon enfance a réussi à trouver un axe autour duquel la vie pouvait s'organiser.)

« Je frappe à la porte. Il ouvre. Il est très nerveux. Il ne veut pas me laisser entrer. Je lui demande ce qui se passe. Il me crie que je ne devrais pas être ici. Je n'en tiens pas compte et j'entre. Je trouve sa maison transformée en bunker : les tables, les chaises et les matelas protégeant les fenêtres, des armes, des munitions et des paquets de dynamite de tous les côtés. Mon cœur palpite d'angoisse. Sans savoir de quoi il s'agit, je sais que mon devoir est de l'accompagner ! Je ne le quitte pas pendant trois jours : nous dormons ensemble, marchons sur la pointe des pieds, mangeons des conserves froides, sortons dans la rue armés tous les deux. Je protège ses arrières, prête à donner ma vie pour la sienne.

« À minuit, le téléphone sonne. On m'appelle au

sujet d'une entrevue que j'avais demandée aux dirigeants du Parti Communiste. Mon idée était qu'avec leur aide, je pourrais sortir Abel clandestinement du Chili… Je dis au revoir à mon père pour aller au rendez-vous, lui affirme qu'il ne doit pas s'inquiéter, que je reviens vite, que je vais chercher du secours. Il m'embrasse et, pour la première fois de sa vie, il caresse ma bosse sans la repousser. Je vois des larmes dans ses yeux et je me dis que la situation dangereuse dans laquelle il se trouve a fait de lui un homme sénile ayant peur de mourir. Je le plains sans me rendre compte qu'il prend congé de moi pour toujours, et que cette première marque de tendresse est aussi la dernière.

« Les communistes ont su me soutirer l'adresse de mon père. Puis, ils m'ont enfermée dans une pièce, prétendant que les dirigeants de l'état-major ne viendraient que le lendemain, et m'ont fait croire qu'ainsi personne dans la maison ne se rendrait compte que j'étais là. Ils ont ainsi gagné du temps pour réaliser leur projet de délation. Ils ont dû mettre un somnifère dans mon café parce que j'ai dormi comme une masse, toute la nuit, sur un bureau… Tard dans la matinée, ils me réveillent et après une répugnante explication politique, ils me disent qu'ils ne veulent ni ne peuvent aider les anarchistes : étant donné que le mouvement ouvrier doit guider ses actions en accord avec les normes du syndicalisme révolutionnaire et de l'internationale prolétarienne encouragée par le Manifeste communiste, ma demande est absolument “hors de propos”.

« Quittant cet endroit, désespérée, je lis dans les journaux qu'à l'aube, après avoir fui sa maison, un anarchiste qui portait sur lui un véritable arsenal, avait attaqué le quartier général de la police à coups de grenades, causant la mort de dix policiers en civil. Encerclé, l'agresseur s'était suicidé en faisant exploser les bâtons de dynamite qui lui entouraient la taille. Une grande partie des locaux étaient réduits à l'état de décombres.

« Sans vouloir accepter la réalité, je me suis rendue au magasin de la femme qui vivait avec mon père. Elle était là, assise derrière le comptoir, impavide, le regard fixe. Au moment où je lui ai demandé où était Abel, des types me sont tombés dessus. Sous un tas de corps, j'ai donné des coups de pieds jusqu'à ce qu'ils soient parvenus à me maîtriser. Après avoir fouillé mes vêtements, mon anus et mon sexe pour y trouver des explosifs, ils m'ont transférée au quartier général de la police. Autour des ruines fumantes, se pressait quantité de policiers, de détectives et de journalistes. Entourée par les flashes des appareils photo, ils m'ont fait voir les morceaux de chair, un par un. J'ai fini par reconnaître mon père grâce à un morceau de pied qui émergeait d'une chaussure. Je n'ai pas eu le temps de l'enterrer, parce que j'ai immédiatement été jetée dans un cachot où ils m'ont conduite les yeux bandés. Un nombre considérable de policiers s'est penché à la petite fenêtre pour graver mon visage dans leur mémoire, au cas où un jour je tenterais de me venger. De là, je suis passée à l'asile de fous, où on m'a maintenue pendant des semaines dans un bain d'eau froide pour que je dénonce des conspirateurs imaginaires. Toussant presque jusqu'à vomir mes tripes, j'ai été mise en liberté inconditionnelle, faute de présenter un véritable intérêt : la seule chose qui me liait au groupe anarchiste, était d'être la fille de "Mathusalem" (c'était le surnom qu'ils lui avaient donné, parce que tous les membres de "Soleil de Mai" étaient plus jeunes que lui).

« Quand je me suis retrouvée en ville, sans amis, sans mère – elle était quelque part dans un petit cabaret de la zone rouge, et travaillait comme prostituée –, c'est là que mon calvaire a commencé : j'avais l'impression que mon père était encore vivant et que si je cherchais bien, je finirais par le trouver. C'est ainsi qu'en parcourant inutilement tous les quartiers dans lesquels il était allé, je suis tombée peu à peu dans le gouffre profond de la dépression… Pourquoi mes parents m'avaient-ils traitée avec tant de dédain ? Pourquoi avaient-ils divorcé alors que je venais juste de naître ? Pourquoi m'avaient-ils laissée chez une voisine, et n'étaient-ils presque jamais venus me voir ? Est-ce qu'une bosse empêchait qu'on soit aimé de ses parents ? Pourquoi avais-je reçu tant de coups de cet homme que j'adorais ? Nous étions tranquilles, il me regardait fixement, se mettait à transpirer et brusquement entrait dans une colère injustifiée. Une fois, après m'avoir frappée sans raison apparente, il m'avait laissée suspendue par une jambe à la branche d'un arbre. Les pompiers avaient dû venir me détacher. J'en suis restée toute violette, sans pouvoir marcher pendant un mois, et honteuse, parce qu'à partir de ce jour, tout le quartier m'a appelée La Pendue.

« J'ai hanté les bars de la zone rouge, on m'a agressée pour me voler un porte-monnaie pourtant vide, on m'a poursuivie en me jetant des fruits pourris, on m'a menacée de me violer, mais j'ai persisté jusqu'à retrouver ma mère. Sans me préoccuper du boucher plein de taches de sang de bœuf qui la tenait dans ses bras, je lui ai demandé à brûle-pourpoint pourquoi personne ne me caressait lorsque j'étais petite. Elle s'est énervée et m'a regardée sans rien me dire. J'ai lu de la culpabilité dans ses yeux. J'ai enfin compris. « Ce n'est pas mon père ! » Son visage s'est couvert de mépris. Entre des rires sibyllins, elle m'a confessé l'origine de tant de violence. Abel avait été violé. À dix ans, son propre père, un policier en civil, ivre mort, lui a démoli l'anus après lui avoir donné des coups de poing dans les testicules qui l'ont laissé définitivement impuissant… Résultat, j'étais la fille d'un oncle, frère de ma mère, que j'avais toujours vu avec elle, en train de la peloter…

« Je perdis mon axe, je perdis le Nord, je perdis tout. La dépression me précipita au fond de l'abîme. Sans l'aide de personne, sans travail, sans pouvoir trouver de compagnon, difforme comme je suis, j'ai fini par dormir dans les grottes de Santa Lucía. Sur cette colline qui s'élève au milieu de la ville, j'ai exercé la nuit une bien misérable profession. Des dépravés venaient uriner, déféquer et se masturber sur ma bosse. C'est ainsi que j'ai survécu pendant quelques mois, jusqu'à ce qu'une rafle de police mette fin à mon petit commerce. Je me suis mise à ramasser des papiers, des bouteilles et des boîtes de conserve vides, j'ai cherché à manger dans les poubelles, j'ai nettoyé les latrines des bars en échange d'alcool. J'ai cultivé poux et puces. J'ai cessé d'être humaine. La Pendue ne méritait pas d'être mieux traitée qu'un chien errant. Les jours ont filé, j'ai été happée par une obscurité éternelle… jusqu'à ce que tu arrives.

« Le pantalon déchiré et le derrière à l'air, poursuivi

par les mouches, tu errais, maigre comme un clou, sans savoir parler, agitant tes mains crispées. Le Dieu cruel m'envoyait enfin de la compagnie. J'ai volé son manteau à un soldat saoul et j'en ai recouvert tes guenilles. En récupérant des matériaux à la décharge, j'ai pu construire une bicoque dans le bidonville. C'est à coups de pieds et de dents que je nous ai fait respecter. Et dans ce tout petit territoire, nous avons trouvé la paix. Ne crois pas que tu as été inutile : en te peignant le drapeau national sur les mains et en devenant mendiant, tu as obtenu nombre de dons patriotiques : tes extrémités paralysées symbolisaient le chômage et la misère du peuple chilien. Grâce à elles, nous avons pu acheter tous les jours six litres de vin, un peu de pain et deux boîtes de sardines. Les nuits, tu as été mon paradis. Tu ne pouvais pas me caresser, mais mon amour me donnait l'énergie de quatre mains pour te masser, te cajoler, adorer tout ton corps. Tu étais mon dieu muet. Couché sur le dos, immobile comme un christ, tu permettais qu'empalée sur ton membre, source de ma vie, je te chevauche. Pendant sept ans, sachant qu'un jour tu sortirais de ton amnésie, et que, revenant à toi, tu ne me reconnaîtrais pas, j'ai vécu entre la jouissance sublime de notre union et la douleur de la savoir éphémère… En retrouvant la mémoire, tu disparais de ma vie et par là même, ma vie disparaît. Sans toi, tout perd son sens, jusqu'au vin qui ne trouve pas d'âme à enivrer. Je reste vide… Si tu arrives à cette ligne de ma lettre, cela signifie que Mono et moi t'avons laissé la voie libre et que de l'autre monde, nous te bénissons… Mon amour, qu'à partir d'aujourd'hui la vie te soit douce, que le Dieu cruel devienne bon, qu'il te permette de retrouver les tiens et qu'il guérisse ces mains qui ont été les joyaux de ma pauvre existence ! Adieu pour toujours !

« Ton Antonia. »

Avec une maladresse désespérée, Jaime serra le papier grossier contre sa poitrine, poussa un cri rauque et se balança d'un côté et de l'autre. Soudain, une vieille loqueteuse passa en criant :

– La Pendue s'est pendue !

Des hommes, des femmes, des enfants, des chiens, des mendiants décharnés, émergèrent des minuscules taudis. Ils désignaient un point et couraient furieusement dans cette direction. Jaime les suivit. Ils arrivèrent devant une cabine téléphonique. Là, étranglés par la même corde, étaient suspendus la bossue, sa langue pendante devenue violette, et l'enfant mongolien souriant béatement. Mon père se jeta contre la cabine pour la secouer comme si c'était un arbre qui pouvait laisser tomber ses fruits. Il se mit à hurler en s'époumonant :

– À mort Ibáñez ! C'est lui le coupable ! À bas la dictature assassine ! Y'en a marre des militaires ! Grève générale ! Révolution sociale !

Les pauvres diables éclatèrent de rire. Un jeune homme, le visage creusé de rides, lui offrit un coup de vin aigre :

– Camarade, c'est un digne anarchiste changé par le gouvernement en ivrogne couvert de puces qui vous parle. Je suis heureux que vous ayez retrouvé la parole, mais votre mémoire cabossée doit intégrer quelques données : la crise économique, ingérable, a fait qu'Ibáñez a dû renoncer au pouvoir et s'enfuir en Argentine. Le ballet des coups d'État et des contrecoups d'État militaires a alors commencé. Pour nous, ce furent des années supplémentaires de répression, d'assassinats, de flagellations, et de manque de liberté. Marmaduque Grove, un colonel pour changer, a pu, grâce au soulèvement de l'École d'aviation, instaurer une République socialiste qui n'a pas tardé à échouer et qui a été remplacée par l'unique forme d'État que nous ayons toujours connue : l'état de siège. Les civils, naïfs, ont exigé à l'unanimité des élections démocratiques : Arturo Alessandri, un traître démagogue, a gagné. Après avoir conquis les votes du peuple, tout comme Ibáñez, il a utilisé les pouvoirs extraordinaires que lui avait donnés le Congrès contre la gauche, contre la presse d'opposition, contre les leaders syndicaux, contre les tentatives de grèves, contre les intérêts généraux du pays, purement et simplement, protégeant ainsi l'impérialisme étranger. Nous ne sommes sortis de la cage que pour nous casser le nez sur un mur de pierres !

Les sirènes de l'ambulance et des voitures de police résonnèrent. Les chômeurs prirent la fuite et allèrent s'enfoncer dans leurs bouges. Jaime s'en fut le long de la voie ferrée. Il se trouvait à deux mille kilomètres de Tocopilla. D'une manière ou d'une autre, il devait aller là-bas pour savoir si Sara Felicidad et sa fille Raquel Lea existaient encore. Ah, oui, il allait presque l'oublier, il avait aussi un fils ! Comment s'appelait-il déjà ? Benjamín ?

V

LE LIVRE DE LA PAPESSE

Mon enfance se déroula non seulement sans la présence de ma sœur et de mon père, mais également sans celle de ma mère. Bien sûr, elle a toujours été là, et pourtant pas complètement, malgré tout. Lorsque Jaime est parti, il a emmené Sara Felicidad avec lui et m'a laissé une femme qui, pour anticiper sur le futur, prit ce qu'il fallait d'années pour cacher sa jeunesse derrière un masque de femme mûre : elle rassembla sa longue chevelure sensuelle en un chignon sévère, raccourcit son regard en le nichant derrière des lunettes de myope et avec une habileté d'insecte, elle replia son squelette jusqu'à paraître petite. Elle convertit sa joie de vivre en une philosophie posée, et parvint à survivre ainsi, cachée à l'intérieur d'elle-même, transformée en une doña Sara dont une moitié de l'âme était éveillée dans le monde quotidien, et l'autre plongée dans l'attente, bien décidée à dormir jusqu'au retour de son Jaime, porteur du baiser qui illumine. Pour moi, elle fut un maître plus qu'une mère : un être légendaire, capable de voir dans les plus petits événements la grandeur infinie du miracle. Avant que le Rebbé ne se manifeste à moi, épisode mémorable qui ouvrit mon esprit à l'âge de sept ans, j'étais incapable de relier les instants entre eux. D'une heure à l'autre s'ouvraient des abîmes, chaque jour était éternel, un seul effet cachait toutes ses causes, et la loi qui régissait le monde était celle de l'insensé « Parce que c'est comme ça et pas autrement ! »… Les corps ressemblaient à des chambres d'hôtel où toutes les nuits un esprit différent venait se loger ; pendant que nous dormions, la réalité se desséchait et à l'aube, c'en était une autre, bien distincte, qui grandissait… De cette période et de ma mère je ne me souviens que de fragments, des événements-îles transformés en histoires courtes, pages échappées d'un livre de chair où l'on inscrit par des entailles indolores les actes d'une humble prêtresse.

L'obscurité

Tant qu'il y avait de la lumière, je m'attachais à tout ce que je voyais et entendais : aux odeurs, aux surfaces qui naissaient au contact de ma peau. Et peu à peu, ces sensations s'amalgamaient jusqu'à ce que, au crépuscule, lorsqu'on fermait les rideaux de fer des boutiques dans une symphonie retentissante, elles se mettent à former une énorme boule qui digérait les limites de mon corps. J'étais les meubles, le vieux plancher, les croassements des vautours, le parfum de la mer, les pas, le mur des collines, les mouettes qui entraient par la fenêtre comme des flèches, allant se ficher dans le pain. Étant tout, je n'étais plus moi, jusqu'à ce que ma mère se glisse dans cette sphère chaotique et impersonnelle… Doña Sara me chantait les délices de se livrer à la mort, avec une voix si douce qu'aujourd'hui encore, soixante ans plus tard, son souvenir ne peut que me faire pleurer ; elle était à la fois ailleurs et là, telle le cœur individuel de mes aspirations contrefaites. Pour lui faire plaisir, je fermais les yeux. Me croyant endormi, elle éteignait la chandelle et se rendait au fond de la maison qui, en s'étirant de plus en plus, se changeait en bateau : le lit se mettait à tanguer et la mer avalait les draps, les tapis, les rideaux, les murs, le ciel, les étoiles, la Terre entière. Solitaire, sourd et aveugle, j'apparaissais enfermé dans la cellule de ma conscience, à mesure que la sphère s'effaçait. L'obscurité avait tout avalé et dans son ventre noir, chaque chose s'était transformée en ennemi. Cette tarentule gigantesque me traquait, me paralysait, me réduisait à un simple cri :

– Mamaaan !...

Elle arrivait en courant, me prenait dans ses bras, et me plongeait entre ses seins qui sentaient l'herbe fraîchement coupée. Je tremblais et transpirais à grosses gouttes, mon cœur de colombe sur le point d'éclater :

– L'obscurité est arrivée, maman, elle est là, pleine mais pas encore rassasiée, il lui reste à nous dévorer tous les deux !

– Mon fils, est-ce que je t'aime ?

– Oui, maman.

– Combien ?

– Du ciel à la terre !

– Mon fils, celle qui t'aime, ce n'est pas moi : l'amour n'est pas à moi, il vient du Créateur, je ne fais que le transmettre. Et comme Il a tout fait, Il aime tout le monde et tout le monde transmet à chaque instant la totalité de Son Amour ! Alejandrito, l'obscurité t'aime autant que moi, parce qu'elle est l'ombre de l'Amant absolu.

Elle prit une boîte de cirage et me couvrit le corps de pâte noire.

– Tu vois ? Maintenant, tu fais partie d'elle, l'ombre est ton royaume. Si tu es un chasseur, tu dois te dissimuler pour attraper ta proie, qui n'est la victime que parce que la peur la sépare de l'Amour. Allez, chasseur, va dans la maison ténébreuse et mets-toi à l'affût ! Moi, je ferai semblant d'avoir peur. Suis ma trace, en silence, jusqu'à ce que soudain, tu me surprennes et tu m'attrapes.

Ce que je fis. J'avançai d'abord à tâtons, puis mes yeux s'accoutumèrent à l'obscurité, et je commençai à voir les objets transformés en ombres aimables ; je visitai le fond des armoires, le ventre des tables, le dos des meubles, le museau des recoins. Doña Sara se déplaçait pieds nus. Mais l'obscurité, devenue mon corps, me transmettait ses pas. Je savourai sa terreur feinte jusqu'à ce que, n'y tenant plus, je lui saute dessus, la jette par terre et l'embrasse en tachant son visage blanc avec mon cirage. Elle s'est alors elle aussi dissoute dans l'obscurité, et je n'ai plus jamais eu peur de la nuit.

L'intoxication

Le premier colis (que ma mère s'entêta à appeler lettre) arriva cinq ans après que ma sœur avait été laissée chez ses grands-parents. Maladroite mais belle, chaque lettre de notre adresse avait été écrite avec un crayon de couleur différente. Dans la boîte en métal nous n'avons trouvé aucun dessin, aucun mot. Seulement une pomme en cire coupée et recollée, au cœur de laquelle reposait un œil de verre. Sara Felicidad se mit à pleurer :

– Non seulement elle raconte que le monde que mes parents lui fabriquent n'est qu'une imitation insipide, mais elle a aussi l'impression que son regard est mort.

En guise de réponse, ma mère lui envoya un violon dont les cordes étaient cassées ; elle ajouta aussi un coffret en forme de cœur qui contenait cinq cordes neuves. Dans la garniture de l'étui, elle broda : « Les cordes s'usent, mais la musique est éternelle… » Elle ne tarda pas à recevoir un nouveau colis, porteur du violon réduit en petits morceaux et accompagné d'une phrase multicolore : « Pour la divinité sourde, seule son ombre est musique ».

Bien qu'elle l'aimât autant que moi, ma mère ne pouvait se permettre de la reprendre. Les bénéfices étaient maigres, le chômage touchait soixante-dix pour cent de la population. Les familles des ouvriers désœuvrés vivaient entassées dans des bidonvilles, dans des cahutes à trois murs pour en économiser un. Certains après-midi, lorsque aucune pièce n'était entrée dans le tiroir-caisse, ma mère fermait la boutique et m'emmenait à la plage, où elle me donnait à manger les oursins et les berniques qu'elle extrayait des racines rocheuses en plongeant. Lorsque je la voyais disparaître sous le magma saumâtre aux griffes d'écume, une main invisible mais cependant noire me serrait la gorge. Pendant les longues secondes durant lesquelles la bête informe avalait ma mère, le monde entier n'était plus qu'une sphère vide ; les mouettes, les vagues, les pierres, les collines, la mer, le ciel, tout, jusqu'à la plus petite particule de matière, cessait d'avoir une quelconque signification. Seules les ombres continuaient à exister, encore plus sombres et sordides, avançant vers moi comme un filet de reptiles plats. Je ne criais pas : un hurlement me sortait de la gorge en m'ouvrant la bouche au point de m'en déchirer les commissures, comme un oiseau rouge qui aurait voulu grandir jusqu'à occuper tout l'espace du ciel. Sara Felicidad émergeait enfin, transformant par sa lumineuse présence ce monde mort en une caresse vivante. Les ombres se collaient hypocritement au sol réchauffé en se faisant passer pour de frais tapis. Je préférais mille fois dévorer mes coquillages sous les sévères rayons solaires, plutôt que de m'asseoir dans ces taches noires qui pouvaient brusquement se coller à mon corps jusqu'à le dissoudre. Sans la comprendre, ma mère acceptait ma terreur et se mettait à chanter, très doucement, très tendrement : des fils de miel s'écoulaient de ses lèvres. Je me calmais et les ombres avec moi : se faisant félines, elles se mettaient à ronronner.

Un jour, sans lui demander la permission, me sentant courageux, je m'échappai jusqu'à la mer. La première chose que je rencontrai sur la plage, ce fut un gros crabe échoué. Comme j'avais faim, je l'ai mangé cru. Une heure après, j'eus des maux d'estomac ; j'arrivai à la Casa Ukrania le corps enflé, brûlant de 40° de fièvre. Doña Sara appela le médecin qui déclara que l'intoxication était grave, et qu'il fallait m'emmener à l'hôpital d'Antofagasta, un port situé à cent kilomètres de là. Nous partîmes dans un taxi collectif. J'étais nu, enveloppé dans un drap mouillé, assis sur les genoux de ma mère. Lorsque ma température élevée séchait le tissu blanc, elle versait dessus une bouteille d'eau minérale. En plus du chauffeur il y avait sept autres passagers, regardant les collines arides et l'océan plat, calmes, muets, sourds. Menacé par une grande chienne grise qui m'emprisonnait la tête entre ses mâchoires, j'aurais voulu que ces statues de pierre s'animent pour faire fuir la méchante bête, pour ensuite me caresser et me chanter des berceuses qui m'auraient fait dormir. Mais non, malgré mes gémissements, ils restaient le nez collé à leurs fenêtres. Doña Sara plia un journal, fabriqua un éventail et l'agita doucement devant mon visage.

– Calme-toi, Alejandrito, on arrive bientôt.

– Maman, je ne sais pas où je suis !

– Moi non plus je ne sais pas où je suis, mais je sais que je suis ici, près de toi.

Sa réponse m'apaisa quelques minutes. La chienne grise me menaça de nouveau.

– Maman, je ne sais pas où je vais !

– Moi non plus je ne sais pas où je vais, mais je sais avec qui j'y vais : j'y vais avec toi. Tu y vas avec moi, toi ?

– Oui, maman.

– Alors, mon enfant, on a plus de chance que nos voisins. Eux, à force de vouloir être loin, ils ne savent même pas qu'ils sont ici. Et le chauffeur, qui sait où il va, ne sait pas avec qui.

Je ris, je respirai mieux et j'eus un peu moins chaud. Je regardai par la fenêtre. Plus grande et plus féroce, la chienne grise courait à côté du taxi en donnant des coups de dents aux roues !

– Elle veut nous renverser, maman. Nous n'arriverons jamais à la vaincre.

– Évidemment, nous ne pourrons ni la vaincre ni éviter ses attaques, mais nous savons comment y résister. Si tu t'échappes, elle te poursuit. Mais si tu te rends, elle disparaît parce que c'est ton rejet qui la crée. Livre-lui ton corps, livre-lui ta fièvre, livre-lui ta peur.

Confiant en doña Sara, je laissai venir la bête et la vis me manger. Maintenant la chienne était enflée, la chienne avait de la fièvre, la chienne sanglotait sans discontinuer. Je commençai à me sentir bien... Lorsque nous arrivâmes à l'hôpital, on refusa mon admission parce que je n'étais plus malade.

L'enterrement

Bien que le salpêtre synthétique – que les Allemands commencèrent à fabriquer, en extrayant le nitrogène de l'air, pendant le blocus de la première guerre mondiale – allât conquérir de plus en plus de marchés, les entreprises du Nord se débrouillèrent pour rallonger leur agonie en baissant leurs coûts de production, au moyen de salaires payés à leurs ouvriers en bons valables uniquement dans les épiceries de la mine. Ces hommes n'économisaient rien ou si peu – un pain valait quatre heures de travail –, et les putes de Tocopilla, regroupées dans les cabarets-hôtels de la rue Ramón Freire (directeur suprême de l'État qui a aboli l'esclavage en 1823), à demi mortes de faim, se battaient bec et ongles pour les marins des rares cargos qui étaient amarrés au quai. Dans ce qui avait été d'immenses salons, où des troupeaux de mineurs et de grues avaient autrefois dansé des boléros torrides incitant au frottement de pubis, il n'y avait plus aujourd'hui que deux ou trois maigrichonnes peinturlurées qui peinaient pour extirper ses billets au marin en lui faisant ingurgiter la plus frauduleuse des piquettes, et qui devaient le balancer comme un poids mort. Décérébré par l'alcool, l'ivrogne devenait une proie facile pour ces femelles rapaces qui se le disputaient à coups de rasoir. Parfois, les entailles se trompaient de chemin et aboutissaient sur le corps du client. C'est ainsi qu'elles coupèrent un jour le pénis d'un soutier suédois… La Turnia, une adolescente blonde aux yeux obliques, fille de Dieu sait qui et de May Li, la pute chinoise, déboula sur la plage en poussant des petits cris et en sautillant. Là, sous le parasol de doña Sara qui s'adonnait à sa sieste, je jouais aux petits soldats de plomb. La Turnia ouvrit une boîte en fer qui avait contenu des biscuits anglais, et me montra, en extase, le membre mou coupé à la racine.

– C'est celui d'un marin gringo. Il est mort vidé de son sang. Ma mère et ses copines l'ont coulé cette nuit.

Nous partîmes d'un rire nerveux. Ma petite amie fit comme si elle se penchait pour l'embrasser, le saisit et me le jeta au visage. Effrayé, je fis un bond de chat et l'esquivai. Il alla tomber entre les seins de doña Sara. La Turnia, apeurée, prit ses jambes à son cou. Ma mère se réveilla en souriant, mais sa bouche se contracta en voyant sous son nez cette pâle bestiole.

– Dieu du ciel, qu'est-ce que c'est que ça ? Un étrange coquillage ou un véritable pénis ?

Pendant quelques longues minutes, les éclats de rire m'empêchèrent de lui expliquer une si mystérieuse visite. Quand enfin je pus lui en expliquer l'origine, elle déposa les restes dans la petite boîte, la referma et elle dit, en poussant un soupir grave :

– Bien qu'ils aient toujours un grand destin, les êtres humains le rapetissent beaucoup en défiant les desseins de Dieu ! Quelle mort absurde : un être fait pour naviguer dans l'éther jusqu'aux confins de l'Univers, transformé en pitance pour les poissons ! Cependant, son organe sacré lui a survécu, et il nous appartient de lui donner le destin créateur qu'il mérite ! Alejandrito : tous les jours, depuis la porte de la Casa Ukrania, nous voyons se dresser devant nous la muraille des collines arides, sans que le moindre brin d'herbe vienne égayer la triste couleur de leur poussière rougeâtre. Pauvres petites, elles sont abandonnées là, comme d'immenses chiens sans maître ! Nous allons décider qu'elles sont à nous, et nous en occuper ! Cet organe coupé est venu nous donner l'impulsion nécessaire pour que notre action inséminatrice commence : nous irons l'enterrer sur la cime désolée de la colline Don Pancho. Puis, au même endroit, mais plus tard, avec l'approbation de la mairie, nous planterons un piment, l'unique arbuste qui peut grandir dans ces sécheresses et qui atteint facilement dix mètres de hauteur. Nous travaillerons dur afin de payer le salaire d'un employé municipal qui ira tous les jours, pendant un an, l'abreuver de cent litres d'eau. Ensuite ce ne sera plus nécessaire, parce que les racines s'affermiront et que le grand végétal vivra de l'humidité nocturne… Il est certain que tous les deux, tout seuls, nous ne pouvons pas créer une forêt, mais… Tu comprends ?

– Oui, maman, je comprends : on ne peut pas changer le monde, mais on peut commencer à le changer !

En une solennelle procession, accompagnés par de

nombreux enfants, nous sommes montés jusqu'au sommet de la colline, nous avons enterré la boîte en fer et, un mois plus tard, sur ce terrain stérile depuis des siècles, nous avons assisté à la plantation du premier arbre. Peut-être que, peu à peu, les habitants de Tocopilla allaient offrir des piments jusqu'à ce qu'enfin, au fil des ans, le triste mur de la cordillère se colorât de vert.

Les cerfs-volants

– Maman, tu me parles toujours de Dieu, mais qu'est-ce que c'est, Dieu ?

– Je ne sais pas ce que c'est que Dieu, mon fils, mais je sens sa présence.

– Où est-il ?

– Ici ! Car s'il n'est pas ici, il n'est nulle part.

– Qu'est-ce que tu appelles « ici » ?

– Tout, la terre, le ciel, toi, moi, les autres, « ici » c'est aussi Dieu : il n'y a que Dieu.

– Mais alors il est seul ! Il doit beaucoup s'ennuyer !

– Non, parce qu'il se déguise en nous pour jouer. Nous sommes le jeu de Dieu.

– Le jeu c'est Dieu aussi ?

– Alejandrito, va jouer et tu seras avec Dieu !

– Et si j'arrête de jouer, maman ?

– Alors le monde s'achève.

Doña Sara finit de coller un rectangle de papier de soie sur des baguettes de bambou, y ajouta une queue et un long fil enroulé sur une bobine en métal.

– Tiens, voilà ton cerf-volant. Aujourd'hui, il y a

un bon vent qui souffle, tu pourras le faire partir facilement.

Heureux, je me suis senti maître des éléments célestes, un peu comme un magicien, capable d'élever mon pont de fil et de papier jusqu'au centre du cosmos, là où l'immense œil de Dieu serait obligé de répondre aux deux questions que j'allais lui envoyer : « Où est mon père ? » « Pourquoi est-ce qu'il nous a abandonnés ? » Devant le quai s'étendait un terrain vague occupé par une tribu de pélicans. Gros, prétentieux, ils se promenaient avec des airs de sultans, savourant les tripes que les pêcheurs de thon leur jetaient. Ils devaient considérer que cet aliment obtenu sans peine était le juste hommage dû à la beauté sublime de leur corps, sans se rendre compte que les pêcheurs ne les envisageaient guère que comme des poubelles emplumées. Doña Sara m'avait dit : « À peine est-il prononcé, que le mot se croit plus important que la bouche. Méfie-toi de ta vanité. » Les vilains oiseaux daignèrent me laisser quelques mètres carrés de terrain et, avec une intense jouissance, je lançai mon petit cerf-volant. Sur le quai, les vendeurs de coquillages ouvraient des boules sombres pourvues de piques. Tandis que mon carré de soie palpitait dans le ciel, je crus entendre un chœur angélique repris par les langues de ces petits hérissons. Sur un papier troué au milieu, j'ai écrit mes deux questions, je l'ai passé sur la bobine et, grâce au vent, il a commencé à monter sur le fil. Cependant, sa course a été arrêtée. Ma fête avait duré bien peu de temps ! Un enfant aux longues boucles blondes, portant un petit costume en velours avec un col brodé et des chaussures vernies, le fils du gérant de l'importante usine électrique, lança son grand cerf-volant aux couleurs du drapeau anglais. Il poussa des cris de défi et mêla son fil au mien. En quelques secondes, il me l'a sectionné et le vent a emporté mon jouet et mes messages. Je me suis alors rendu compte qu'il manipulait sa bobine avec des gants de cuir. « Canaille, il utilise du fil renforcé ! Il s'est donné la peine de l'enduire de colle de charpentier et de le rouler dans du verre pilé ! » Je me suis mis à pleurer devant une lutte si inégale, et j'ai couru jusqu'à la Casa Ukrania pour demander à ma mère de me donner un fil plus robuste… En souriant, doña Sara a séché mes larmes avec son odorant tablier amidonné, elle m'a mis un bonbon dans la bouche et m'a dit :

– Dans son jeu, Dieu te propose des combats pour voir si tu es capable de triompher sans détruire ton ennemi, en transformant ses attaques en richesse. N'essaye pas de lutter contre lui sur un pied d'égalité, ne lui réponds pas avec le même genre d'armes. Ni toi ni moi ne sommes assez féroces pour nous mettre à renforcer notre bon fil. Nous devons l'attaquer en dehors du système cruel qui a falsifié le monde… Mon fils : fais-toi des alliés. Les pélicans t'aideront. Ce sont des animaux très gloutons, qui par conséquent défèquent beaucoup. Mets-toi un ciré et roule-toi dans leurs excréments. Ainsi, tu empesteras un maximum, et quand l'élégant petit gringo élèvera son emblème national, approche ton corps du sien. Colle-toi contre lui. La puanteur le dégoûtera, et pour sauver son costume de la matière fécale, il s'enfuira et abandonnera son perfide cerf-volant.

Ce que je fis. Puis je revins à la maison, euphorique. J'accrochai le drapeau anglais, tel un trophée, à la tête de mon lit. Je m'abandonnai ensuite aux mains de doña Sara qui me plongea dans un bain parfumé et me frotta jusqu'à ce que je me mette, pour le plaisir, à imiter les croassements orgueilleux de mes pélicans.

Le philtre d'amour

Lorsque j'eus cinq ans, le Rebbé, dévoré d'impatience, mais sans se manifester directement pour ne pas brûler mon cerveau d'enfant, me dicta avec un doux murmure des images qui m'apprirent à lire. Il commença par les lettres, l'une après l'autre, interprétant leur forme, leur personnalité et leur fonction. Je ne pouvais pas y comprendre grand-chose ; pourtant, dans la zone sombre où, dès la naissance, on est un être millénaire, le message fut reçu. Le A, m'a-t-il dit, c'est la pointe d'une flèche qui se prépare à voyager vers l'infini. Le B, c'est la Mère Universelle doublement enceinte prête à accoucher de nous, avec une courbe inférieure de chair et une courbe supérieure d'esprit. Le C, c'est une demi-lune, le symbole de l'intuition active, affamée de connaissance. Le D, c'est l'autre moitié de cette lune, au repos, mais seulement à demi pleine. Le C et le D s'unissent en un O, astre complet. Le E, c'est le corps, une ligne verticale, avec ses trois manifestations horizontales, les désirs du sexe, les sentiments du cœur et les reflets du cerveau… Ce qu'il m'a dit du reste gît, enterré dans ma mémoire. Cependant, je retiens l'acte d'amour ou de haine que recouvrent les syllabes. Par exemple, dans AB il y a la première impulsion cosmique et fécondante du A, puis la conception suivie de l'accouchement concret du B. La matière se fait esprit. En revanche, dans BA le désir de concevoir, de descendre, la densité du B, se place avant le désir divin de monter du A, qui reste prisonnier. L'esprit se fait matière. Pour le Rebbé, la perfection était ABBA. Qu'est-ce que cela voulait dire ? Sacré fou de caucasien ! À cinq ans, comment voulait-il que je comprenne ? Néanmoins, pour moi, les murmures cryptés du Rebbé transformèrent définitivement les lettres en un théâtre sacramentel. Un jour que doña Sara me promenait dans la bibliothèque municipale tout juste inaugurée, je saisis brusquement le premier livre que ma petite taille me permettait d'attraper, et je commençai à lire couramment, sans faire de faute, *Le Bossu* de Paul Féval. Ma mère manqua s'évanouir, mais en me voyant déclamer les phrases en transes, elle s'assit près de moi et m'écouta pendant trois heures. Puis elle me dit :

– Tu lis merveilleusement bien, mais comprends-tu ce que tu lis ?

– Bien sûr, maman : ce livre raconte ton histoire !

– Mon histoire ?

– Henri de Lagardère est un bel homme qui déguise son corps en ce qu'il n'est pas, masquant ainsi sa lumière intérieure, son amour. Avant que mon père ne s'en aille, tu étais Sara Felicidad, un énorme ange blanc qui chantait au lieu de parler. Maintenant, tu es la discrète doña Sara. J'attends le retour de mon père avec impatience, pour que ton corps s'étire et que tu montres au monde ce que tu es.

Ma mère cacha ses larmes, me prit dans ses bras et revint à la boutique. Là, le peintre en lettres était en train de changer le nom de la Casa Ukrania. Désormais, elle s'appelait Le Recoin de la Foi... Les affaires marchaient mal. Autrefois, les hommes venaient, attirés par le désir de voir une géante aux proportions sculpturales s'adresser à eux d'une voix de chanteuse d'opéra… Mais aujourd'hui, la dame aux lunettes qui parlait avec un débit de grand-mère les faisait fuir. Ils préféraient aller acheter chez don Cassigoli, l'Italien, qui ne se privait pas d'exhiber les rondeurs de ses filles… Doña Sara se dit : « Les trois nécessités qu'aucune crise ne peut éliminer sont celles des aliments, de l'amour et de Dieu. La première, je la laisse aux boulangers, la dernière aux curés et pour ce qui est de celle du milieu, je m'en charge personnellement. Je vais vendre des potions et des amulettes pour trouver le prince charmant, pour raviver la flamme, pour recoller les pots cassés, pour apaiser l'amante trompée, pour attirer la bonne fortune… » Elle liquida la marchandise qui lui restait et remplit le magasin de flacons de toutes les couleurs. Ils ne contenaient rien d'autre que de l'eau du robinet teinte avec des colorants végétaux, mais sur laquelle elle avait passé des nuits entières à réciter des prières qu'elle inventait elle-même. Pour chaque « philtre magique », la bénédiction était différente.

– Quand on veut que la magie de l'amour soit puissante, il faut la pratiquer avec responsabilité… Mais pour obtenir ses miracles, Alejandrito, le secret des sorciers est d'avoir foi en la foi des autres…

Le premier mois, par curiosité, la clientèle augmenta. Puis l'affluence commença à diminuer. Ma mère décida de donner un coup de pouce à son affaire en ajoutant à la vente de chaque philtre, quelques conseils de magie blanche… Mademoiselle Purísima

Verdugo[1], la directrice de l'école des filles, s'introduisit avec la plus grande discrétion dans ce qui, pour elle, représentait un antre de perdition :

– Madame, de vous à moi et dans le plus grand des secrets, je dois vous demander un double philtre d'amour : je n'aspire pas seulement à ce qu'on m'aime, mais aussi à aimer. Et cela à cause du nom que je porte comme un fardeau. D'abord celui de pure (je traîne un hymen devenu une véritable peau de rhinocéros), et puis celui de bourreau, c'est-à-dire de castratrice. Ce qui m'a empêchée de m'attacher affectivement. Aidez-moi, par Dieu ou par le Diable !

Doña Sara lui empaqueta une bouteille pleine d'un liquide rouge, dans lequel flottaient des graines de tournesol.

– Mademoiselle, si vous voulez aimer et être aimée, obtenir une relation profonde et durable avec un autre, le principal, c'est d'avoir une excellente relation avec vous-même. Pour commencer, changez de nom, choisissez celui d'une fleur : Rosa. Transformez le Verdugo en Casaverde[2]. Gargarisez-vous avec une infusion au persil pour éviter la mauvaise haleine, lavez-vous avec ce savon aux sept parfums, et chaque soir avant de dormir, caressez-vous devant un miroir de la meilleure qualité. Prenez ce morceau de pierre d'aimant, allez à l'église quand on dira la messe, et introduisez-le dans le bassin d'eau bénite en disant : « Tu es aimant, aimant tu seras, tu attireras vers moi amour et chance ! » Au stade des carabiniers, prenez des leçons de tir, au pistolet et au fusil, pour apprendre à expulser de vous

1. Littéralement : Purissime Bourreau *(NdT)*.
2. Littéralement : Maisonverte *(NdT)*.

l'agressivité intérieure qui vous ronge. C'est là-bas qu'un homme s'approchera de vous, intrigué par ce que vous faites. Invitez-le à se promener sur la plage. Asseyez-vous dans un restaurant pour boire un café et lorsqu'il aura un moment d'inattention, versez dans sa tasse les restes d'un cœur de vache badigeonné de sang menstruel que vous aurez haché avec un couteau au manche noir, puis mis à sécher au four jusqu'à ce qu'il soit réduit en poussière. Prenez sept poignées de sable des empreintes de pas que cette personne aura laissées. En plein soleil, recouvrez-en un œuf de poule frais. Quand le poussin naîtra, cet homme sera aussi fou d'amour que vous, et ne cessera plus de vous rechercher, jusqu'à ce qu'il vous obtienne…

Deux mois plus tard, toujours avec les mêmes précautions, la mince directrice entra ; elle ressemblait plus à un bâton qu'à une femme et, laissant couler de grosses larmes, elle implora :

– Oh, madame, après avoir avalé le breuvage, j'ai fait tout ce que vous m'aviez indiqué ; j'ai obtenu le résultat espéré : j'aime et je suis aimée ! Mais celui qui est venu à l'entraînement de tir et s'est épris de moi, c'est le père Honorato ! Incrédule au début, j'ai poursuivi le cérémonial. Il a bu le café, ses empreintes de pas dans le sable ont produit un poulet, et maintenant il ne me laisse plus en paix, ni le jour ni la nuit. L'autre jour, tandis que je me confessais, il a soulevé sa soutane, il a approché son énorme chose de la grille et m'a craché en pleine figure sa matière fécondante. Au lieu de m'élever contre ce scandale, je suis restée muette, secouée de spasmes de bonheur. Mais, comprenez-moi madame, à peuple enfant enfer brûlant… Tous les yeux vont se fixer sur notre passion sacrilège ! S'il vous plaît, donnez-moi quelque chose contre l'amour !

Tristement, doña Sara lui enveloppa un antidote noir dans lequel flottaient des feuilles de laurier.

– Sept semaines durant, tous les vendredis, allez à la messe, et pendant qu'il officie, sans que personne ne le remarque, mangez un cœur d'agneau grillé. Ensuite, volez une bougie. Allumez-la à minuit, écrivez « Honorato » sur un morceau de papier buvard et brûlez-le dans la flamme en disant : « Prêtre aux ailes noires, sors de ma vie tout de suite, tu ne m'offenseras plus jamais, ou ton âme tombera dans l'abîme ! » Après cela, votre pressant soupirant s'éloignera.

La demoiselle éclata en sanglots convulsifs en rangeant la bouteille dans son sac. Ma mère, exaspérée, prit un balai et se mit à la frapper :

– Femme lâche ! Les coups que tu donnes, tu te les donnes à toi-même ! Ce que tu ne donnes pas, c'est à toi que tu l'enlèves ! Cesse de souffrir de ce qui te manque, et profite de ce que tu as ! Tu es une offrande, la manifestation la plus haute de l'amour ! Sois capable de purifier ton âme, non pas pour te refermer mais pour te livrer ! Tout ce qui semble séparé est en réalité uni depuis l'éternité : plonge-toi dans tes rêves et trouve le chemin mystérieux qui n'a pas de limites ! Tandis que tu avances avec ta petite foi, d'autres forces, beaucoup plus vastes, travaillent pour toi ! Va où le désir te porte ; si tu ne t'y opposes pas, tes passions seront sacrées… !

Le lendemain, Purísima Verdugo fit ses valises et disparut. Personne ne sembla regretter son absence. Le ministère de l'Éducation envoya immédiatement une autre directrice, aussi maigre que la précédente…

Lorsque mademoiselle Inmaculada Barrera[1] entra au Recoin de la Foi avec les plus grandes précautions, et demanda un double filtre d'amour, doña Sara ne voulut pas la servir. Elle partit en la maudissant. Lasse, ma mère me dit :

– Alejandrito, ce qu'on n'a pas, c'est qu'on ne le désire pas. Comme il est difficile de désirer pour de vrai ! Peu de gens se rendent compte que le désir le plus important, c'est le pouvoir de donner. Je vais changer mon fonds de commerce : la magie ne sert qu'aux magiciens !

Le succès

Ma mère eut l'idée d'ouvrir une cafétéria grâce à Superchômedu, un vieux qui ne travaillait plus depuis un demi-siècle. S'inspirant des vignettes de la bande dessinée *Superman*, il s'était confectionné un costume non pas de super-héros mais de super-raté : des caleçons longs gris, un maillot de bain galeux, un tee-shirt ayant tout du patchwork, un poncho miteux qui pendait comme une cape, des chaussures puantes en plastique peintes en rouge et ses trois dernières mèches teintes en doré. Superchômedu grimpait sur tout ce qui était en hauteur, les murs, les caisses, le toit des camionnettes, les rebords de fenêtre… De là, il sautait sur les passants, la plupart du temps en leur donnant de phénoménaux coups de panse, pour implorer d'une voix nasale :

– Il n'y a rien que je puisse faire ! Tout m'est impos-

1. Littéralement : Barrière Immaculée *(NdT)*.

sible ! La cryptonite enlève ses forces à Superman, les petites pièces les rendent à Superchômedu !

Avec le peu de monnaie qu'il obtenait, il venait chez ma mère après avoir acheté sa miche :

– Chère doña Sara, j'ai obtenu juste ce qu'il faut pour un pain. Comme je manque de pouvoirs, je n'ai pas pu le transformer en sandwich au fromage. Vous qui êtes sorcière, vous pouvez m'aider.

En souriant, elle coupait une tranche de gruyère et accomplissait la miraculeuse métamorphose. L'anti-héros montrait ses dents gâtées en faisant la moue :

– La moindre croûte est dure pour mes os mous et j'ai beau essayer d'extraire de l'autre dimension un bon café chaud, je me déconcentre. J'espère que vous convaincrez les molécules de haut rang de le matérialiser… Avec quatre morceaux de sucre, s'il vous plaît !

Superchômedu trempait la mie dans la boisson sucrée et après avoir tout englouti, il poussait un cri de Tarzan et s'en allait sans dire merci, confondant un personnage avec l'autre, en se donnant des coups sur le ventre et pas sur la poitrine.

– Alejandrito, en réalité, nous sommes tous des Superchômedu, comme cet ingrat. Nous avons été créés pour accomplir un travail cosmique, mais nous avons perdu la mémoire. Quelle était notre mission ? Nous vivons comme des parasites qui sucent la moelle de la planète, sans lui servir à rien. Toujours dans l'angoisse, nous nous sentons inachevés, alors nous nous complétons d'espoir. Un jour j'aurai un sens, un jour on m'aimera, je serai applaudie, je transformerai le plomb en or, je découvrirai comment ne pas vieillir, je vaincrai des maladies, j'arrêterai la mort ! Étant donné que notre activité principale est l'attente, pourquoi ne pas la rendre agréable ?

Et doña Sara jeta dans les toilettes ses amulettes et ses eaux colorées, changea les comptoirs pour de petites tables et des chaises, installa des lumières indirectes, et peignit les murs et les plafonds en bleu avec des nuages semblables à un palais. Elle inaugura enfin sa cafétéria : L'Attente Heureuse… Comme, sans le dire, elle ajoutait au café une bonne dose d'eau-de-vie, l'endroit se remplit. Elle servait et, assise sur une petite estrade, elle jouait de la guitare en chantant des boléros languides d'une voix enrouée, pour dissimuler sa gorge d'or :

– Je l'aimerai tant que je vivrai, mais cet amour solitaire, je serai la seule à le garder, dans le sanctuaire de ma poitrine.

Gamboa le boiteux, qui avait quelques prétentions à la mairie, mis au courant de ce succès et dissimulant son vif désir d'obtenir un vote, s'en vînt, très flatteur :

– Ah, doña Sara, cette fois, vous avez attrapé la chance par les cornes : une cafétéria chic, c'est ce qu'il manquait à Tocopilla. Vous méritez de triompher parce que vous rassemblez les exigences que j'ai lu dans un article de la revue Life : pour avoir du succès, il faut être au bon endroit, au bon moment, tout en étant la bonne personne ! Si j'étais maire, je vous obtiendrais les meilleurs cafés importés, et…

Il ne put terminer sa phrase parce que ma mère l'interrompit, écœurée :

– Cessez ce blabla tentateur et arrêtez de répéter comme un perroquet ces conneries yankees ! Le seul bon moment c'est maintenant, le bon endroit, c'est celui où nous sommes et la bonne personne, c'est soi-même. Où que nous allions, nous sommes la bonne personne, au bon moment et au bon endroit, tant que nous sommes des êtres conscients. Si nous ne le sommes pas, nous dirons comme vous : ah, j'aimerais être ailleurs, les autres méritent le succès, pas moi ; mon heure n'est pas encore venue ! Bon sang, monsieur Gamboa, si vous êtes incapable de comprendre que le ici est votre où, que le maintenant est votre quand, que vous êtes votre qui et votre qu'est-ce que c'est que ça, allez acheter des votes ailleurs !

Les amis

À l'Attente Heureuse, le temps ressemblait à un félin somnolent, le monde s'arrêtait et une tasse de café savoureux devenait le baume universel À demi ivres de l'eau-de-vie dissimulée, du rhum des gâteaux et des boléros chantés comme des berceuses, tous laissaient passer comme l'eau d'un fleuve étranger : Ibáñez, les massacres d'ouvriers et d'étudiants, les mutineries de la marine militaire, les coups d'État, la montée du fascisme, les spéculations avides des banquiers gringos. L'aujourd'hui avalait l'hier et le demain. Il avalait aussi les scandales… La demoiselle Inmaculada Barrera ne pouvait plus dissimuler son ventre de femme enceinte. Les mauvaises langues calculèrent que le moustique l'avait piquée à Antofagasta parce qu'elle allait là-bas une fois par mois, d'après ses dires pour rendre visite à sa « famille ». Les cancans se poursuivirent bien que la directrice, frappée d'une crise mystique, se fût mise à aller se confesser tous les jours avec le visage d'une repentante. Le père Honorato accepta de s'enfermer avec elle pour écouter ses interminables confessions. Le lapin caché sauta du chapeau lorsque la demoiselle Purísima Verdugo arriva, elle aussi avec un bébé dans le ventre, et fracassa à coups de pieds la porte du confessionnal, obligeant le curé, honteux, à se défroquer. Le père Honorato, qui allait aussi une fois par mois à Antofagasta « pour acheter des bougies », se montrant digne de son nom, honorait le matin l'une des deux maigres et la seconde l'après-midi. Devant la complexité du problème, il n'y avait là aucune possibilité de mariage ni d'avortement, et personne ne voulait que l'on remplace ce curé ; chaque fois qu'il faisait un sermon en citant une ligne de l'Évangile, il racontait au moins une douzaine de blagues salées (qualité précieuse dans ce petit village qui n'avait même pas de cinéma). Tous prirent donc des mines d'imbéciles. Baptisées « Dames assistantes » par les fidèles, les deux parturientes accouchèrent coude à coude puis se mirent à vivre ensemble, dormant dans le même lit, l'une à la gauche et l'autre à la droite du fougueux curé. L'après-midi, ils arrivaient tous les trois, poussant un double landau, pour s'asseoir et prendre un chocolat avec des macarons, reconnaissants envers doña Sara qui les avait réunis grâce à ses incantations magiques… Ma mère fut aussi à l'origine du bonheur de Gamboa le boiteux. Un jour, elle lui dit :

– Écoutez, mon garçon, j'en ai assez de vous voir vous trimballer d'une table à l'autre, croyant que les seuls amis que vous pouvez avoir, ce sont des votes achetés ! Vous vivez seul parce que vous pensez que vous n'êtes qu'un boiteux, et pas un être humain. Je vais vous arranger votre jambe, moi. Elle cessera de vous gêner lorsque vous y appliquerez des garnitures périodiques. Épousez Cristina !

– Cristina ? Mais c'est une folle !

– Ce n'est pas une folle, c'est une sainte et seule une sainte peut supporter quelqu'un d'aussi antipathique que vous ! Invitez-la à danser !

– Moi, danser ?

– Oui, monsieur, une cueca ! Profitez du merveilleux folklore de votre pays : la cueca se danse sans pas déterminé, vous suivez le rythme comme vous voulez et vous bougez comme vous en avez envie ! Levez le bras, agitez un mouchoir, tapez des pieds, prenez-vous pour un coq en rut et marchez sur les pieds de votre poule !

Et ma mère se mit à chanter en demandant aux clients d'écarter les tables et de battre des mains. Gamboa le boiteux, la bouche sèche et les yeux humides, dansa pour la première fois de sa vie. À chaque tour, à chaque avance, à chaque coup de mouchoir, il semblait qu'il allait s'effondrer, mais mû par le désir, il reprenait son équilibre et continuait à éblouir sa femelle, parce que Cristina sous son ridicule déguisement de crucifiée, ne pouvait dissimuler ni le généreux volume de ses seins, ni celui de ses fesses. La courtisée, couverte de sueur, poussant des gémissements pareils à ceux de l'orgasme, joignit les pieds, ouvrit les bras, leva tant les yeux qu'on lui en vit le blanc, et s'éleva d'un mètre et demi au-dessus du sol. Elle semblait vouloir traverser le toit et se perdre dans le ciel, mais le boiteux s'accrocha à ses chevilles en glapissant :

– Ne t'en va pas, ma petite Cristina ! Dis à Dieu de

t'attendre, j'ai plus besoin de toi que lui ! » Un jet de bave coula de la bouche ouverte de la sainte sur la tête de l'amoureux. Il sentit qu'on le baptisait.

– Alléluia, je viens de naître, je suis un autre, je ne suis plus boiteux !

Tout à coup, sa bien-aimée lui tomba dans les bras. Après avoir lâché un vent, la tenant bien serrée contre sa poitrine, le pied de la jambe impotente appuyé sur la pointe pour éviter le clopinement, il s'éloigna vers le registre de l'état civil. Sa jambe demeurait plus courte, mais sa marche ne serait plus jamais celle d'un boiteux… Je ne veux pas que l'on croie que tous les amis de doña Sara étaient des gens aisés : elle acceptait aussi les nécessiteux. Trois d'entre eux étaient ses « Rois Mages » : le manchot, le mongolien et le poivrot. Le premier, alors ouvrier dans une mine de salpêtre, eut les bras arrachés par une explosion de dynamite. Déclaré inutile, on l'expulsa, les poches vides. Il dut dormir sur la plage dans un tonneau rouillé. Il resta là-dedans sans manger pendant huit jours, roulé en boule, ses blessures infectées. Au bout de ce laps de temps, un grand nombre d'abeilles vinrent se poser sur ses moignons. Elles lui suçaient le pus et s'en allaient. Il les suivit pendant des kilomètres jusqu'à ce qu'elles arrivent à une ruche construite dans une grotte, au creux des falaises. Avec grand respect, il ne mangea que le miel nécessaire pour calmer sa faim, et resta vivre là. En parfaite santé, grâce au miel, il crut ne plus avoir besoin de rien demander à personne. Mais un jour, il se rendit compte qu'il ne pouvait pas se gratter le dos. L'insupportable démangeaison continuait à le torturer sans que le frottement contre les murs de la grotte lui fût d'un grand soulagement… Il arriva à la cafétéria, désespéré. Les clients, le prenant pour un mendiant, le prirent de haut. Mais ma mère, remarquant que ses moignons étaient recouverts d'abeilles vivantes, murmura :

– C'est un roi mage.

Le manchot la regarda avec des yeux d'enfant battu, incapable, à cause de la honte, de lui raconter son problème. Doña Sara, télépathe grâce à son propre chagrin d'amour, captait immédiatement la douleur des autres. Elle s'approcha de lui, lui demanda de se retourner et, avec une intense concentration, elle entreprit de lui gratter le dos. L'homme tomba à genoux, ma mère continua. On aurait dit que cette démangeaison impossible à apaiser avait des racines qui plongeaient jusqu'aux os… Soudain le manchot poussa un soupir de soulagement et s'exclama avec ravissement :

– Madame, vous êtes une bénédiction pour nous tous, pauvres nécessiteux ! Je regrette de ne pas avoir de mains pour vous caresser ! Permettez-moi donc de vous caresser avec mes abeilles !

Elle me prit contre sa poitrine.

– Mon fils et moi ne faisons qu'un !

Obéissant à une pensée du manchot, les abeilles abandonnèrent ses moignons et vinrent se promener sur nos visages, nous massant de leurs pattes douces. Je sentis qu'elles gravaient les lettres d'une langue sacrée dans ma peau… À partir de ce jour, le miel ne nous manqua jamais, car chaque fois que son dos le démangeait, le manchot déposait un plein pot de miel devant les ongles de ma mère… Le deuxième roi mage était un attardé mental. On l'appelait Tudas Pan[1], le

1. Littéralement : Tudonnes Dupain *(NdT)*.

mongolien, parce qu'à chaque personne qu'il rencontrait, agitant un bâton sur lequel il avait cloué des capsules de bouteilles de soda pour en faire un sistre, il criait à brûle-pourpoint son étrange nom. Doña Sara comprit qu'il ne s'agissait pas d'un nom mais d'une demande affamée : « Tu donnes du pain ? » L'idiot portait constamment sur son dos un grand sac rempli de tous les restes qu'il trouvait dans les poubelles. Les enfants le poursuivaient en se moquant de lui, mais il les maintenait à distance avec sa baguette sonore. Ma mère m'a dit :

– Il la manie comme un sceptre. Ce Roi a des sujets. Nous allons le suivre.

De très loin, en le surveillant avec une longue vue, nous l'avons observé quitter le village et avancer, écrasé sous le poids de son énorme fardeau, sur un sentier qui conduisait vers une étendue de dunes. Sur un tapis de pierre, une baignoire l'attendait. Il se déshabilla, s'y installa, se recouvrit de ses ordures et poussa un long sifflement aigu. En quelques minutes, l'endroit se remplit de chiens errants, de chats à demi sauvages et de mouettes. Il y avait au moins une centaine d'animaux. Tous se précipitèrent pour dévorer les restes, sans se battre, en ordre. Une fois que chacun avait un morceau dans le museau ou dans le bec, il reculait pour laisser la place libre à celui qui en avait besoin. Tudas Pan émettait des balbutiements de plaisir en entrant en contact avec toutes ces bêtes.

– Tu vois, Alejandrito ? Je t'ai dit que le mongolien avait des pouvoirs. J'ai appris qu'il n'était pas taré de naissance. Que bien au contraire, c'était un homme très intelligent. Tout jeune mais déjà dirigeant syndical, dans les mines de María Helena, à la tête d'un groupe de grévistes exigeant une augmentation de salaire, il a été battu par les carabiniers qui lui ont brisé le crâne. Personne ne sait comment on l'a soigné à l'hôpital de la compagnie salpêtrière… Toujours est-il qu'il en est ressorti comme ça, pour la plus grande joie des patrons et pour notre peine à nous, sans intelligence, transformé en ce qu'il est maintenant. Est-ce que tu te rends compte que cet « idiot » consacre toute sa journée à trouver la nourriture nécessaire pour que ces bêtes abandonnées ne meurent pas de faim ? Quelle immense quantité d'amour doit contenir son cœur ! Pense maintenant à l'immense quantité d'amour dont le Créateur a besoin pour maintenir notre univers en vie…

Doña Sara se mit à offrir au mongolien un sac de farine de poisson tous les vendredis. Reconnaissant, une nuit de pleine lune il vint nous chercher pour nous conduire sur les dunes et nous faire entrer avec lui, debout, dans la baignoire. Agitant avec une saisissante autorité le bâton musical, il appela ses hôtes. Sous la lune argentée, les chiens accoururent en cercles, en huit, en étoiles à cinq branches. Puis ils se regroupèrent autour de nous, pour alors se diviser en seize rangs et rester tranquilles tout en formant des rayons comme un soleil. Puis vinrent les chats dressés, faisant des sauts sur leurs pattes de derrière. Cela ressemblait à un ballet de gnomes déguisés. Ils allèrent s'asseoir sur le dos des chiens. Tudas Pan désigna le ciel avec son sceptre : des nuages de mouettes apparurent ; après avoir tourné comme un tourbillon de plumes autour de nous, elles se séparèrent en groupes pour saisir les chiens et les chats, et les emporter en volant vers la lune. Le mongolien fit sonner son grand sistre. Depuis le ciel, les animaux prirent congé de nous dans une mélodieuse symphonie d'aboiements, de miaulements et de croassements... Le troisième roi avait été propriétaire d'une petite imprimerie où l'on tirait son journal anarchiste, *Le Réveil ouvrier*. Les policiers étaient entrés à cheval dans le local, avaient cassé la linotype, jeté de l'acide sur la presse, piétiné les boîtes et l'avaient fait prisonnier. Ils lui avaient arraché les dents avec des pinces pour lui faire dénoncer ses compagnons. Il tint bon trente et une fois. Puis il avoua, avec la culpabilité de ne pas avoir été capable de perdre toute sa dentition. Quand ils le relâchèrent, une semaine plus tard, méprisé par la famille de ses camarades, tous emprisonnés et déportés à cause de lui, détestant son incisive solitaire, preuve de sa lâcheté dilatoire, il commença à boire de l'essence de térébenthine. Le liquide empoisonné le transforma en déchet humain. Il arriva à la cafétéria le dos courbé, regardant à terre, comme s'il ne méritait pas d'occuper l'espace qui l'entourait. Il venait demander l'aumône à doña Sara afin de continuer à s'effacer lui-même avec l'essence de térébenthine. Elle caressa sa bouche contractée et lui dit :

– Derrière ces lèvres serrées tu caches un trésor. Le petit délateur est mort. Tu es un Roi mage, un diamant et non un charbon. Ils t'ont arraché les dents mais pas ton message. Fais de ta chute une ascension.

Et elle lui offrit une douzaine de bouteilles de vin. L'homme s'assit sur la place et après les avoir caressés un long moment, il se mit à boire ses douze litres. À mesure qu'il se saoulait, sa dent poussait, longue, longue. Puis l'extrémité enfla et se transforma en battant de cloche.

– Je suis un carillon ! cria-t-il et, sachant que tout discours politique serait censuré à coups de bâton par la police, il résuma sa rébellion en quatre cris : « CUCARACUTA ! CUCARACAY ! TUMBATUMBITA ! TUM-BATUMBAY ! »

Sans cesser de répéter cette mystérieuse incantation, il se mit à taper du pied sur l'asphalte, de plus en plus fort jusqu'à ce que la rue se mette à trembler, puis les maisons à vibrer ; les carreaux des fenêtres se cassèrent, et pour finir, la caserne des carabiniers s'effondra. Les flics se crurent l'épicentre d'un tremblement de terre. Les cris du possédé se changèrent en hurlements de triomphe. Ensuite, on entendit un claquement dans sa gorge. L'homme perdit la voix ; il ouvrit la bouche et vomit un magma de paroles mélangées et devenues matière. Tel un fleuve noir, il coula en descendant la rue. Arrêté par son unique dent, il ne lui resta plus qu'un mot : « Cúcaracuca ». Par la suite, il fut obligé de tout exprimer à travers lui… Il venait le vendredi, jour d'aumône, et disait en recevant ses bouteilles de vin : *Cúcaracuca* au lieu de merci. Ma mère l'embrassait sur le front en lui disant :

– Tu es une cloche en or : quand tu mourras, tu seras élevé jusqu'à la tour la plus haute du paradis. De là, tu sonneras, libérant l'ange qui gît, prisonnier en chaque être !

Le café

Une ruelle obscure montait du quai jusqu'à la rue du 21-Mai, au centre-ville, où peu de tocopiliens décents acceptaient de passer. Au milieu des arrière-boutiques et des pans de murs qui n'étaient plus que des repaires pour les lézards, un café ouvrait sa grande bouche :

L'Urgence. Même en pleine journée, la pénombre y régnait. Les vêtements couverts d'écailles, le bas du visage dissimulé, les clients, tels des ombres humides, paraissaient venir du fond des mers. Dans un épais nuage de fumée de tabac ordinaire, jaillissaient des bruits de verres, des mugissements de cachalots, des chutes de corps mous, des pas poisseux… Attiré par ce mets étrange que les voisins appelaient péché, je m'approchai de l'antre, faisant celui qui cherche un chat égaré. Je vis entrer un enfant de mon âge, pieds nus, sale, une boîte de cireur de chaussures sous le bras. J'ai hésité pendant une bonne demi-heure, puis je me suis décidé. Mon cœur de colombe, me faisant vivre sur un rythme calme grâce à ses légers battements, éliminait en moi toute idée de danger. Je pensais que les hommes étaient aussi bons que les animaux. Dans cet endroit sinistre, où l'odeur épaisse du vin aigre se changeait en brume et où les objets étaient recouverts d'une sueur visqueuse, ma naïve apparition s'apparenta à une insulte. C'étaient des dockers, des soutiers, des chauffeurs, des hommes aux corps rudes, aux mains calleuses et aux nez turgescents. Ils cessèrent de boire et fixèrent sur moi des yeux pleins d'une haine sous-jacente. Le propriétaire, maigre, verdâtre, presque nain, souleva dans les airs le petit cireur de chaussures avec un sourire de défi.

– Le petit négro est notre champion ! On va voir si ce putain de petit blanc sait se battre ! Allez, petits cons de gosses, crachez dans vos mains et balancez les châtaignes ! Le premier qui pleure a perdu !

Je continuai à sourire béatement. Transformé en véritable furie, le cireur de chaussures m'envoya une pluie de coups de poing. Par chance, dans sa colère nerveuse, il avait fermé les yeux et peu de coups atteignirent leur but. Habitué à la bonté de doña Sara, je ne pensai pas à combattre mais à fuir, plus par tristesse que par peur. Ne pouvant concevoir la méchanceté, je les considérai tous comme les victimes d'un odieux démon. Ils se regroupèrent pour me barrer le passage et d'une poussée, ils me jetèrent vers mon rival. Croyant que j'étais lâche, il ajouta des coups de pieds à ses gnons. Je tombai assis, saignant du nez. Les ivrognes applaudirent.

– Bravo, il lui a fait pisser le sirop !

Je ne trouvai pas d'autre issue que celle de me mettre à pleurer. Ils éclatèrent de rire.

– T'as gagné, Luchito, flanque un bon coup de pied au cul à ce pédé de métèque et qu'il foute le camp !

Ils firent mine de me relever mais le nain vert s'interposa :

– Non, c'est pas tout ! Attrape ce manche à balai, Luchito, et avoine-le jusqu'à ce qu'il chie dans son froc !

La proposition fut acceptée et célébrée par de longues gorgées de bière. Je fis des efforts désespérés mais inutiles pour faire fonctionner mon intestin. Le premier coup, sur la bouche, me cassa une dent. La douleur éclata dans mon cerveau comme un éclair. Et au milieu de ce flash, le Rebbé apparut : « N'aie pas peur, je suis ton ami, laisse-moi faire ! » Je ne m'y opposai pas, car même sans le voir, j'avais toujours senti sa présence. Il s'empara de mon corps avec des gestes précis, évita le petit sauvage et, profitant de ses impulsions incontrôlées, il le jeta comme un pingouin par une fenêtre donnant sur la rue. Avant que quiconque ait eu le temps de réagir, il fit face aux brutes :

– Mitsvoth négatives : numéro cent quatre-vingt-quatorze, il est interdit de s'adonner à la gloutonnerie et à l'ivrognerie ; numéro deux cent cinquante-deux, il est interdit d'insulter un étranger ; numéro trois cents, il est interdit de donner des coups sans autorisation légale ; numéro trois cent trois, il est interdit d'humilier son prochain en public ! Intempérants impurs, laissez-moi passer ou Iahvé incendiera ce taudis ! » Bouche bée, saisis non pas par la menace mais par les gestes sûrs et la voix d'adulte qui surgissait d'un enfant de sept ans, ils s'écartèrent en tremblant… « Alejandrito, ne raconte cela à personne, où on croira que tu es possédé par le démon. De toutes façons, les enfants de l'école te rejettent en t'appelant Pinocchio, à cause de ton nez courbé et de ta peau blanche. Tu n'y peux rien. Tu seras toujours un être venu d'ailleurs, d'un autre temps, avec un moi double ! Nous allons partager pendant de nombreuses années ce noble corps : laisse-moi être ton seul ami ! » Quand j'arrivai à L'Attente Heureuse, ma mère, en voyant ma dent cassée, se rendit compte que je m'étais battu. Elle me conduisit en courant chez le dentiste. Une fois soulagé, je lui ai tout raconté, sauf ce qui concernait le Rebbé. Elle m'a dit :

– Je regrette de ne pas t'avoir enseigné à temps l'invisibilité. Les gens qui n'ont pas développé leur conscience par manque de vie intérieure, se voient les uns les autres comme des proies. Les résidus mentaux sont pour eux un aliment exquis. Si tu veux survivre, tu dois passer inaperçu. Si on te voit, c'est parce que tu te vois toi. Tu crois que tu es comme ceci ou comme cela, tu te forges une image permanente de toi-même, et c'est cela que les autres dévorent avec gourmandise… Regarde ce mur ! Il te semble impénétrable, n'est-ce pas ? Si tu cesses de considérer ta main comme un objet, et si tu la sens comme ce qu'elle est réellement, c'est-à-dire de l'énergie pure, tu pourras l'introduire par le point qui n'offre pas de résistance, là où le mur n'est pas mur mais vide.

Doña Sara enfonça son bras jusqu'à l'épaule dans l'épais ciment. Puis, sans aucun effort, elle le ressortit.

– Il en est de même de ton esprit : déchargé de tes pensées personnelles, guidé par un cœur libre de sentiments possessifs, il pénétrera dans n'importe qui par le point où l'être n'est pas une personne. Il le traversera et lui, cessant d'être un obstacle, il te laissera passer sans te voir. Je vais te le démontrer !

Elle m'emmena devant L'Urgence. L'après-midi se changeait déjà en nuit. À l'intérieur du café, d'énormes insectes enroués chantaient des mélodies obscènes.

– Ne te vois pas toi-même, ne t'identifie à aucune partie de ton corps ou de ton esprit, que rien de ce qui est à toi ne t'appartienne, ne fais plus qu'un avec l'œil impersonnel. Viens !

Et nous entrâmes ensemble dans l'antre… Nous nous sommes promenés au milieu de ces hommes suants, pleins de douleur, de fatigue, de dégoût, de haine, de solitude. Personne ne remarqua notre présence.

– Tu vois, Alejandrito ? Maintenant que tu es convaincu, je vais te dire le plus important : si tu apprends à être totalement invisible, quand la mort viendra te chercher, elle ne te verra pas et elle passera au loin.

À l'école publique, les enfants ne m'aimaient pas parce qu'ils ne supportaient pas que je lise parfaitement des phrases qu'ils déchiffraient avec tant de difficultés. Quand je rentrais à la maison, je me mettais à jouer tout seul aux soldats de plomb, faute d'amis, sans même pouvoir compter sur la collaboration de Basilio. Il était redevenu farouche depuis le départ de mon père : quand je tentais de l'approcher en lui offrant de délicieux fruits, il essayait toujours de me mordre. Le Rebbé m'a dit : « Qu'est-ce que tu fais là, à jouer avec des gugusses en uniforme, fabriqués dans le seul but que tu t'habitues dès l'enfance à consacrer ta vie à la guerre, et que tu défendes des trafics honteux ? Allons plutôt à la bibliothèque municipale ! Des mondes merveilleux nous y attendent. En lisant, tu te rendras compte que l'unique jouet raisonnable qui soit en ta possession, c'est ton cerveau ». La voracité du Caucasien était inépuisable. Il lut sans s'interrompre une énorme quantité de volumes, à travers mes yeux, en m'obligeant à rester assis dans ce local sinistre six heures par jour. Un beau jour, le bibliothécaire, stupéfait, me caressa les cheveux et me dit :

– Ça y est, tu as lu tous les livres ! et il m'offrit une toupie…

Doña Sara savait à peine lire et apprenant mon exploit, elle décida de quitter Tocopilla.

– Mon cher fils, nous allons nous rendre à Santiago, et ce pour deux raisons. La première : ce village n'a pas la possibilité de t'offrir tout ce dont tu as besoin pour ton développement culturel. À la capitale, il y a de bonnes librairies et des bibliothèques. La deuxième : si ton père n'est pas encore revenu, c'est qu'il ne peut pas le faire. Il est évident que son plan a échoué : Ibáñez est vivant et se balade en Argentine, avec peut-être l'idée de revenir ; cette sorte d'égocentrique doit mourir pour lâcher prise. Jaime n'est pas mort, car mon cœur me le dirait ; on l'a probablement expatrié ou enfermé dans un cachot. Dans cette grande ville, nous pourrons trouver des gens qui sauront peut-être où il se trouve.

– Et Raquel Lea, maman ?

– Pour le moment, elle est bien là où elle est. Quand nous aurons retrouvé Jaime, nous l'enverrons chercher.

Il ne lui fut pas difficile de vendre la cafétéria à Baltra. Celui-ci décida enfin de s'assumer tel qu'il était et, habillé en femme, comme sa mère, il anima L'Attente Heureuse en chantant d'une voix de fausset des chansons romantiques. Cette nouvelle personnalité lui attira une tendresse inattendue de la part de Basilio qui contribua à augmenter le succès de l'affaire, avec des sauts périlleux, des imitations du rire humain et en servant les tasses de café… Par une matinée lumineuse, doña Sara se promena avec moi dans nos chères rues du port avant le départ du bateau.

– Regarde tout, avale ce que tu vois. Vivre est étonnant. Tout passe, rien ne reste, et pourtant, ce que tu aimes s'imprime dans ton esprit. C'est comme un vol. Tu t'en vas de ce Tocopilla, mais le Tocopilla que tu as connu, celui de ton enfance, ne te quittera jamais, tu l'emportes tout entier. Ta mémoire le conservera comme un temple immuable. Tu flâneras dans ses rues, tu entreras dans chaque maison, tu connaîtras la vie intime de chacun, tu te rendras compte que tout, absolument tout, est une leçon, depuis la plus grosse colline jusqu'à la plus petite pierre. Chaque individu, chaque plage, chaque sentier, chaque oiseau, chaque recoin, a quelque chose à te dire. Pour le moment tu ne l'écoutes pas, mais plus tard, ce village deviendra ton Maître. Oui, Alejandrito, il contient toutes les réponses… Je ne sais pas combien d'années tu vivras, mais si tu arrives jusqu'à la vieillesse et que tu y reviens, tu trouveras tout comme tu l'as laissé, sous les innombrables changements. Mais cette fois, au lieu de le dépouiller, tu lui rendras ce qu'il t'a donné. Parce que nous finissons par nourrir ce qui nous nourrit.

La rue Matucana

À Santiago, faute d'un bon capital, nous avons dû loger dans un quartier ouvrier, c'est-à-dire très pauvre. Matucana était une rue sale que traversait un train de marchandises quelle que soit l'heure du jour, sifflant et crachant de la fumée. Il pouvait déchiqueter en un instant les ouvriers ivres, particulièrement le samedi ; c'était le jour de repos hebdomadaire, qui se traduisait en achats minimum dans les épiceries et en dépenses maximum dans les bars. Là, des familles entières, femmes, hommes, enfants, portant parfois un vêtement neuf, s'abrutissaient en buvant du vin avec des fraises pour supporter leur chienne de vie. Tard dans la nuit, comme un lent pachyderme, les enfants et l'épouse avançaient en groupe serré dans la rue, soutenant le père, gorgé d'alcool, transformé en une trompe ronflante… Le matin, d'innombrables marchands de lapin s'entassaient sur le trottoir. Suspendus au crochet, leur bouche rouge ouverte sur le ventre, les animaux exhibaient des viscères noirs qui ressemblaient à des olives. Par superstition, les pauvres gens ne chassaient jamais les mouches, croyant que le moindre geste contre elles leur attirerait encore plus de poisse que d'habitude. Sans se plaindre, ma mère ouvrit une petite boutique dans ce quartier populaire. Elle l'appela Le Combat (contre les prix élevés), et choisit en guise d'emblème deux bouledogues tirant chacun de son côté une culotte qui s'étendait entre leurs crocs, indéchirable et magnifique. Elle décida de vendre un peu de tout, depuis l'herbe à maté jusqu'aux caleçons longs, en passant par ses philtres d'amour et des produits anti-poux... Un jour, les ouvriers communistes de l'imprimerie voisine décidèrent de se mettre en grève : imitant leurs camarades du Mexique, ils déployèrent un drapeau rouge et noir, et s'assirent pour bloquer l'entrée de l'atelier de typographie, se croyant protégés par l'enseigne gréviste. Cette garde devait veiller à ce qu'aucun « jaune » envoyé par les patrons ne leur prenne leur travail... Soudain, le train qui arrivait à toute vitesse donna un coup de frein et s'arrêta. Un essaim de policiers en descendit, et tout en vomissant de féroces insultes, ils s'élancèrent pour casser des têtes et des dos avec leurs matraques. Un coup de feu claqua. Les quelques ouvriers qui n'étaient pas déjà en train de gémir entre les mains de leurs agresseurs, prirent la fuite dans la débandade. Les autres, dégoulinants de sang, furent projetés à coups de pieds dans des wagons blindés. Après un long sifflement, la locomotive se remit en marche. Dans la rue, il ne resta plus qu'un cadavre, pâle comme un poulet déplumé. L'ambulance ne vint que deux heures plus tard pour le ramasser… Scandalisée, doña Sara ne fit aucun commentaire, mais, le lendemain, pour la première fois de sa vie, elle se mit à lire un livre : *Les Œuvres complètes de Karl Marx. Tome un.* Elle commença à parler d'ouvriers brisant leurs chaînes, puis s'exclama :

– Je vais aider Pancho !

Pancho, le laveur de carreaux, était pauvre, serviable, mais ivrogne. Doña Sara lui donna des vêtements.

– Tenez, camarade : ôtez ces guenilles et habillez-vous comme un être humain !

L'homme avait l'air mal à l'aise, mais resplendissait dans ce costume de coupe anglaise, avec des chaussures, des chaussettes et un chapeau. Cependant, Pancho disparut. Il revint une semaine plus tard, avec ses éternelles guenilles. Il avait vendu ses vêtements neufs pour s'acheter du vin ! Doña Sara retint ses larmes et l'habilla à nouveau de pied en cap. Le camarade disparut encore une fois pour revenir ivre. Ma mère enfourcha son Marx et lui redonna des vêtements. Une fois de plus, le dipsomane disparut pour revenir, nu, hoquetant :

– Hic, où sont mes nouveaux habits ?

Doña Sara continua à être généreuse. Pancho revint, plus sale que jamais.

– J'exige mon costume, avec un petit mouchoir en plus, hic, pour la poche !

Cette fois, ma mère tendit le doigt vers la porte et s'écria :

– Dehors ! Vous n'aurez plus de vêtements, indécrottable poivrot !

L'homme se mit en colère ; n'éprouvant aucune

gêne à montrer son intimité, il retira ses mains, qui cachaient son bas-ventre et son derrière, sortit dans la rue et brisa à coups de pierre toutes les vitres des fenêtres du Combat. La police survint et l'emmena. Consternée, doña Sara m'a dit :

– Je me suis trompée. Au lieu de faire des cadeaux aux nécessiteux, il faut leur donner un travail afin qu'ils gagnent par leur propres efforts un argent qui ne les humilie pas… Parfois, la dépendance crée en nous des habitudes, et nous passons de la reconnaissance à l'exigence. Ah, nous vivons comme si la vie nous appartenait, sans nous rendre compte que nous pouvons mourir d'un moment à l'autre !

À La Chaîne Rompue

Doña Sara décida de changer le nom du Combat et son emblème des deux bouledogues tirant sur une culotte, pour celui de À La Chaîne Rompue, illustré d'un ouvrier aux mains deux fois plus grandes que la tête qui brisait des chaînons en fer. C'est qu'après avoir lu Marx, madame s'était plongée dans Engels, Lénine, Bakounine et Trotski, écoutant sans arrêt *L'Internationale* chantée en russe. Elle commença à discourir avec les clients :

– Le capital et les conquêtes ouvrières doivent…

Le quartier était si pauvre et les travailleurs souffraient d'une inculture si crasse que les paroles de doña Sara leur ouvrirent un monde. Un après-midi, une délégation se présenta.

– Madame, nous vous avons nommée reine de la septième cellule révolutionnaire !

Doña Sara leva joyeusement les bras et tous les samedis, elle se mit à offrir trente bouteilles de vin à ses dix sujets, considérant avoir ainsi accompli son devoir social.

– Il n'y en a pas deux comme notre petite doña Sara, hourra ! Hic, hic !

Mais un jour, ils ajoutèrent :

– Doña Sara, le Parti va défiler ! Les cellules de tous les quartiers ont un étendard, sauf la nôtre !

Ma mère promit de le coudre. Enthousiasmée, elle décida de fabriquer la bannière la plus luxueuse en utilisant du velours, du satin, des pierreries, des paillettes, des fils d'or et des lettres en relief remplies de coton. Elle travailla sans relâche.

– Mon luxueux drapeau tranchera sur les autres qui seront ordinaires et moches !

Et le jour du grand défilé arriva ! Les groupes des différentes sections ouvrières de la ville se réunirent, sans autorisation gouvernementale, sur la place Almagro, agitant leurs étendards rouges au son d'une fanfare de cirque. Bien que faits de toile ordinaire, le vent leur donnait des mouvements si élégants qu'ils devenaient les vagues d'une merveilleuse mer de sang. Mais les partisans de la septième cellule grognaient, humiliés : leur symbole était si lourd que même un ouragan n'aurait pu le faire onduler. Au début du défilé, ils avaient dû le traîner comme une aile morte, parce qu'il s'était révélé impossible de le porter pendant tout le trajet, pas même avec leurs vingt bras. Quand les flics surgirent et que la bastonnade commença, ils s'enfuirent en l'abandonnant au milieu des blessés. Pendant très longtemps, ils oublièrent de venir rendre visite à leur reine des samedis…

– Alejandrito, quelle tristesse, je me suis encore trompée : il ne faut pas orner, il faut honorer ! L'ouvrage réalisé pour recueillir des applaudissements n'a rien à voir avec celui qui est fait par simple amour du travail.

Le cabinet de couture

Malgré ses huit heures de travail obligatoires, debout derrière son comptoir, sans se permettre d'autre repos qu'un bref sommeil nocturne, ma mère passait le plus clair de son temps libre dans son cabinet de couture. C'était une petite pièce, avec une fenêtre sur le toit par laquelle on ne voyait qu'une étoile, baptisée « Petit Espoir de Dieu » par doña Sara. Je m'asseyais par terre pour l'écouter parler, tandis qu'elle pédalait infatigablement en cousant des chemises de cotonnade et des caleçons longs pour les ouvriers. Malgré l'exiguïté de l'endroit, doña Sara était parvenue à le transformer en Univers. Chaque action y trouvait une signification et chaque objet devenait un symbole. Si elle devait repriser un vêtement usé – elle achetait et revendait de vieux habits –, elle cherchait à tirer un morceau de la doublure d'un autre tissu usé de la même façon.

– Tu vois, me disait-elle, si je mettais une pièce de toile neuve sur un vieux tissu, ce serait comme un cancer au lieu d'être un remède. La toile neuve, moins adaptable, plus résistante, finirait par effilocher en mille sillons l'endroit où je l'aurais mise. Quand tu seras grand et que tu voudras changer le monde, ne propose jamais des solutions drastiques qui, au lieu d'aider, finissent par provoquer le chaos. Je veux que tu mesures et que tu saches évaluer la solidité de ceux que tu aides. Ne les conduis pas plus loin qu'ils ne peuvent le supporter…

Si par hasard on faisait une tache sur un costume, elle se contentait de prendre un coin de ce vêtement, et de frotter fermement.

– Regarde comme la tache disparaît : le tissu se nettoie tout seul ! Quand tu auras des problèmes spirituels, ne cherche pas d'aides extérieures qui ne feront que te plonger dans l'erreur. Soigne ton être avec une autre partie de toi-même. Tu es ton propre médecin : tu n'en trouveras pas de meilleur…

Quand son fil s'emmêlait, elle soufflait dessus et le défaisait.

– En soufflant, je calme le fil, le labyrinthe perd de ses forces et il se démêle tout seul. Ne force jamais les problèmes. Garde ton calme et fais ce que tu peux. Ils se résoudront d'eux-mêmes…

Pour l'enfiler, elle tenait fermement le fil sans le faire bouger, et avec le trou de l'aiguille elle attrapait l'extrémité.

– Si tu n'arrives pas à trouver quelque chose, fais en sorte que cette chose te trouve. Si tu veux la lumière, mets-toi là où il n'y a pas de barrière entre le soleil et toi. Lave ton âme pour que le phénomène se manifeste en toi, et tu l'obtiendras parce que tu es vide. »

Le réfugié politique

Les dix camarades de la septième cellule, sobres, gominés, en costume propre, chemise noire et cravate rouge, se présentèrent au moment où doña Sara s'apprêtait à baisser le rideau de fer, porteurs d'une bouteille de vin rouge en cadeau. Après lui avoir tendu le litre de vin, ils restèrent muets devant elle, se balançant d'un pied sur l'autre. Ma mère sourit en pensant qu'ils venaient s'excuser pour leur ingrate absence. Le petit Gumucio, électricien et limeur de cals plantaires, fit un pas en avant, se racla la gorge et déclara avec une arrogance complexée :

– Chère doña Sara, nous avons décidé d'oublier l'humiliation que nous a causé votre étendard, hum, si toutefois, hum, en guise d'amendement, hum, hum, vous acceptez d'héberger chez vous un important politicien en fuite, cof, cof, à condition que vous ne lui posiez pas de questions, pour innocentes qu'elles soient ! Nous comptons sur vous, camarade : dites oui !

Indigné par un tel excès d'assurance, je secouai la tête de gauche à droite. Mais mon incorrigible mère… À trois heures du matin, un monsieur avec des lunettes de myope et un gros ventre arriva, déguisé en paysan, sur une charrette tirée par un âne. Il pénétra comme une ombre dans la boutique. Le conducteur de la charrette lui passa un sac plein de linge, de livres, et s'en fut. Personne ne parla. Le monsieur s'arrêta sous la lampe décorée d'excréments de mouches du cabinet de couture. D'un geste délicat, doña Sara lui offrit le seul lit de notre foyer. Nous déménageâmes près de la machine à coudre, où nous dormirions sur un matelas, par terre. Le mystérieux personnage n'ouvrit jamais la bouche, ne leva jamais un œil de ses livres reliés (que pouvait-il bien lire ?), ne fit jamais son lit, ne balaya jamais, ne lava jamais une assiette, ne remercia jamais d'un sourire et mangea énormément. Les seuls bruits qu'il émit furent vingt accès de toux le matin et l'explosion nocturne de ses gaz, réglés comme du papier à musique, qui m'indiquaient que c'était l'heure de dormir. Une fois par semaine, le conducteur de la charrette venait, lui donnait un paquet et sans prononcer un mot, il s'en allait. Patiemment, doña Sara lavait ses caleçons, ses chaussettes, ses mouchoirs et ses chemises. Elle lui faisait à manger et acceptait, souriante, les incommodités que le fantôme lui causait. Un matin, le conducteur de la charrette lui dit quelque chose à l'oreille et l'homme s'en alla avec lui, sans nous dire au revoir. Six mois étaient passés ! J'en pleurai de rage. Ma mère me dit :

– Que sais-tu toi, un enfant, de ce qui arrive à cet être ? S'il s'est comporté comme ça, c'est qu'il ne voulait pas laisser de traces.

– C'est peut-être aussi qu'il était mal élevé, maman !

– Tous les jours, je fais les mêmes choses pour toi et tu ne m'en remercies jamais ! Il faut que tu saches que je l'ai reçu parce que c'était toi ! Un jour, quand tu seras grand et que tu lutteras pour la liberté, quelqu'un te pourchassera et tu auras besoin d'un refuge. Une autre mère, alors, me paiera cette faveur en t'hébergeant toi, sans rien demander ni rien exiger. J'en suis certaine parce que je sais que je ne suis pas unique au monde, et que si je suis capable d'un acte généreux, il y aura un autre être humain qui fera la même chose pour mon fils ! Peut-être qu'en ce moment même, quelqu'un cache et protège ton père !

Dégageant une odeur de policier bien qu'en civil, trois ex-boxeurs entrèrent dans A La Chaîne Rompue et, se jetant sur ma mère, ils lui passèrent les menottes.

– Suivez-nous, la vioque ! mugit l'un d'eux. Et ne résistez pas, parce que ça peut aller très mal pour vous ! cracha le deuxième. Le troisième exhiba un pistolet. Je restai pétrifié et les quelques clients présents se faufilèrent vers la rue en murmurant :

– On est désolés pour toi, petit, tu vas rester tout seul…

Digne comme une reine, doña Sara leur demanda :

– Avez-vous un mandat d'arrêt ?

Les gorilles rirent avec cynisme :

– Vous ne savez pas qu'Arturo Alessandri a obtenu les pleins pouvoirs du Congrès ? Fermez votre clapet et venez !

Ils l'emmenèrent dans une voiture kaki… Je demeurai là, seul au milieu de la boutique, sans savoir quoi faire. Soudain, la marchandise se changea en un public cruel. Il me sembla entendre des petits rires sortant des boîtes de bas, les gilets de laine applaudissaient avec leurs manches molles, les caleçons ouvraient leurs jambes pour dessiner d'énormes rires blancs… Par chance, le Rebbé m'apparut : « Garde la foi ! Dans Samuel, 17-37, il est écrit : "Iahvé, qui m'a sauvé de la griffe du lion et de la griffe de l'ours, c'est lui qui me sauvera de la main de ce philistin". Tu ne resteras pas longtemps seul. » Effectivement, très vite, le camelot, un vendeur ambulant de poison pour tuer les vers intestinaux, vint partager sa thermos de soupe chaude avec moi. Un groupe d'ouvriers de l'imprimerie m'aida à descendre le rideau.

– N'aies pas peur, petit, ici personne ne va te voler.

Une femme en deuil de son fils – le mort qui était resté deux heures gisant par terre dans la rue –, commença à faire le repassage, à balayer, à cuisiner.

– Je m'occuperai de toi, petit gars, jusqu'à ce que la camarade revienne ! Et si elle ne revient pas, à présent il y a un lit vide chez moi, tu peux l'occuper jusqu'à ce qu'on retrouve l'un de tes parents… !

Ce ne fut pas nécessaire : tôt dans la matinée, ma mère revint, marchant avec difficulté, plus blanche que d'habitude. Le bleu de ses yeux avait viré au gris…

– Maman, tout le quartier m'a aidé, sauf les dix ivrognes de la septième cellule : aucun de ces pique-assiettes n'a montré son nez ici !

– Ne leur mets pas d'étiquettes comme à des chaussettes ! Ce sont des êtres humains et non des « ivrognes » ou des « pique-assiettes » ! Ils ont eu raison : il faut qu'ils fassent attention à eux. À Matucana, la police a infiltré beaucoup de mouchards.

Avec une paille, elle sirota une tasse de maté avec du lait (elle avait la bouche enflée et pouvait à peine l'ouvrir), et elle nous raconta son aventure avec des mots transformés en fil, à moi et à la dame en noir… Ils l'avaient conduite au quartier général de la police, lui avaient mis un numéro sur la poitrine, l'avaient photographiée de face, de dos et de profil, lui avaient enduit d'encre le bout des doigts pour prendre ses empreintes digitales et, les mains ainsi tachées, ils l'avaient enfermée dans un cachot vide à l'exception d'un trou puant, en guise de latrines. Après quelques heures, on l'avait sortie de là, on l'avait frappée avec une matraque en caoutchouc et on l'avait à nouveau enfermée dans sa cellule. Doña Sara crut qu'enfin elle allait pouvoir dormir ou se reposer. Mais non. Ils la ressortirent et lui remirent des coups, en appliquant Dieu sait quelle technique pour la faire céder. Ensuite, ils la portèrent à travers un couloir creusé sous la rue, jusqu'à une pièce matelassée, dans les souterrains de la prison publique. Le sol était couvert d'eau et de boue, et il s'y trouvait une série d'instruments de torture, parmi lesquels une machine pour faire subir des décharges de courant électrique. Dans ce sinistre cachot, quatre agents l'attendaient et commencèrent à l'interroger : « Sale pute de merde, pendant plusieurs mois tu as caché un homme dans ta maison ! Qui était-ce ? » Avec une douceur pleine d'amour, elle répondit : « C'était mon père ». Ils lui donnèrent des coups dans l'estomac, les seins, le dos. « Qui était cet homme, vieille connasse de ta mère ? » Sans abandonner sa douceur, elle leur répondit : « C'était mon mari ». Ils décidèrent de faire fonctionner la machine électrique. Pendant que deux d'entre eux lui appliquaient le courant, les deux autres la tenaient, pensant qu'elle allait se débattre. Mais elle quitta son corps et observa la torture en flottant près du plafond, sans souffrir. La croyant évanouie, il lui jetèrent une bassine d'eau froide au visage, afin qu'elle revienne à elle. « Qui était cet homme, espèce de chienne en chaleur ? Il vaut mieux que tu nous le dises sinon on va te briser les os ! » « C'était mon fils. » Comme il commençait déjà à faire jour et qu'ils en eurent assez de la maltraiter, ils la conduisirent dans le bureau d'un homme brun aux yeux enfoncés, avec une simple ligne en guise de lèvre supérieure et un gros bifteck en guise de lèvre inférieure, qui parlait en prenant des airs de chef. Cependant, doña Sara comprit que le grand manitou, c'était un monsieur probablement étranger vêtu d'un smoking, qui ne prononça pas un mot en sa présence. « Écoutez madame, ne profitez pas de ce que vous êtes dans un pays démocratique où la loi interdit qu'on frappe ses concitoyens, lui dit l'affreux, avec un cynisme écœurant. Cessez immédiatement de jouer l'héroïne qui protège le gentil bandit, et dites-nous qui était cet homme ! » « C'était mon frère. » Le brun jaillit comme une bête sauvage de derrière son bureau et lui donna un coup de poing sur la bouche. « Parle, malheureuse ! Qui était-ce ? » « C'était toi, mon fils ! » « Vieille folle ! » Le gringo en smoking murmura quelques mots à l'oreille de sa marionnette. Ils ne tardèrent pas à la relâcher… Elle dut marcher cinq kilomètres, de la prison jusqu'à la rue Matucana. Soudain, elle se rendit compte que les trois ex-boxeurs la suivaient…

– En ce moment, ils sont cachés au coin de la rue, dit doña Sara pour achever son récit. Alejandrito, ces pauvres garçons n'ont pas encore pris leur petit déjeuner. Porte-leur ces tasses de café et quelques morceaux de brioche. Il faut avoir pitié d'eux : sans le savoir, ils sont Dieu eux aussi.

Il m'en coûta beaucoup d'obéir, mais je le fis. En me voyant approcher, les trois brutes me regardèrent d'un air mauvais, mais ensuite ils avalèrent à grandes lampées le café fumant et dévorèrent les morceaux de gâteau en me souriant avec des visages d'enfants. Telle que je connaissais ma mère, je sus que ces guetteurs ultra secrets finiraient très vite assis dans l'arrière-boutique, à boire du maté avec elle…

Plus collé aux murs qu'une ombre, le petit Gumucio vint et fit signe à ma mère de l'accompagner dans le cabinet de couture.

– Asseyez-vous, chère madame, votre altesse ! Enlevez vos chaussures, que je vous lime les cals…

– Et à quoi dois-je tant de dévotion, mon ami ?

– Hum, hum… il se trouve que la commission politique du Parti, après bien des discussions internes, a convoqué une assemblée pour que nous cessions de nous entretuer avec ces satanés trotskistes déguisés en socialistes, et pour essayer de mener à bien l'unité syndicale à travers un comité de coordination… Hum… Pour parvenir à une entente qui puisse calmer nos querelles, nous avons pensé que vous, une dame si douce et si bonne, étiez la personne indiquée. Votre injuste souffrance sous la traîtresse torture nous unira en un front commun… Qu'en dites-vous ? Vous venez ?

– Évidemment oui ! Je le considère comme un devoir !

Le petit Gumucio se mit à lui limer les cals avec un enthousiasme sincère.

– Ah, comme c'est bien, petite doña Sara ! Je vais vous laisser la plante des pieds aussi douce que le cul d'une bonne sœur ! Quand vous marcherez, vous aurez l'impression de voler !

La réunion eut lieu dans un endroit neutre, à la salle de bal « Argentina ». Un quartet assassina des tangos et, pour tromper la police, les camarades devaient danser entre eux faute d'un nombre suffisant de femmes. Ils étaient d'ailleurs plus préoccupés d'éviter un coup de couteau dans le dos que de suivre le rythme de la milonga. Quand il n'y eut plus de danger, le crincrin cessa et les Gardel d'opérette démontèrent l'estrade. On invita ma mère à monter et, au milieu des applaudissements, on lui offrit deux béquilles flambant neuves. Par délicatesse, elle fit semblant de boiter, et remercia pour le cadeau en envoyant quelques baisers ; elle reçut en réponse une pluie d'œillets.

– Vive la camarade torturée ! Vivaaaa ! À mort le traître Alessandri et son chien de Ventura Maturana ! À mort !

L'indignation unificatrice obtenue, les dirigeants communistes montèrent pour débattre avec les dirigeants trotskistes, en arborant des sourires tendus. Ils lancèrent une pièce de monnaie en l'air. Ce fut d'abord le tour d'un communiste de parler. Derrière lui, ses camarades déroulèrent une grande photographie de Staline. À peine eut-il pris la parole, que la foule se divisa en deux groupes à l'air mauvais, séparés par une large bande de parquet.

– Mes amis, pour bien nous unir, nous devons être vraiment sincères, gommer certaines aspérités, et faire acte de mémoire : vous autres, les trotskistes, vous vous êtes arrogés en 1933 le nom de Parti communiste du Chili, dans le but de tromper les travailleurs !

Des sifflements de désaccord dans un groupe, des applaudissements chaleureux dans l'autre. Sans se laisser effrayer par le raffut, le rouge continua son discours en criant :

– Une fois que nous vous avons démasqués, vous avez dit vous appeler Gauche communiste, adhérente à une inexistante Division internationale. Mais les ouvriers n'ont pas avalé cette arnaque. Alors vous avez rejoint l'anémique Parti socialiste pour vous emparer des postes de commandement et saboter le développement de l'unité populaire. Nous espérons qu'aujourd'hui, reconnaissant vos erreurs, vous accepterez de reconnaître les principes du communisme immortel, en recevant de notre Parti les précieux enseignements de l'Internationale communiste et de ses grands dirigeants, Staline et Dimitrov, qui ont suivi les pas de Marx, Engels et Lénine !

Les trotskistes se mirent à ôter leurs vestes et à remonter les manches de leurs chemises militaires. À quelques ceinturons la crosse d'un pistolet brillait. Les communistes firent de même. On apercevait également des armes à leur ceinture. Un jeune orateur, furieux, arracha le micro des mains du communiste. Derrière lui, quelques-uns de ses compagnons déroulèrent une grande photographie de Trotski. Poussant des cris, il accusa Staline d'être un dément, un assassin, un égocentrique, un dictateur imbécile, qui proclamait que la vie, par son constant changement, exigeait une révolution permanente… Se regardant avec une furie assassine, les groupes avancèrent jusqu'à ne plus être séparés que par quelques petits centimètres. Le leader communiste sauta de l'estrade et s'exclama :

– Ceux qui sont avec les trotskistes restent et seront expulsés du Parti ; ceux qui sont avec le Parti s'en vont avec moi ! Et moi, je m'en vais tout de suite !

Il ne parvint qu'à avancer d'un demi-pas. Il fut arrêté par la voix de stentor de ma mère qui, cessant de faire la boiteuse, ordonna :

– Ni vous ni personne ne s'en va d'ici ! Cessez de vous disputer comme des enfants mal élevés ! Ouvrez ces poings fanatiques et donnez-vous la main !

La colère de doña Sara était impressionnante et la

masse lui obéit, craintive comme un immense enfant. Avec plus de douceur, doña Sara poursuivit :

– C'est une mère qui vous parle, qui comme les autres mères vous aime avec tout l'amour du monde. À quoi vous sert tant d'orgueil ? Si vous voulez vous libérer de l'oppression, vous êtes obligés de vous unir. Oubliez le passé, effacez de vos cerveaux les mots « communistes » et « trotskistes », traitez-vous plutôt de « frère » et par-dessus tout, ne vénérez pas des idoles étrangères, des pantins surdimensionnés, d'immenses pères de substitution dignes de respect, qui n'ont rien à voir avec notre modeste mais authentique réalité… Est-ce que quelqu'un peut me prêter un briquet ?

Fronçant les sourcils, on lui en passa un. Elle se mit au milieu des deux photographies et, en deux gestes rapides et précis, elle y mit le feu. Le papier paraffiné brûla en un instant. Staline et Trotski furent consumés par les flammes, malgré les tentatives de leurs adorateurs pour les éteindre en crachant dessus. Un silence impressionnant s'abattit. Doña Sara unit à nouveau l'assemblée, non par compassion mais par rage. Le dirigeant trotskiste gronda :

– Cette fausse boiteuse a commis un sacrilège impardonnable !

Le dirigeant communiste vomit :

– Gumucio, vous êtes coupable d'avoir admis dans nos rangs un tel énergumène saboteur ! Emmenez-la immédiatement d'ici et demain, à la première heure, conformément à la loi, expulsez-la du Parti… !

Ma mère et moi sommes sortis sous le mépris général, changés en merdes invisibles, tandis qu'eux, à nouveau dans les bras les uns des autres, dansaient un tango massacré par des guitares et des voix de sous-

Gardel : « Nous cherchons, pleins d'espoir, le chemin que nos rêves ont promis à nos désirs ardents… » Le lendemain matin à la première heure, le petit Gumucio vint, accompagné de González la Brioche et d'Eremberg le Maigre.

– Hum… Hum… Hum, Hum…

– Cessez de suer comme un cheval apeuré, monsieur Gumucio, et répétez-moi, d'homme à femme, avec la mentalité de perroquet que vous avez, le message qu'on vous a dicté !

– Eh bien, doña Sara, j'espère que vous regrettez la grave injure que vous nous avez faite. On ne peut pas brûler les idoles du peuple comme ça. À défaut d'avoir du pain, nous vivons d'illusions et, vous le comprendrez, elles sont sacrées. À cause de vous, le haut commandement a décidé de m'expulser si je ne vous expulse pas… Hum… cof… Le problème c'est que je ne peux pas vous expulser parce que vous n'avez jamais été membre du Parti… C'est pourquoi moi et mes camarades de la septième cellule, nous vous prions de signer sur-le-champ ce petit carnet rouge pour devenir membre des rangs glorieux du communisme… Hum… Vous comprenez ?

– Bien sûr que je comprends, mes amis, et mieux que ce que vous imaginez. Donnez-la moi, cette plume.

Et ma mère apposa sa signature sur le petit carnet. Les camarades soupirèrent, soulagés. Le petit Gumucio déchira le carnet avec des gestes solennels, jeta les morceaux par terre et les piétina.

– Camarade, vous êtes officiellement expulsée du Parti Communiste affilié à l'Internationale communiste fondée par Lénine ! Ne nous adressez plus jamais la parole !

La tête basse, les trois révolutionnaires sortirent sans regarder en arrière. Cinq minutes plus tard, le petit Gumucio revint et serra la main gauche de ma mère avec effusion.

– Merci, merci, doña Sara ! En signe de gratitude pour votre noble geste, je dois vous dire que les trotskistes ont décidé de vous donner une leçon : cette nuit, ils viendront perforer à coups de mitraillette votre rideau de fer. Il vaut mieux que vous et votre fils dormiez ailleurs…

La femme vêtue de noir nous logea chez elle. Elle partagea son lit étroit avec ma mère. Elle me donna la couche de son fils. Tard dans la nuit, elle s'approcha, appuya son front sur l'oreiller et ainsi, à genoux, elle pleura jusqu'à l'aube. Pour vaincre mon insomnie, le Rebbé me dit : « Oui, le temps est assassin, mais il nous appartient. »

Le huitième shakra

Ignorée par les ouvriers du quartier, le rideau de fer de À La Chaîne Rompue transformé en passoire, et ayant accumulé un joli pécule, doña Sara vendit son magasin et ouvrit une *boutique*, Le Huitième Shakra, dans une zone plus centrale. Répudiée par Marx et Trotski, elle lisait à présent des choses sur le yoga tibétain… Elle se mit à coudre des habits à la nouvelle mode, copiés sur la tradition orientale. Elle passait huit heures par jour derrière son comptoir, puis huit encore dans le cabinet de couture, mais les ventes étaient maigres et l'argent gagné suffisait à peine à nous faire manger. Avec une grande tristesse, elle songea à vendre sa jolie petite affaire. Le Soufi était un mendiant qui justifiait sa paresse en se prétendant inventeur de petits oiseaux en papier, et confortablement couché par terre, il passait ses journées à fabriquer des roses avec du papier hygiénique ; comme elle était devenue son amie, doña Sara discuta avec lui pour savoir si elle devait vendre son affaire ou pas. Le mendiant lui répondit :

– Il ne s'agit pas de savoir distinguer le bien du mal, car ça, même les cafards peuvent le faire. Le sage, c'est celui qui, entre deux maux, choisit le moindre et qui, entre deux bonnes choses, est capable de distinguer la meilleure. Une grande partie de la solution d'un problème consiste à en clarifier l'énonciation. Si le problème n'est pas compris, la solution ne vient jamais. En réalité, la véritable réponse consiste à bien poser la question. Avant de te défaire de l'endroit que tu aimes, analyse d'où vient le mal ! Est-ce que le quartier dans lequel tu vis est désagréable ?

– Non, répondit-elle, au contraire, c'est le plus beau que j'aie connu !

– Est-ce que les voisins te dérangent ?

– Ils se comportent très bien avec moi !

– Est-ce que le local t'étouffe ?

– Oh non, il est grand, et bien sûr, parfait pour mes besoins d'espace !

– Alors, femme de bien, ton seul problème c'est qu'il y a quelque chose qui te mange ton temps et qui ne te rapporte pas beaucoup d'argent !

– C'est ça !

Le Soufi en vint à cette conclusion :

– Ton ennemi, c'est la vente de vêtements ! La superficialité de la mode ne correspond pas à ton esprit profond ! Cette magnifique boutique ne t'a rien fait : ne te défais pas d'elle ; conserve-la ! Ce que tu dois faire, c'est changer ton type d'affaire : cesse de perdre tes nuits à coudre des costumes et commence à vendre quelque chose qui te prend moins de temps, qui te rapporte plus et qui soit à la hauteur de ton esprit !

Et c'est ainsi que doña Sara ne quitta pas cet endroit qu'elle aimait : elle le transforma et se mit à y vendre des fruits et des herbes médicinales, avec grand succès.

La dame puante

Le magasin de fruits La Pomme de la Concorde marcha si bien pour ma mère, qu'elle commença à importer des produits exotiques de Bolivie, du Pérou et de la forêt d'Amazonie. Il y avait une espèce d'ananas qui, sans la cloche en verre qui l'isolait du reste, aurait saturé le lieu de son insupportable odeur de pourri. Je ne comprenais pas qu'on puisse en acheter. À propos de cette puanteur, je me souviens d'une femme aux yeux profonds, presque jaunes, à la peau sombre, très bien habillée, qui commença à rendre visite à doña Sara. Elles s'asseyaient dans l'arrière-boutique pendant l'heure de repos et elles parlaient de Dieu sait quoi, parce que je ne pus jamais m'approcher d'elles : cette dame avait une maladie qui lui faisait exsuder une odeur fétide. Tout ce qu'elle touchait en restait imprégné. Un jour elle oublia son stylo. Sans y prendre garde je le pris pour finir mes devoirs. J'ai presque vomi ! L'ignoble parfum resta collé entre mon pouce et mon index pendant deux heures ! Cependant, ma maman lui consacrait beaucoup de temps en la recevant aimablement et avec le sourire. Un jour, excédé, je lui criai :

– Il faut que tu la chasses d'ici !

Je n'avais jamais vu ma mère autant en colère : elle devint toute rouge, me secoua pendant une minute puis, saisissant un couteau (je me mis à hurler), elle coupa en deux le fruit malodorant (ouf !, quel soulagement !), et m'en offrit :

– Mange un morceau de cet ananas sauvage !

– Je ne peux pas, ça sent le caca !

Elle me boucha le nez en me fermant les narines. J'ouvris la bouche pour respirer, et elle m'y introduisit alors la portion… Quelle merveille ! Je n'avais jamais goûté un fruit aussi sucré, aussi fin, aussi savoureux ! J'eus envie d'en manger une douzaine.

– Tu vois ? L'odorat n'est pas roi. Je reçois cette dame parce que c'est la fille du défunt Pajarito Baquedano, un ami de ton oncle Benjamín, qui souffrait d'un mal identique (par amour, nous ne copions pas seulement les valeurs mais aussi les maladies de nos parents) et parce qu'elle écrit d'aussi beaux poèmes que ceux murmurés par ta sœur. Écoute : « Je dois chercher la sphère multiforme/ Qui concède la lumière à chaque gramme d'ombre/ donnant un commencement à toutes mes fins/ jusqu'à accoucher d'une forme avec âme ». C'est une femme pure, presque sainte. Tu ne sais pas combien mon être est réconforté par son art. Grâce à elle, j'ai compris à quel point la beauté est importante. Tu te souviens de l'Évangile apocryphe, quand le Christ et ses apôtres passent près d'un chien en voie de putréfaction ? Alors que les autres se bouchent le nez et fuient avec dégoût, Jésus s'approche, regarde le cadavre et dit : Quelles belles dents il a ! Dans ce monde, nous sommes tous pleins de maladies parce que la société même est malade. Si nous ne voyions que les défauts, nous ne parlerions jamais avec personne. Il faut chercher les qualités de chaque être et oublier ses tares. C'est ça, vivre avec courtoisie !

Le voleur de bananes

Avec tant de clients, le magasin de fruits dut être agrandi. On sacrifia donc l'arrière-boutique. N'ayant plus d'endroit privé, doña Sara s'asseyait sur le pas de la porte, profitant d'une tache de soleil et, en guise de petit-déjeuner, elle buvait du maté et mangeait des fruits invendables parce que trop mûrs. Un matin, elle éplucha une banane, et elle était sur le point de mordre dedans lorsqu'un enfant vagabond à l'air sauvage s'approcha d'elle en courant et la lui arracha des mains. Elle le vit s'enfuir, regarda sa montre et sourit. Le lendemain, à la même heure, doña Sara, la main légèrement tendue, présenta une autre banane. L'enfant arriva à nouveau en courant et la lui arracha. De ce jour, ma mère exposa l'aliment afin que la petite bête sauvage la lui vole. Je lui dis :

– Pourquoi fais-tu ça ? Ce mendiant ne te remerciera jamais !

Très calme, elle me répondit :

– Tu te trompes sur un point : ce n'est pas un mendiant. Si c'était le cas, il serait dans le coin à tendre la main en poussant des gémissements plaintifs. Il a sa dignité : la société l'a maltraité et pour lui, le vol est une espèce de justice. Il nous déteste tous. Lui faire l'aumône serait l'offenser une fois de plus. Moi, je ne me préoccupe pas de recevoir des remerciements : je veux être bien avec moi-même et pratiquer mes croyances, sans être affectée par des louanges ou des insultes. La seule chose qui importe, c'est que cet enfant a faim et que d'une manière ou d'une autre, il faut trouver un moyen de l'aider, sans qu'il s'en rende compte.

– Écoute, maman, je crois que tout ça, tu l'imagines ; ce sauvage n'a jamais connu la dignité !

Cette fois, doña Sara devint toute rouge, mais contint sa colère.

– Bien, il faut que tu apprennes, même si après tu dois avoir mal, parce que tu vas te sentir très coupable… !

Avant midi, ma mère roula très serré un billet de dix pesos et l'introduisit en longueur à l'intérieur de la banane, si bien qu'on ne le voyait pas. Elle s'assit au soleil, but son infusion amère avec sa petite paille en argent et fit mine de manger le fruit. Une fois de plus, le loqueteux apparut et la lui prit. Une heure passa. Soudain, une pierre tomba dans un grand bruit en plein milieu de la boutique ! Nous sursautâmes. Le billet était attaché au caillou. Nous ne revîmes plus jamais l'enfant.

L'échec

Lorsque j'eus huit ans, doña Sara, de plus en plus plongée dans ses livres ésotériques, me dit :

– Alejandrito, maintenant tu es grand : je ne vais plus t'offrir de jouets, je vais t'offrir de la connaissance. Mais fais bien attention : plus important encore que ce que nous savons, il y a ce que nous faisons de ce que nous savons ! Écoute : pour triompher dans la vie, tu dois apprendre à échouer. L'échec est un maître cruel mais merveilleux, qui t'indique quand tu t'es trompé de chemin. Si tu n'es pas orgueilleux, tu remercies pour la leçon et tu changes de conduite. Moi, par exemple, j'ai subi un échec hier : la propriétaire de la pâtisserie d'à-côté est venue à La Pomme de la Concorde pour me demander de lui enseigner l'Illumination. L'Illumination (parvenir à l'éveil total de l'esprit) est un thème qui me passionne. Je lui ai montré les livres concernant le Zen, le taoïsme, l'islamisme, l'hassidisme, la cabale, l'alchimie, le tarot, etc. Je me rends compte que la voisine est déconcertée. Je lui demande ce qui se passe. Elle me répond : « C'est que moi, je veux apprendre à bien illuminer ma pâtisserie, et au vu des magnifiques lumières indirectes de votre magasin de fruits, je voulais seulement que vous m'appreniez à mettre des éclairages au meilleur endroit... » Je n'ai pas honte de t'avoir raconté cela, parce que grâce à tant de lectures, je chasse mes défauts ; je suis sans cesse à l'affût. Quand j'en ai détecté un, je me sens aussi satisfaite qu'une lionne devant sa proie...

Venu m'apporter en cadeau un crapaud gonflable en papier plié, le Soufi nous fit une grande révérence :

– Pardonnez-moi de mettre mon grain de sel dans une soupe si spirituelle, mais moi aussi, je veux apporter mon offrande à l'échec. Parfois, perdre c'est gagner, et ne pas trouver ce que l'on cherche, c'est se trouver soi-même. Quand j'étais enfant, avant que ma famille ne périsse en Algérie, égorgée par des fanatiques religieux, mon grand-père me racontait des histoires pour m'endormir. Celle que je préférais, c'était celle de l'arbre immortel. Le vieux affirmait que dans un pays lointain, au centre d'un jardin merveilleux, il y avait un arbre impérissable. J'ai grandi en pensant que ma seule raison d'être, dans la vie, c'était de trouver ce végétal éternel. Au collège, au lieu d'écouter les leçons, je m'adonnais aux rêves et je faisais des projets. « Je parviendrai à le voir et à percer son secret : moi non plus, je ne mourrai jamais ! » Des années plus tard, j'ai parcouru la planète à la recherche de cet arbre. J'ai traversé des continents en demandant à des milliards de paysans : « Est-ce que vous connaissez un arbre immortel ? » Personne n'a su me répondre. Très longtemps après, alors que j'avais presque perdu espoir, un chevrier qui faisait paître ses animaux sur un sommet perdu, m'a répondu : « Je connais un vieux qui sait où il se trouve ! » Il m'a conduit vers une caverne, à l'intérieur de laquelle vivait un homme aussi ridé qu'une momie. « Viens, mon garçon, balbutia-t-il de sa bouche édentée, derrière ces rochers il y a le jardin que tu cherches ! » Effectivement, là, au milieu des montagnes, je découvris un verger plein de buissons touffus et de fleurs odorantes. L'ermite me conduisit en son centre, pour me montrer un trou dans la terre. « Voilà tout ce qu'il reste de l'arbre ! » Consterné, je lui ai dit : « Mais, où est la plante ? » Il m'a répondu : « Réfléchis un peu, mon garçon : un arbre immortel n'a pas besoin de se reproduire pour maintenir la vie. Il a éliminé ses fleurs, ses fruits et ses graines ! Un arbre immortel n'a pas besoin de feuilles, puisqu'elles ne servent qu'à conserver la vie en alimentant le sol. Il n'a pas non plus besoin de branches, puisque les branches ne servent qu'à soutenir les feuilles. Il n'a pas non plus besoin d'un tronc, puisque celui-ci ne sert qu'à soutenir des branches. Il a encore moins besoin de racines, dès lors que celles-ci ne servent qu'à absorber la nourriture. Et un arbre éternel n'a pas besoin de s'alimenter ! Comme tu le vois, mon cher petit, quand l'arbre est devenu immortel il n'a plus eu besoin ni de racines, ni de tronc, ni de branches, ni de feuilles, ni de fleurs, ni de fruits, ni de graines. Il n'est resté de lui que ce trou ! »

Le Soufi regarda ma mère avec un sourire moqueur.

– Il se peut que je mente, mais vous, doña Sara, vous m'avez compris : Bouddha a dit : « La Vérité est ce qui est utile ». Devant l'inutilité de l'existence matérielle, je vais mon chemin, éliminant ce qui est superflu, tout comme l'arbre de mon histoire. Peut-être qu'un jour, quand il ne restera plus de moi qu'une rose en papier hygiénique, aurais-je réalisé l'immortalité de l'âme… À propos, doña Sara, en attendant qu'arrive cet heureux moment, ne pourriez-vous m'offrir un pain, du fromage blanc, trois ou quatre fruits, cinq si vous voulez bien, et un petit billet de dix pesos pour accompagner mon dîner d'un peu de vin ?

La fin de l'attente

Entre huit et dix ans je ne fis pas grand-chose à l'école : c'est le Rebbé qui se chargea de tout. Il me disait : « Mon petit ami, la pire chose que l'on puisse faire à un être humain, c'est de lui voler son enfance. Je ne veux pas que les études dévorent ton temps libre. Consacre-toi aux promenades, aux jeux, aux divertissements, et laisse-moi la responsabilité des examens.

Les contes de fées te seront plus utiles que la sempiternelle exaltation des héros militaires ». Comme d'habitude, je n'eus pas d'amis mais bel et bien deux grands temples : celui du cinéma Minerva, où je me plongeai d'innombrables heures pour voir trois films par jour, et la Bibliothèque Nationale, noble édifice de style français, qui livra à mon imagination toutes les histoires et tous les romans d'aventures dont elle avait besoin pour calmer son vorace appétit. Les professeurs ne me réprimandaient jamais, parce qu'en arrivant au collège, le Rebbé se couronnait roi de mon cerveau. Au milieu d'une centaine d'enfants jaloux, j'avais l'air d'être le meilleur élève. En réalité, malgré le carnet plein d'excellentes notes et de félicitations que je rapportais à la maison, je ne conservais aucune de ces connaissances officielles dans ma propre mémoire. En définitive, l'âme délicieusement remplie par doña Sara, les films, les livres et le Rebbé, la présence de mon père ne me fut pas nécessaire. Naïf, j'en vins à me croire le fils d'une prêtresse vierge qui, dans sa vieillesse, avait été inséminée par Dieu… Ce 24 octobre, jour de mon anniversaire, en m'offrant le traditionnel gâteau à la fraise, doña Sara éteignit de ses larmes les dix petites bougies allumées.

– Ah, mon enfant chéri, tout ce qui commence s'achève, même les peines ! Les absents s'éloignent vers les confins obscurs de notre mémoire, perdant leur forme, se transformant de plus en plus en énergie amoureuse qui se déverse dans le présent. Oui, Alejandrito, les racines de toutes les amours, ce sont les morts ! Regarde-moi bien, cette vieille que tu vois là, ce n'est pas moi, c'est une carapace qui m'a permis de résister à l'attente sans tentations. Mais, jour après jour, des crevasses causées par une jeunesse qui a la nostalgie du contact d'un homme apparaissent sur cette cuirasse, du plus profond de moi. Tâchant de rester fidèle, je me suis plongée dans le monde extérieur, pour museler mes envies de vie, repoussant tout au profit des autres. Mais aujourd'hui, le jour de ton dixième anniversaire, je sens que le cycle est terminé. Je ne suis pas ta compagne, mon fils, je suis ta mère ! Tu n'es pas le fils du Très-Haut mais celui de Jaime ! Il nous a quittés pour aller tuer Ibáñez mais, plus vivant que jamais, ce dictateur est maintenant de retour et le Parti nazi soutient aujourd'hui sa candidature à la présidence de la République. Ce qui veut dire que celui à qui on a tiré une balle dans la tête, ce n'est pas le colonel, c'est ton père ! Tu comprends ? Je ne peux plus continuer à alimenter cet espoir avec ma chair et avec mon être, je dois me livrer au deuil, enterrer le mari au cœur sacré de la mémoire, tout comme j'ai enterré mon père. Et surtout, il me faut cesser de l'aimer à travers toi, comme si tu n'étais rien d'autre qu'un fragment de son esprit. Tu es toi, il a été lui et maintenant, je serai moi, non plus doña Sara, mais Sara Felicidad !

Comme elle se taisait, elle commença à se métamorphoser : elle défit son chignon et lâcha ses cheveux. Je vis tomber un ondulant fleuve d'or, une cascade d'ambre parfumé, une méduse de soie envahissant de sa splendeur la morbide pénombre quotidienne ! Je me suis approché pour toucher cette longue chevelure avec des gestes d'aveugle, tandis que mon cœur de colombe se dilatait jusqu'à devenir pomme… Enfoncées dans cette sublime douceur, mes mains se changèrent également en yeux, en oreilles, en nez, en langue. Les filaments blonds me liaient plus que des cordes. Je sentis craquer ses vertèbres. La colonne repliée, déchirant sa chemise et son corsage, commença à s'étirer, centimètre après centimètre. Ma mère dépassa les deux mètres de hauteur. Ses grands seins pointus perforèrent l'air. Les lunettes lui tombèrent du visage, telles des feuilles mortes. Sur sa peau pâle, la chaleur de la jeunesse circula à nouveau. J'eus l'impression de voir une chenille géante se métamorphoser en Vénus-papillon. « Ma mère, emporte-moi dans ton vol, emmène-moi loin de ce monde, incendie mon cœur, dépose-moi au milieu de la nuit vide, laisse-moi donner le jour à la lumière, permets que le parfum de ton haleine cristallise pour offrir à chaque homme un squelette d'étoiles ». Mon délire fut interrompu par une scandaleuse marche musicale. Devant la boutique, dans la rue, les nazis et les communistes étaient en train de se battre. Les premiers, avec à leur tête une fanfare militaire, des tambours, des trompettes, des sifflets et une grosse caisse, en uniforme avec des pantalons noirs, une chemise et une cravate grises, plus une ceinture en cuir épais avec une boucle circulaire en bronze, agitaient des étendards jaune-blanc-bleu traversés par un éclair rouge, et avançaient en battant l'asphalte de leurs bottes. Les seconds, sanglés dans des uniformes similaires dont seul le grenat de la cravate différait, brandissaient des drapeaux rouges ornés du marteau et de la faucille. Les uns et les autres exhibaient des pistolets et toutes sortes d'armes blanches. Immobile entre les deux groupes, ses bras noueux ouverts en croix, un prophète en guenilles, échevelé et barbu, essayait d'empêcher le combat. Les nazis tentaient de se diriger vers la Gare Mapocho, dans le but de recevoir au moment même le général Ibáñez. Les communistes avaient décidé de leur barrer le passage. Progressant dans des directions opposées, les deux défilés criaient qu'ils étaient les uniques représentants du peuple, tous deux s'en prenaient à la ploutocratie égoïste, tous deux dénonçaient la corruption du système social, tous deux accusaient Alessandri de s'être vendu à l'impérialisme anglais et nord-américain, privant le pays des bénéfices du salpêtre et du cuivre, tous deux annonçaient que leur parti était l'unique solution pour éviter la dictature, le pillage étranger et l'effondrement du Chili... Les défilés finirent par s'entrechoquer. C'est le prophète qui tomba le premier à quatre pattes, blessé par un coup de bâton à la tête ; il échappa à la bataille en tâchant d'esquiver les coups de couteau et les balles de pistolet, et avant que Sara Felicidad n'ait réussi à baisser le rideau de fer, il se glissa dans le local et tomba évanoui dans les fruits. Ni moi ni ma mère ne le reconnûmes mais le Rebbé, s'appropriant ma langue, hurla : « Alléluia, c'est Jaime ! » Ma mère vacilla comme si elle était sur le pont d'un bateau pour ensuite se jeter sur l'homme à terre et lécher son crâne ensanglanté. Puis, au milieu de pleurs déchirants, ayant récupéré sa langue de notes musicales, elle exprima le bonheur, la douleur, la passion, l'inquiétude, l'amour. Soudain, je me suis senti seul. Je courus me cacher derrière les sacs de noix. Dehors, passaient des camions pleins de carabiniers qui tiraient à la mitraillette. Les communistes et les nazis mélangés fuyaient dans toutes les directions. Quelques jeunes corps gisaient dans une grande mare de sang. Ainsi réunis par le rouge, on ne pouvait deviner auquel des deux partis ils avaient sacrifié leur vie.

VI

ENTRE LE SOLEIL ET LA LUNE

Seul, sans un sou en poche, les mains paralysées et la mémoire encore émaillée de vides, où aller demander de l'aide ? À peine tentait-il de s'approcher de quelqu'un, qu'il recevait des regards de dégoût et des gestes négatifs. La ville s'étendait devant lui comme un immense animal hostile. Son corps aussi était hostile. Ses muscles tremblaient, une aiguille brûlante lui perforait l'estomac, sa langue pâteuse et gonflée tenait à peine dans sa bouche et sa gorge le brûlait, creusée par la soif. Toutes ses cellules lui demandaient du vin. Il marcha jusqu'à la Gare Centrale et là, il essaya de s'embarquer dans un train qui le conduirait vers le Nord. Les contrôleurs menacèrent de lâcher les chiens sur lui. Pendant des heures, il fit des signes aux camions qui allaient vers Valparaíso. Qui voudrait d'un tel épouvantail comme passager ? Il revint au centre-ville, s'assit près de l'entrée de l'université du Chili, étendit ses mains jointes, désignant le drapeau chilien déjà défraîchi, et se mit à chanter l'hymne national avec un orgueil exagéré. Mais au lieu de « Chili, ton ciel bleu est pur, les brises qui te traversent sont pures aussi... », il hurla « Riche Chili, je suis un homme qui a faim, des poux infects me piquent les tempes... » Avant que les vigiles n'arrivent pour le chasser, il glana quelques pièces de monnaie. Il voulut acheter du pain et du fromage, mais ses pieds l'entraînèrent vers un bistrot. L'aumône se changea en un litre de vin acide, qu'il avala d'une seule goulée. La chaleur qui se répandit dans son ventre prouva que l'alcool était le maître absolu de son âme. Une joie stupide lui fit esquisser quelques pas de danse et, ragaillardi, il se dirigea vers la colline Santa Lucía, se souvenant de la lettre de la bossue. Derrière des rochers il découvrit la grotte, une niche puante où une chienne habitait déjà. Gisant au milieu d'excréments, d'un squelette de colombe et de morceaux de pain sec, elle commença par grogner de peur. Ensuite, quand il se laissa tomber près d'elle, elle finit par voir en lui un animal comme un autre, et entreprit de lui lécher le visage avec un amour intense. Secoué de sanglots convulsifs, Jaime enlaça la chienne, puis abaissa son visage au-dessus d'un quignon de pain, le ramollit de ses larmes et le dévora. Le froid l'obligea à se serrer contre son amie. Rapidement, ils se mirent tous les deux à ronfler.

Jaime était debout, regardant dans les yeux profonds et millénaires de la chienne. Le point de lumière qui gisait au fond de la pupille gauche commença à grandir, emplit l'orbite, s'étendit sur le museau pour ensuite lui couvrir tout le corps, comme une peau d'argent. Deux ailes surgirent de ses omoplates. L'animal se dressa sur ses pattes arrières, métamorphosé en ange. Il lui montra deux coupes, l'une pleine de vin, l'autre pleine de lait. Jaime sut qu'il devait choisir l'une des deux et il pressentait que s'il se trompait, l'apparition lumineuse deviendrait un démon qui ne tarderait pas à le dévorer. Il but le lait. L'ange-chienne lui dit alors : « Dieu soit loué, car il t'a guidé vers la Mère : tu es revenu à l'origine ! » L'ongle brillant de l'index de sa main-patte droite s'allongea et devint tranchant comme un bistouri. Il le fit flotter en l'air avant de lui ouvrir la poitrine, de la gorge jusqu'au nombril. Il lui retira ensuite le cœur, et de sa longue langue, il commença à lécher les caillots jusqu'à ce qu'il eût nettoyé le viscère de toute rancœur. Le plafond de la grotte s'ouvrit, découvrant une constellation de sept étoiles. L'apparition inspira l'air odorant qui descendait du ciel et souffla dans une artère jusqu'à ce que le cœur, gonflé, palpite d'une joyeuse énergie. « Je t'ai transmis la foi, tu ne douteras plus jamais et la certitude voguera dans ton sang ! » Il remit le cœur à sa place, referma la blessure par la caresse d'une aile, et prit son envol.

Quand Jaime se réveilla, la chienne n'était plus là. Avant de s'en aller pour toujours, elle avait déposé un fromage blanc entre ses mains insensibles. Jaime le dévora. Il se sentait plein d'énergie. Le sommeil avait fait disparaître l'alcool de ses veines. Il n'avait plus aucun besoin de vin. Il décida de chercher du travail, sûr d'en trouver : l'ange-chienne lui avait-elle donné la foi, par hasard ?

Cachant ses mains dans les poches raides de son manteau de l'armée, il arpenta dignement les rues vers la périphérie de la capitale. Au bout de quelques heures, il tomba sur la menuiserie le Bois Saint, où un vieil homme était en train de polir des chaises avec du papier de verre.

– Permettez-moi, monsieur…

– Halte-là, mon ami, ici il n'y a pas de monsieur ! Si le saint charpentier n'a pas été orgueilleux, pourquoi le serais-je ? L'herbe peut bien sécher, la fleur se faner ; mais la parole de notre Dieu, elle, demeure pour toujours ! Appelez-moi José, tout court. Que puis-je faire pour vous ? Si j'en crois votre aspect, vous avez sans doute besoin d'un cercueil.

Le vieux eut un éclat de rire enfantin et continua à polir sa chaise. Jaime resta devant lui, debout et silencieux. Au bout d'un moment, le charpentier murmura sans quitter son travail des yeux :

– Psaume 136-23 : « Il est celui qui dans notre abattement s'est souvenu de nous, parce qu'il est miséricorde pour l'éternité… » Sur la table du fond, il y a une empanada. Allez, prenez-la et mangez !

Jaime sortit les mains de ses poches. Le vieux se signa.

– « Si je t'oubliais, oh Jérusalem, que ma main droite perde sa dextérité » ; Psaume 137-5. Mon frère, ton oubli a été bien grand ! De quoi te punis-tu ?

Jaime tomba à genoux devant l'homme de bien.

– Je vous en prie, José, saint vieil homme, donnez-moi du travail !

Le vieux laissa la chaise de côté, se leva de son tabouret, gagna le fond de l'atelier, revint avec l'empanada et donna à manger à Jaime, directement dans la bouche.

– Mieux vaut être deux que tout seul, mon frère ! Tu m'aideras à polir le bois !

Avec une grande habileté, il lui attacha à chaque main un morceau de brique enveloppé dans du papier de verre, et il lui cala une planche entre les genoux.

– Polis avec ton âme mon frère, tous les sentiers de Iahvé sont miséricorde et vérité !

Quand le papier de verre était usé, José, avec grand respect, détachait les morceaux de brique des mains de Jaime et les lui changeait en murmurant des passages de la Bible, qu'il connaissait entièrement par cœur. Il laissa mon père dormir à côté de lui sur un sac plein de copeaux, et chaque jour, après le travail, il lui mit quelques billets dans la poche. Au bout de six mois, Jaime avait accumulé assez d'argent pour acheter un billet de bateau. Il pouvait enfin revenir à Tocopilla et écouter la voix mélodieuse de Sara Felicidad lui dire entre ses gémissement abyssaux : « Je t'aspire au moment où tu viens pour que tu viennes encore plus, et je te suis de toute mon âme quand tu recules, afin que tu ne puisses plus t'éloigner là où tu peux être sans moi, parce que je ne suis que la tendreté qui s'adapte au don de ta dureté, qu'un moule d'argile vivante qui prend à chaque frôlement des formes différentes et se conforme à l'idole qui grandit, qui grossit, qui brûle, qui palpite, qui se prolonge entre tes mains devenues des griffes dominant mes fesses. Sous la pression de tes doigts et les assauts de tes hanches, mon squelette se forme. Comme tu me possèdes, je croîs autour de toi ». À la fin de la semaine, il prit congé de don José, avec un sentiment de bonheur qui émergeait de la souffrance comme la pointe blanche d'un iceberg obscur. Avec son sempiternel sourire, le vieux cita le Psaume 7 :

– « Tu as donné de la joie à mon cœur ».

En lui baisant les mains, il ajouta :

– Dieu soit avec toi, mon fils.

Léger, il se dirigea vers la Gare Mapocho presque en dansant, pour prendre le train qui l'emmènerait embarquer au port. Entre l'Avenue Matta et San Diego, il aperçut de l'agitation autour d'un camion de chargement. Il s'approcha, écarta aimablement les badauds et parvint à se placer au premier rang. L'une des énormes roues du véhicule écrasait la tête d'un homme ! Le poids avait été tel que le cerveau entier avait jailli du crâne complètement ouvert et été projeté à un mètre de distance. Il gisait là, sur le pavé sale, comme un vulnérable mollusque rosé. Près du cadavre, une femme à genoux agrippée par six enfants pâles, regardait avec des yeux fous la foule morbide.

– Lui travaillait, et moi je m'occupais des enfants… Qu'est-ce qu'on va faire maintenant ? On se retrouve sans rien… Aidez-moi, s'il vous plaît !

Les spectateurs ne remuèrent pas le petit doigt ; ils restèrent plantés là, le regard fixé sur le sang. À présent qu'il pouvait remuer légèrement la première phalange des pouces, Jaime sortit son petit porte-monnaie, le déposa aux pieds de la femme et s'en alla sans regarder en arrière.

Il revint à la menuiserie, décidé à travailler encore six mois. Il eut peur que don José ne le repousse, mais celui-ci lui dit :

– « Tu ne mépriseras pas le cœur contrit et humilié ». Psaume 51-17.

Et il lui rattacha le papier de verre. Reconnaissant, Jaime polit les planches de mieux en mieux. Le bois devenait si brillant entre ses mains que les objets s'y reflétaient. Chaque soir avant de dormir, le vieux lui lisait une page de la Bible avec une intense émotion. Jaime parvint à nouveau à réunir le prix du billet.

– Cette fois c'est la dernière, José. J'ai une femme et des enfants. Je sais qu'ils m'attendent. Je vais rentrer chez moi.

– « En toi seront bénies toutes les familles du sol », Genèse 12-3. Que Dieu soit avec toi, mon fils !

Plus joyeux que la première fois, Jaime courut vers la Gare Mapocho. Il était comme un petit morceau de métal, et Sara Felicidad un aimant gigantesque. Sa voix mélodieuse et douce lui disait : « Mon désir t'appelle depuis mon ventre, où mon centre de gravité vibre comme si toute la terre se concentrait là, avec ses vallées, ses montagnes, ses forêts, ses océans. Je tremble des hanches jusqu'au pubis, je sens que cette armature d'os s'effrite, et qu'il pleut dans la gorge de mon sexe qui, gonflé, a l'air de se noyer. Tu es la clé de cette porte fermée. Quand tu pousses ta fermeté dans mon monde aqueux, mes lèvres s'ouvrent comme une fleur qui grandit et qui respire. Je t'accepte et je t'absorbe sans l'ombre d'un obstacle pour que ton extrémité ardente dépose dans mon fond obscur la force divine réduite à une perle liquide ». Grisé par ses désirs, il perdit toute vigilance et ne put éviter à temps un matelas lancé par la fenêtre d'un troisième étage. Avec difficulté, il rampa dessous et il se leva, ne pouvant secouer la poussière qui dessinait un grand rat sur son manteau, pour se rendre compte que le trottoir était couvert de vieux meubles ordinaires. Il y avait un lit, une armoire, une table, une demi-douzaine de chaises, des lampes, des ustensiles de cuisine et un fauteuil anémique où un couple de vieux était assis, surveillé par des carabiniers armés. Par hâte ou par mépris, un trio de déménageurs jetait par la fenêtre des cadres, des ballots, des vêtements, des coussins ; tout était vieux, gris et froissé. Ces deux octogénaires, incapables de payer le loyer de leur appartement, assis là au milieu de la rue, les yeux brouillés, jetaient partout des regards pleins de panique, avec sur leurs visages tendus l'ombre d'un futur transformé en serpent assassin. Aucun carabinier, déménageur ou spectateur ne montrait la moindre once de pitié. Ces petits vieux désolés étaient à peine deux objets de plus, vieux, gris, et froissés. Pour comble, un crachin commença à les mouiller complètement. La dame se leva, sortit un parapluie de l'armoire et l'ouvrit sur son mari. Tous deux joignirent leurs doigts sur le manche recourbé et se mirent à pleurer, avec des larmes aussi fines que la bruine... Jaime s'approcha d'eux, il sortit avec une intense douleur sa petite bourse en montrant qu'elle contenait de l'argent, et l'offrit aux vieux qui l'acceptèrent en balbutiant des remerciements. Faisant la sourde oreille, il amorça un brusque demi-tour et s'éloigna en direction de la menuiserie.

– « Un ami aime toujours, et il est comme un frère dans un moment d'angoisse », Proverbes 17-17, dit le bon José, qui sans lui demander plus d'explications le mit à émeriser.

Encore six mois, les plus longs qu'il ait jamais vécus, à polir ces planches odorantes ! Ce qui était au départ de la matière rugueuse et hostile devenait un bois aimable, vivant, conscient, comme un animal auquel il ne manque plus que la parole. Chaque morceau avait son propre caractère, son message subtil, son enseignement discret. La poussière qui s'en dégageait entrait comme un baume dans ses poumons pour absorber les résidus empoisonnés de l'air de la capitale. Grâce à don José qui l'invitait tous les dimanches à se promener sur l'imposante colline San Cristóbal, il apprit à aimer les arbres et, en même temps, à les distinguer les uns des autres. Les feuilles lui transmettaient le chant de leurs formes : lancéolées, oblongues, elliptiques, ovales, imbriquées, lisses, dentées, tout un monde ! Oh, ces araucarias étendant leurs grandes feuilles dures, âgées de mille ans, le mâle et la femelle séparés, se pressentant au loin, convertissant l'atmosphère et les insectes en véhicules de leurs caresses, oui, pendant des siècles vivant un amour inextinguible, malgré la distance, comme lui et Sara Felicidad ! Il réalisa que tous les arbres, pour très différents qu'ils fussent, cyprès, caroubiers, saules pleureurs, canneliers, plongeaient leurs racines dans le sexe de sa femme : elle était l'origine de la forêt, et lui, un voyageur perdu essayant d'arriver à son cœur vert. Don José riait en le voyant sur la crête de la colline, en train d'agiter ses bras noueux comme si c'étaient des ailes. Jaime le faisait cependant avec une conviction : un jour, un vent miraculeux se lèverait pour l'emporter et lui faire traverser en volant les deux mille kilomètres qui le séparaient de sa femelle !

Au bout de six autres mois laborieux, il réunit à nouveau l'argent de la traversée. Cette fois, le vieux lui dit :

– Psaume 32-8 : « Je te ferai comprendre, et je te montrerai le chemin sur lequel tu dois marcher ; sur toi je fixerai mes yeux ».

Il ferma la menuiserie, revêtit son costume du dimanche et l'accompagna vers la Gare Mapocho, décidé à ne pas le quitter jusqu'à ce qu'il prenne le train pour Valparaíso. La vieillesse du charpentier l'empêchait de faire de longues enjambées. Jaime calma son impatience et se cala sur le rythme de son ami. Pour tuer le temps, celui-ci entama une conversation :

– Mon cher frère, toi qui as tellement envie d'arriver à la gare, dis-moi : quel est le chemin le plus court entre deux points ?

Jaime répondit immédiatement :

– La ligne droite !

– Mon frère, ça, c'est une solution idéale, mais dans la pratique quotidienne, le chemin le plus court c'est celui qui offre le moins de résistance.

– C'est vrai, José.

– Mais si nous voulons être psychologiquement exacts, le chemin le plus court est celui que nous connaissons le mieux, parce que, exempt d'inquiétudes, il nous fatigue moins. Et encore mieux : le chemin le plus beau est le plus court parce que, à mesure que nous avançons, le plaisir accroît notre énergie. Tu te rends compte ? Et toi cependant, marchant comme une tortue à cause de ce pauvre vieux, tu prends le chemin le plus rapide de tous, le chemin de l'amour… Même si tu tardes une vie entière à arriver, maintenant tu as atteint ton but. Grâce à l'amour les deux points n'en font plus qu'un seul. Toi ici, elle là-bas, et pourtant il n'y a pas de séparation entre vous. « La Loi de son Dieu est dans son cœur ; c'est pourquoi ses pieds ne glisseront pas », Psaume 37-31.

À peine le vieux eut-il achevé sa phrase qu'ils tombèrent tous les deux par terre. Un fort tremblement de terre secoua la rue. Quelques murs se lézardèrent. Dans le trottoir, une crevasse rugit. Les immeubles hauts vomirent en oscillant un essaim de citoyens affolés vers la rue. « Un tremblement de terre ! » Au bout de secondes interminables, les secousses diminuèrent d'intensité et le mugissement terrifiant qui venait des entrailles de la terre se tut. Quelques hommes, d'apparence humble, s'approchèrent du charpentier et l'étreignirent :

– Frère José, Psaume 55-5 : « Peur et tremblement fondirent sur moi, et la terreur m'a recouvert » !

Le vieux répondit :

– Même Psaume, 6 : « Si l'on m'avait donné des ailes comme la colombe, je volerais, puis je me reposerais ! » Mes frères, les colombes se reposent seulement dans le colombier, nourries par le Maître. Ce tremblement de terre est un signe. Réunissons-nous dans notre temple pour chanter nos psaumes avec ferveur !

Don José prit Jaime par le bras et, sans lui demander son consentement, il le conduisit le long de quelques pâtés de maisons jusqu'à une grande demeure transformée en temple protestant. L'asphalte craquait encore avec de légers frissonnements. L'endroit se remplit de fidèles, hommes, femmes, enfants, quelque quatre cents âmes qui communiquèrent entre elles en citant des phrases de la Bible. Sans lâcher Jaime, José avança parmi le groupe qui lui ouvrit le passage, avec un grand respect. Il monta sur une estrade et commença à entonner, avec sa voix légère et cassée :

– Oh Dieu, écoute ma prière…

Tous poursuivirent, en un chœur tonitruant :

– Et ne te dérobe pas à ma supplique…

À mesure qu'ils chantaient, leurs voix gagnaient en intensité, perdaient leur ton angoissé, se remplissaient de confiance et de joie, pour finir en une bruyante et euphorique cataracte musicale :

– Dépose ta charge sur les épaules de Iahvé, et il te soutiendra ; il n'abandonnera pas indéfiniment celui qui est à terre !

Sans cesser de chanter, les fidèles se levèrent de

leurs chaises et se mirent à danser et à entrer en transes. Le cœur de Jaime se mit à battre plus vite :

– Mais, José, mon bon ami, dois-je croire ce que mes yeux voient ? Toutes les chaises de ce temple, ce sont celles que vous et moi avons fabriquées !

Le vieux dut approcher ses lèvres de l'oreille de mon père, à cause du brouhaha, pour faire entendre sa faible voix :

– C'est bien cela, mon frère ! Qui pouvait être intéressé par tant de chaises en bois ordinaire ? Le jour où tu es arrivé, j'avais décidé de vivre de mes économies, et de fabriquer les quatre cents chaises dont mon temple avait besoin avec les planches accumulées dans la cave. C'est Dieu qui t'a envoyé ! Tu as travaillé avec moi pendant un an et demi, et tu m'as aidé à tenir ma promesse. Durant les six premiers mois, je t'ai donné le tiers de mes économies en paiement. Au cours des suivants, l'autre tiers, et maintenant, tu tiens le reste dans ta bourse. À moi, il ne reste rien. Quand je suis sorti pour t'accompagner à la gare, j'ai fermé la menuiserie pour toujours.

Une boule se forma dans la gorge de Jaime, il regarda les chaises brillantes, fabriquées, polies et vernies avec amour, il voulut dire quelque chose au vieux mais il ne laissa échapper qu'un long, rauque et profond soupir. Le charpentier haussa les épaules et s'exclama :

– Mes frères, le tremblement de terre est terminé ! Nous allons exécuter vingt-six sauts pour rendre grâce à la miséricorde du Seigneur !

Les croyants enthousiastes commencèrent à sauter en comptant à grands cris :

– Un ! Deux ! Trois !…

Le temple se mit à trembler encore plus violemment que lors du tremblement de terre. Avec une énergie inattendue, don José sauta comme un enfant :

– Quatre ! Cinq ! Saute, mon frère, tes mains sont paralysées mais pas tes jambes ! Dieu soit loué ! Huit ! Neuf !…

Jaime sauta et sauta. Il lui semblait qu'il montait chaque fois plus haut, comme attiré par une force extérieure supérieure.

– Ferme les yeux, mon frère, et tu auras l'impression d'arriver jusqu'aux étoiles ! Dix-sept ! Et encore plus loin, au paradis même ! Vingt-et-un ! Et plus loin encore : au cœur aimant de Dieu ! Vingt-six ! »

Tous retombèrent assis, transpirant, heureux. Le charpentier s'effondra, anéanti par une crise cardiaque. Jaime appuya l'oreille contre sa poitrine. Il se redressa, affligé :

– Le frère José est mort !

Au milieu du silence général, une vénérable matrone se mit debout sur une chaise

– Et tienne, ô Seigneur, est la miséricorde ; parce que tu rétribues chacun selon son œuvre ! Belle mort que celle de notre frère : au vingt-sixième saut il a atteint le cœur de Dieu et il y est resté ! Pour chaque chaise qu'il a gratuitement offert au temple, il mérite un paradis ! Dieu lui donnera la vie éternelle aux quatre cents deux ! Alléluia !

– Alléluia ! s'exclamèrent-ils tous et, faisant passer un chapeau, ils participèrent aux frais de l'enterrement. Quand ce fut enfin le tour de Jaime, il observa le peu de pièces de monnaie récoltées : son ami finirait dans la fosse commune… Poussant un autre soupir, long, rauque et profond, il laissa tomber l'argent du billet.

Les poches à nouveau vides, il sortit dans la rue. Un vent fort soufflait. Il se plaça de façon à ce que le courant lui arrive dans le dos, et il se laissa emporter où allaient les feuilles sèches des arbres qui bordaient la Alameda de las Delicias. Il se sentit léger. Sara Felicidad l'accompagnait.

Le vent le conduisit jusqu'à la Gare Mapocho. Il se mit à rire. Il marcha vers le Parc Forestier qui s'étendait sur plusieurs centaines de mètres, comme une tache verte sensuelle. Il avança lentement sous les hauts arbres, respira avec délectation l'odeur du gazon, et s'assit sur un banc pour voir les couples d'étudiants enlacés à l'ombre des branches, qui se donnaient d'interminables baisers ; il laissa couler les heures. Des pensées lui vinrent, qu'il eût trouvées absurdes autrefois mais qui lui procuraient aujourd'hui un plaisir subtil, comme si son ancien cerveau plein d'ombres était devenu lumineux, resplendissant. Comme il voyait le monde à l'envers, les concepts ordinaires tournaient et se retournaient dans son esprit : « Le sens de la vie, c'est la vie des sens… L'idée de la réalité, c'est la réalité de l'idée… Nous ne faisons pas l'amour, c'est l'amour qui nous fait… Nous donnons le jour parce que le jour nous donne… L'essence de la connaissance, c'est la connaissance de l'essence… » Ensuite, il prit des décisions qui ressemblaient d'ailleurs plutôt à des métaphores : « Il faut que j'apprenne à chanter à mes blessures ! Je me changerai en pierre afin que tout saint puisse venir construire un temple sur moi ! Ici, il y a ce que j'étais en train de trouver et que je ne pouvais pas chercher ! » Avec un grand plaisir, il continua ainsi, malgré la faim croissante, lâchant des phrases isolées qui se dissolvaient dans l'oubli, à peine murmurées. « Pour que l'oiseau arrive aux étoiles, que l'arbre plonge ses racines jusqu'au centre de la Terre… » Il joua à se diviser en deux, un disciple et un maître. Il se posait des questions auxquelles il répondait lui-même : « Comment changer pour cesser de faire la même chose ? Nous faisons toujours tous la même chose : nous n'arrêtons pas de changer ! Pourquoi est-ce que je n'arrive pas à me connaître ? Il est totalement improbable que le poisson prenne conscience de l'eau avant le moment où il en sort ! Qui suis-je ? Une statue de sel ne peut pas plonger dans l'océan pour connaître sa profondeur ! » À la fin, il imagina une épitaphe pour sa tombe : « Il ne commence pas, il ne finit pas, qui est celui qui repose ici ? » Soudain, dans une explosion muette, la nuit tomba.

Tremblant de faim et de froid, son manteau mouillé par un léger brouillard, il se leva et urina, caché derrière un chêne. Quatre jeunes gens échevelés et ivres s'approchèrent en titubant de Jaime. Ils se mirent eux aussi à uriner, en essayant que leurs longs jets arrivent plus loin que le sien. Après avoir perdu, ils le prirent dans leurs bras en poussant des cris d'une joie exagérée :

– Ô, champion de l'arche jaune, grand Walt Whitman, tu as abandonné le Parnasse pour venir nous visiter ! Nous, humbles poètes nationaux, nous te souhaitons la bienvenue ! Sauve-nous, s'il te plaît ! Revenant continuellement d'un voyage au cours duquel nous n'avons pas trouvé le trésor, nous voici devant toi, de retour dans le Présent, au foyer, les mains vides, comme si le faire c'était ce qu'il y a à faire, comme si s'arrêter, c'était cesser d'être, et comme si l'unique manière de vivre, c'était de créer des utopies !

Avec plaisir et honte à la fois, Jaime se prêta au jeu et répondit :

– Issu du néant, étant néant, tombant dans le néant, s'obliger à naître et à se réveiller !

Les poètes, entendant de telles paroles surgir de la bouche de ce fou, arrachèrent des branches de laurier, lui fabriquèrent une couronne et secouèrent la boue qui tachait son manteau en loques.

– Ô, poète exquis, tu vas inaugurer avec nous la statue de l'Homme Invisible !

Ils l'emmenèrent devant la vieille sculpture d'un héros de l'Indépendance, grimpèrent sur le piédestal en marbre, couvrirent le pantin d'un drap et annoncèrent l'inauguration du monument à grands cris, comme si, en cette fin de nuit, le Parc était plein de public. Tirant le tissu blanc à tâtons, ils palpèrent l'effigie en faisant semblant de n'y voir goutte. L'un d'eux déclama :

– Dans cette île lointaine de l'hémisphère sud, la statue de l'Homme Invisible est officiellement inaugurée, cruel hommage aux millions d'anonymes qui peuplent les rues ! Et maintenant, devant vous, le célèbre poète Walt Whitman !

Les hirsutes applaudirent et obligèrent Jaime à grimper sur les épaules de l'homme illustre. Mon père, affligé soudain d'une douleur millénaire, récita d'une voix qui venait du dernier recoin de ses poumons :

– Personne n'a jamais rien dit, nous avons toujours été muets, ces animaux qui nous sortent de la bouche, ce ne sont pas des mots ! Personne n'a jamais rien vu, ce que nous appelons œil n'est qu'une plaque noire : il n'y a pas de lumière, nous rampons dans un tunnel depuis des temps éloignés ! Personne n'a jamais rien écouté, et si on y réfléchit bien, il n'y a pas de Temps : nous n'avons jamais vu cette sculpture faite de vapeur de sang ! Jamais ce casse-tête chinois qui gît dans la rue ne s'est déformé sous la pluie ! Jamais la poupée en porcelaine blanche avec laquelle j'ai dormi pendant des années n'a pourri ! Nous n'avons jamais collectionné d'ailes de mouches pour en faire le portrait de nos âmes ! Nous n'avons jamais discuté de mort à mort ! Personne ne nous a jamais caressé avec mille mains ! Personne n'a jamais rien écrit ! Je répète : personne n'a jamais rien écrit !

Les poètes restèrent un long moment silencieux. Jaime s'endormit les yeux ouverts, regardant vers l'Étoile du Berger. Avec un soudain respect, ils le descendirent de la statue du héros de la patrie comme si c'était un oiseau mort, puis ils lui versèrent du rhum dans la bouche. Jaime mit quelques minutes à quitter la réalité de ses rêves pour entrer dans l'illusion de la veille.

– Viens dîner avec nous, poète, chez María Lefèvre la pythonisse !

Ils traversèrent le Parc, la rue, et arrivèrent devant un immeuble vétuste ; ils descendirent un escalier en ciment devenu un refuge à chats et entrèrent dans un sous-sol éclairé seulement par des bougies. Étendue dans son grand lit, une femme entre cinquante et soixante ans, vêtue d'un kimono et flanquée d'un adolescent nu, lisait *Le Zohar* au son des glougloutements d'une soupe qui cuisait dans un chaudron en fer.

– Allez les garçons, tout ce que vous apportez pour manger, mettez-le dans la marmite magique !

Ils sortirent de leurs poches deux oignons, un paquet

de pâtes, quelques morceaux de chorizo et une poignée de riz. Ils jetèrent les vivres dans la soupe moitié eau, moitié vin et se servirent des tasses de l'appétissant bouillon. Jaime but avec avidité en se brûlant les lèvres.

– Nous t'avons ramené ce barde en cadeau, María !

Avec une impressionnante voix rauque de marin, la femme dit à Jaime :

– Comme j'aime que mes amis poètes puissent voir le diamant qui réside dans le cœur des pauvres ! Chaque être humain est un cadeau ! Le sous-sol de la Lefèvre, votre servante, est ouvert à tous – écrivains, bandits, policiers, cardinaux, pécheresses, philosophes, folles –, du coucher du soleil jusqu'à l'aube : la nuit est mon royaume… Ici la soupe cuit sans cesse, comme la vie ; et comme la vie, elle nourrit mais brûle parfois… Assieds-toi sur mon lit, sur mon trône. Je vais te tirer les cartes !

Elle fouilla sous l'oreiller et en sortit un Tarot jaunâtre. Elle le posa par terre.

– Mélange lentement les cartes avec ton pied gauche ! Que ton destin surgisse de ce désordre personnel !

Elle ramassa les cartes et les étala sur un mouchoir noir.

– Choisis-en trois… Voyons voir : Le Pendu, La Papesse, La Roue de la Fortune… Dans la première c'est toi, suspendu par un pied, observant le monde à l'envers, pénétrant dans l'inconnu, comme une racine, pour absorber l'Être… Immobile, accumulant des connaissances et des sentiments, sans pouvoir choisir, tu es en gestation… Ces mains derrière le dos cachent la cause de ta maladie… Près du Pendu veille une femme, qui s'est convertie en vierge par amour ; cloîtrée, en t'attendant elle a changé ses désirs en lignes-grilles d'un livre sacré couleur de chair, son sexe. Dans la Roue de la Fortune, où ce qui descend se tient à côté de ce qui monte, nous voyons la fin d'un cycle. Le singe qui descend a les mains entravées, comme toi. Le lièvre qui monte a les oreilles bouchées, comme toi. Ils ont tous les deux peur de la vérité. Le sphinx qui se trouve en équilibre en haut de la roue a une épée plantée dans le cœur, comme toi. Si tu veux retrouver le monde perdu, tu dois accepter un sentiment que tu repousses et qui te paralyse les mains… Voyons, choisis une autre carte… L'Empereur ! Qui est le puissant tyran qui t'attache à la honte ?

Jaime tomba par terre en crachant de l'écume par la bouche, et il cria, agité de sursauts épileptiques :

– Carlos Ibáñez del Campo !

María Lefèvre ôta son kimono et le jeta sur mon père. À peine cette soie le recouvrit-elle que ses convulsions cessèrent. La femme nue, montrant sans pudeur les ridules de son ventre et sa poitrine toute molle, s'étendit auprès de Jaime et le prit dans ses bras.

– Tu ne peux pas continuer ainsi. Tu dois faire face à ce monstre, et découvrir pourquoi tu l'aimes tant… Il est naturel d'avoir peur, mais être lâche, c'est une maladie. Cet après-midi, j'ai entendu à la radio que le député Jorge González von Marées, chef du nazisme, a officiellement proclamé la candidature du général Ibáñez à la présidence de la République. Demain, au cours d'un grand défilé, tous les nazis dans leur sévère uniforme iront à la Gare Mapocho pour recevoir le candidat qui arrive d'Argentine, en brandissant des étendards… Joins-toi à eux, mon pauvre ami, approche-toi de ce que tu considères comme la cause de ta maladie et, tel un pêcheur devant ses filets, observe le cours de tes émotions. Ne te cache pas la vérité : quelle qu'elle soit, si tu es capable de l'attirer dans la lumière, elle nourrira ton âme ! Allez, choisis une dernière carte… Le Jugement ! Tu renaîtras, aidé par une femme, un enfant et un être qui, bien que mort, parle comme un vivant. La consultation est terminée ! Dans la soupe, il y a un poulet entier. Pêche-le avec ce harpon et mange-le. Lorsque tu te réveilleras demain, vers deux heures de l'après-midi, cours suivre le défilé.

La pythonisse lui fit une place au pied de son lit. Tandis que l'adolescent de garde s'appliquait à la posséder, Jaime, bercé par les balancements de la couche, ferma les yeux. Quand il se réveilla, la soupe continuait à glouglouter dans le chaudron. Les quatre hirsutes, chacun à un coin du sous-sol, cuvaient leur vin parmi des feuilles de cahier couvertes de poèmes. Recouverte de douze chats, la pythonisse mêlait ses ronflements aux ronronnements. L'adolescent, toujours nu, un ruban rose noué comme un nœud papillon autour du membre, lui servit une assiette de carottes fumantes :

– Finissez de manger et allez-vous-en. Le défilé va commencer. Madame Lefèvre m'a donné cette carte pour vous, la numéro sept, Le Chariot. Elle m'a demandé de vous faire observer que ce personnage se laisse conduire par les chevaux, sans rênes. Vous comprenez ?

– Merci, mon ami, je comprends : ce n'est pas en luttant pour atteindre un but éloigné, distant, que nous réussissons. Mais on y parvient en comprenant que la fin est en nous, et qu'il faut accepter avec confiance qu'elle nous conduise vers elle.

Il monta les escaliers en essayant de ne pas déranger les chiens, les chats et les souris qui dormaient adossés les uns aux autres. En courant le long du Parc Forestier, il arriva Plaza Italia d'où, à ce moment précis, les gens agglutinés dans les rues regardaient s'ébranler l'exotique défilé. Il était précédé d'une camionnette noire, dont le toit portait un haut-parleur qui vociférait : « Renaissance de la fierté de la race ! Travail et justice sociale pour tous ! Guerre au communisme ! Éradication des magouilles politiques ! Libération du joug économique du judaïsme international ! Le Chili aux Chiliens ! Les Chiliens pour le nazisme ! Le nazisme pour le général Ibáñez ! » Encadrés par des rangées de carabiniers à cheval et accompagnés par une fanfare militaire, de nombreux jeunes marchaient le bras tendu en direction de la Gare Mapocho. Agitant des drapeaux, fiers de leurs chemises brunes, quelques-uns avançaient flanqués de chiens prétendument féroces, mais qui n'étaient de toute évidence rien d'autre que des bâtards de rue. Jaime se plaça derrière eux et les suivit en adoptant le rythme imposé par la fanfare. Afin de ne pas éveiller les soupçons, il leva sa main droite paralysée. Au bout d'un moment, un chef, dont la position hiérarchique était signalée par un écusson orné de deux rayons croisés, s'approcha de lui et lui dit :

– Le salut romain se fait la main tendue, l'ami !

– Je ne peux pas le faire, monsieur : elle est morte !

– Alors baissez-la, parce que sinon, on peut croire que c'est ironique !

Mon père s'exécuta. L'autre, méfiant, palpa son

extrémité pour en vérifier la paralysie. Convaincu, il regagna les rangs…

Jaime remarqua que peu à peu, discrètement, les carabiniers s'en allaient. Quand il n'en resta plus un, un pneu de la camionnette éclata. Quelque chose lui dit que c'était à cause d'une pointe en acier intentionnellement placée sur la route. Sans rien soupçonner, privés du haut-parleur, les jeunes se mirent à clamer eux-mêmes leur slogan. Soudain, ces cris se mêlèrent à d'autres qui venaient de la direction opposée. Un défilé communiste ! Jaime comprit que la bataille était imminente. Et que si elle éclatait, il n'aurait jamais l'occasion de s'approcher du dictateur… Désespéré, il courut en tête du cortège, le dépassa, et les bras tendus comme une croix de haillons, il se planta à égale distance des ennemis, sûr que sa vulnérabilité constituerait un motif assez puissant pour stopper les deux groupes. Il n'en fut rien. Le choc des jeunes fanatiques fut féroce. Il reçut un coup de bâton à la tête. Il tomba à genoux, écrasé par les bottes des prosélytes. Il aperçut un magasin de fruits dont l'enseigne disait : La Pomme de la Concorde, de l'autre côté de la rue, au beau milieu d'une telle discorde ! À la recherche d'un refuge, il s'y dirigea à quatre pattes. Il tomba évanoui au milieu des poires et des oranges.

Lorsque le Rebbé, s'appropriant ma langue, cria : « Alléluia, c'est Jaime ! », ma mère, qui venait de se dépouiller de doña Sara pour redevenir Sara Felicidad, ressentit une immense joie en même temps qu'une profonde honte. Ayant parcouru le chemin de l'attente pendant une éternité, elle s'était avouée vaincue tout près de la ligne d'arrivée. Après avoir fait la promesse de l'attendre toujours, de croire en son retour malgré les années, la misère, les maladies et la mort, elle était tombée dans le piège hormonal ; le désir avait eu raison d'elle comme d'une quelconque chatte en chaleur. Ce Jaime misérable qui lui tombait dans les bras aurait dû trouver une doña Sara dévouée. C'est lui qui aurait dû lui lâcher les cheveux, lui déplier la colonne vertébrale avec ses embrassements passionnés, recréer la douceur de sa peau par ses caresses, et lui bénir la bouche de ses baisers, afin que ses mots redeviennent musique. Comment celle qui l'avait cru mort pouvait-elle dire qu'elle l'aimait ? Qu'est-ce que la mort ? Ce n'est très probablement pas une fin : nous sommes déjà quelque chose avant de naître, et nous serons encore *quelque chose* après avoir péri ; et dans ces deux quelque chose, on aime avant de naître, et on continuera d'aimer après être mort… Se découvrir traîtresse, faible, et porteuse d'une foi de mauvaise qualité affecta son équilibre : elle vacilla comme si elle était sur le pont d'un bateau en haute mer, pour ensuite chuter sur le blessé et lui lécher le crâne. Tirant vers le plafond sa langue tachée de sang, elle laissa échapper des gémissements déchirants pleins de deux immenses peines : celle de toutes ses interminables années d'attente, et celle d'avoir perdu tout mérite à cause d'une faiblesse animale. La douleur intense qui traversait son cœur en joie, comme un noyau pourri dans une pêche à la pulpe douce, lui fit comprendre que l'importance du temps ne dépendait pas de son étendue. En une seconde, elle avait tout perdu…

Tandis que dehors les mitraillettes aboyaient, Jaime ouvrit lentement les yeux, pour voir sa Sara Felicidad resplendissante et secouée par des sanglots d'amour.

Il se sentit comme une barque perdue dans la tourmente qui arrive enfin au port tant espéré. Le bonheur l'inonda, mais la honte aussi.

– Ne m'embrasse pas, mon amour, je ne le mérite pas ! J'ai échoué ! Je l'avais sous la main, mais j'ai été incapable de lui faire sauter la cervelle ! Je t'ai laissée attendre, je t'ai sacrifiée inutilement, je ne mérite pas ta fidélité, je ne suis qu'un lâche !

Et il retomba évanoui.

Mon père resta couché six mois avec une commotion cérébrale. Deux grands et longs cernes noirs se dessinaient sous ses yeux. Le Rebbé me dit : « On dirait les gondoles de Venise… Mais la beauté n'exclut pas le danger. Si c'est l'éclat de la vérité et que la vérité est empoisonnée, cette lueur peut représenter l'un des déguisements de la Mort. » En attendant que l'œdème encéphalique se résorbe, ma mère, silencieuse, patiente, belle, plus blanche que jamais, coupa les cheveux de mon père qui gisait à demi inconscient, lui rasa la barbe, lui polit les ongles, lui mit des purées et des fruits juteux dans la bouche, se préoccupa de ses urines et de ses excréments, le baigna, le parfuma, le traita comme si c'était le petit-Jésus.

Dans cette ambiance, on tolérait peu de bruits ; parfois on entendait frotter un balai, d'autres fois chanter l'eau qui arrivait à ébullition, ou le rythme cotonneux du couteau en train de couper les légumes, et le vrombissement des inévitables mouches, qui tissaient un macramé vibratoire en se croisant. Les mots étaient totalement interdits. Si par hasard, j'avais l'idée de prononcer une phrase, ma mère me regardait avec des yeux exorbités, comme si cette insolence avait pu déclencher une avalanche. Il ne me restait rien d'autre à faire que de converser en silence avec le Rebbé. Nous le faisions la nuit, quand les ronflements de mon père envahissaient le silence sacré comme un troupeau de vandales.

« Mon cher amphitryon : étant donné que je vis à l'intérieur de toi, je sens bien combien tu souffres. Durant toute ton enfance, tu as eu une mère sainte, toute dévouée à toi. Du jour au lendemain, la Papesse s'est transformée en impératrice, amoureuse d'un intrus que tu es obligé d'appeler père. Cet homme à moitié mort te chasse de la chambre et s'approprie l'attention et le corps de celle que tu aimes. Maintenant, tu es obligé de dormir derrière les sacs de fruits, aussi solitaire que ton âme. (Moi, dans le domaine des caresses, je compte peu pour toi.) Cependant, tout ce qui se produit dans le monde matériel est positif, si tu es bien. Si tu es mal à l'intérieur de toi, tout ce qui arrive de l'extérieur, même si ça paraît merveilleux, est négatif… Comme tu es naturellement bon, tu verras que les choses vont s'arranger. Tu apprendras à partager ; tu te rendras compte combien ton esprit se sentait incomplet, sans la présence de ton père ; entre ta mère et toi, il apportera la différence ; tu pourras cesser d'être un enfant et tu connaîtras la noblesse de l'esprit adulte… Écoute cette petite histoire : un crapaud noir engloutit et engloutit encore des lucioles sans se préoccuper de leur goût amer, jusqu'à ce qu'une lumière sublime commence à sourdre à travers la peau gonflée de son ventre ». « J'aime beaucoup ton histoire, Rebbé, mais réfléchis : quand le crapaud était noir, les grues ne le mangeaient pas. En diffusant cette lumière sublime, il s'est transformé en proie facile pour les rapaces. » « Tu fais ton intelligent, Alejandrito, mais une intelligence sans cœur conduit à l'erreur : si le crapaud représente un moine, et l'éclat de son ventre son illumination, alors l'oiseau rapace est Dieu (béni soit-Il). Et se dissoudre dans Sa bouche, cela devient le vrai bonheur. » « Oui, Rebbé, mais là n'est pas la conclusion définitive. Si le ventre du crapaud brille, c'est parce qu'à l'intérieur, les lucioles sont vivantes ; s'il veut conserver cet état sublime, il ne doit surtout pas les digérer. C'est pour la même raison que lorsque Dieu avale le crapaud, il ne le fait pas à cause de sa noirceur intrinsèque, mais pour la lumière qu'il tient d'autres que lui. C'est l'éclat qui l'intéresse. En conclusion, Dieu avalera le sujet illuminé mais le conservera dans son sein glorieux, pour l'éternité, tel quel. La fusion avec le Très-Haut, dans ce cas, ce n'est qu'un mythe. » « Ah, qu'est-ce que tu peux être têtu, insupportable enfant ! Dieu (béni soit-Il) a créé la lumière et l'a envoyée se répandre sur le monde. Les lucioles l'ont avalée, les crapauds avalent les lucioles, les grues avalent les crapauds et Dieu (béni soit-Il) les avale tous ! Et c'est ainsi que la lumière, éclat de la Vérité, revient à la Vérité, parce que la beauté et Dieu (béni soit-Il) sont une seule et même entité. » « Très joli, mais quelle perte de temps ! Si Dieu se déguise pour revenir à lui-même, tout ce monde n'est que… » « Tais-toi et ne blasphème pas ! La beauté n'a pas d'explication, il vaut mieux que nous changions de sujet ! »

Nos discussions furent interminables, et les mois s'écoulèrent de plus en plus vite jusqu'au jour où Jaime se leva de son lit, sans ses barques vénitiennes, et en pleine possession de ses facultés mentales. La première chose qu'il dit, ce fut :

– Où est Sara Felicidad ? Benjamín, va la chercher !

Il était normal qu'avant toute autre chose, il réclame la femme qu'il aimait ; cependant, je me sentis offensé. Pendant sa maladie, c'était souvent moi qui devais lui donner à manger, parce que ma mère s'occupait des clients. À peine retrouvait-il une lueur de conscience qu'il me crachait la nourriture au visage, en me criant avec rage :

– Arrête de m'embêter, Benjamín, tu n'es pas ma mère !

Et maintenant qu'il avait retrouvé la raison, il continuait à oublier mon nom. Le menton levé, hautain, je lui dis :

– Ce n'est pas mon nom, je ne suis pas ton frère, je suis ton fils, et essaye de te souvenir que je m'appelle Alejandro, si tu n'as pas la mémoire complètement cabossée !

Aussitôt, il me prit dans ses bras et tenta de me caresser avec ses griffes. Il ne réussit qu'à m'égratigner douloureusement.

– Pardonne-moi, mon fils, je suis encore embrouillé. Dans deux jours, tu verras que tout reprendra son cours normal. Tu peux être sûr que je t'aime. Même si pour le moment mon cœur paraît dur comme la pierre, à l'intérieur, il est plein d'ambroisie, relié à une fontaine intarissable.

Entendant enfin la voix chérie, ma mère renvoya les clients (« Fermé pour cause de fête »), me demanda de quitter l'arrière-boutique, de me bourrer les oreilles de coton ou d'aller me promener, et elle s'abandonna à mon père. Bouche contre bouche, sexe contre sexe, poitrine contre poitrine, les deux cœurs se mirent à palpiter avec une telle intensité que les pyramides de pommes s'effondrèrent et que les raisins mûrs se décrochèrent des grappes. Je pris un kilo d'alpiste pour aller sur la place donner à manger aux moineaux. Le Rebbé m'avait appris à rester immobile en présentant un petit tas de graines dans ma main tendue. Quand je parvenais à éliminer les mots qui me venaient à l'esprit, en pensant que c'était des nuages que le vent implacable balayait vers le ciel bleu, et que je faisais la même chose avec mes émotions en imaginant qu'elles s'en allaient par des racines qui me poussaient dans la plante des pieds, les petits oiseaux se posaient dans ma main, puis sur mes bras, puis sur ma tête et à la fin je me retrouvais couvert de ces petits corps chauds, comme un arbre de plumes grises. Je crois que je suis resté comme ça près de trois heures. Lorsque je revins, les battements des cœurs associés aux bonds de la couche continuaient à perturber l'ordre des fruits. Silencieux, je traversai ce tapis sucré et, comme une ombre, je me glissai dans l'arrière-boutique : harmonieusement enlacés, couverts d'une sueur que le bleu des murs changeait en ciel infini, en se reflétant dans chaque goutte, le corps de mon père et celui de ma mère n'arrêtaient pas de bouger, avec la grâce d'un poulpe dansant dans les profondeurs de l'océan. Les rugissements de Jaime ressemblaient à ceux du lion du zoo : la liberté et l'emprisonnement s'y mêlaient ; les gémissements de hautbois qui coulaient comme un torrent de la gorge de Sara Felicidad étaient ternis par une grande tristesse. Au moment de la jouissance finale, le poulpe s'éleva et flotta dans l'air en tournant sur lui-même. Puis ils s'effondrèrent sur le matelas, en s'embrassant et en pleurant. Jaime balbutia :

– Je ne mérite pas ton amour, mon cygne, et pendant un long moment, il lui raconta sa lamentable aventure, en une phrase continue ou les mots s'agglutinaient en file indienne, prononcée en exhalant et en inspirant de l'air.

– J'ai échoué au dernier moment ! Je n'ai pas été capable de terminer ce que j'avais commencé ! C'est pour ça que mes mains se sont paralysées ! Je ne pourrai plus jamais te caresser !

– C'est moi qui ne mérite pas ton amour, mon beau ! À la fin, juste quand tu n'étais plus qu'à quelques mètres de moi, j'ai désespéré. Je n'ai pas tenu la promesse de t'attendre jusqu'au bout. Ah, que tes mains ne puissent plus me caresser, c'est le châtiment que je mérite !

Ils pleurèrent, pleurèrent, et pleurèrent. Au lieu de tomber, les larmes allaient se cogner contre le plafond et elles s'y accumulaient en brillant comme des étoiles. Je ne pus supporter ce chagrin plus longtemps. Je me déshabillai et courus m'allonger entre eux. Ma mère s'accrocha à moi comme un naufragé à une bouée. Mon père, jaloux, me lança un regard plein de haine, qu'il dissimula par la suite derrière un sourire, repentant. Il m'a dit, en adoucissant sa voix aigre :

– Benjamín, ta mère et moi, nous devons discuter de choses graves. On t'a déjà dit d'aller faire un tour.

Me sentant chassé du paradis, étouffé par une tristesse infinie, je me rhabillai. J'étais sur le point de sortir de l'arrière-boutique, la tête basse, lorsque le Rebbé s'empara de mon cerveau, indigné. Conférant à mon corps les mouvements précis d'un adulte, il fit face à Jaime et à Sara Felicidad :

– Trêve de stupidités ! Je ne peux pas supporter que vous ruiniez la magie de ces retrouvailles avec des délires mentaux dignes du pire des païens ! À commencer par toi, femme ! Comment est-il possible qu'une véritable croyante comme toi, si pure que tu mérites l'amour avec lequel Dieu (béni soit-Il) protège chaque seconde de ton existence, tu puisses penser que tu avances sur le chemin de la vie, abandonnée et seule ? C'est précisément parce que Jaime n'était plus qu'à quelques mètres de toi, que Celui Qui Sait Tout (béni soit-Il) t'a envoyé l'ordre d'enterrer doña Sara afin que tu redeviennes Sara Felicidad et que tu reçoives ton mari non seulement parée de la beauté de ton esprit, mais aussi de celle de ton corps sublime. Si tu acceptes que ta volonté appartienne au Tout-Puissant (béni soit-Il), tu reconnaîtras que ce changement d'aspect a obéi à un ordre divin. Cesse de t'accuser et reconnais que ce sont les effluves du mâle proche qui ont réveillé en toi ces désirs de femelle assoiffée. Si réellement ton mari avait été mort, on t'aurait enterrée sans qu'aucun Roméo de pacotille puisse te sortir de cette vieille femme sage dans laquelle tu t'étais enfouie…

Quand elle entendit ces paroles, ma mère sentit céder l'anneau d'acier qui emprisonnait son cœur. Se laissant imprégner des mots du Rebbé, elle rapprocha avec bonheur son corps de celui de mon père.

– Quant à toi, Jaime, ce que j'ai à te dire requiert que tu m'écoutes en considérant une fois pour toutes que j'existe, que je ne suis pas un reflet créé par la folie de ton père, ni un fantôme inopportun et agressif. Je suis sûr que les coups que la vie t'a donnés ont servi à ramollir la cuirasse rationnelle que tu as construit avec tant d'acharnement. J'ai profondément connu ton père, ce cordonnier si saint et si fragile à la fois, si dévoué aux êtres humains souffrants, et si absent de sa famille, qui se donnait à tous et qui à toi n'a rien donné, excepté ma présence : j'ai été l'odieux héritage que tu as reçu, un Rebbé venu mettre à bas ton monde athée avec ses élans mystiques… Toi aussi je t'ai profondément connu, puisque j'ai partagé ton organisme pendant un bon nombre d'années. Écoute : tu te plains de ne pas avoir terminé ce que tu avais commencé… Ton immense orgueil équivaut à l'immense humilité de Sara Felicidad : il te fait croire, comme elle, que tu chemines seul sur le sentier de la vie, sans te rendre compte que tous, nous avançons accompagnés. Dieu (béni soit-Il) marche devant, sur les côtés, derrière, au-dessus et au-dessous de nous. Personne ne commence jamais rien, parce que tout se fait en Lui (béni soit-Il) et que Lui (béni soit-Il) n'a pas de commencement. Ce que tu as fait, d'autres l'avaient commencé et ce que tu n'as pas terminé (rien ne se termine parce que tout est en Lui, béni soit-Il, qui est infini. Il n'y a pas de fin), d'autres le continueront tant que durera le temps… Tu crois que tu n'as pas tiré sur don Carlos Ibáñez del Campo parce que tu l'as considéré comme le père que tu avais toujours désiré avoir : un homme droit, athée, puissant, implacable, comme tu aurais pu l'être, si le cordonnier qui a reçu la lumière, au lieu de donner aux autres et de te laisser dans la misère à sa mort, s'était préoccupé d'obtenir un triomphe terrestre. Ce faux Russe ne t'a même pas laissé de nationalité. Le dictateur maintenait un pays entier sous la semelle de ses bottes ; toi, tu n'avais même pas un mètre carré où enterrer ton cadavre. Tu as pensé que presser la détente équivaudrait à un parricide. Cependant, pardonner à la vie n'est pas une cause suffisante pour te paralyser les mains et te faire perdre la mémoire. Un sentiment détestable que tu ne pouvais pas assumer fit que, faute de tombe terrestre, tu t'es donné une sépulture dans l'oubli. Tu as voulu mourir parce que tu t'es rendu compte que tu étais aussi criminel que l'homme qui était dans ta ligne de mire. Oui, Jaime, tu as très bien vu qu'au fond, toi aussi tu étais un assassin. Et ce qui est pire, un assassin lâche. Tu as poursuivi Ibáñez non pas pour en faire ta victime, mais pour le remercier d'être un bon bourreau. C'est lui qui a réalisé le plus fervent de tes désirs, et c'est pour cela que tu n'as pas pu l'achever. Ç'aurait été comme te faire sauter la cervelle toi-même ! J'ai eu la chance de pouvoir t'observer depuis que tu es petit : l'arrivée de Benjamín a été une catastrophe dans ta vie. Cet enfant fragile, efféminé, a pris possession de Teresa, ta mère, t'obligeant à d'abominables méchancetés pour obtenir d'elle un instant d'attention, même sous forme de punition. Tu te rappelles combien de tes tentatives pour éliminer ton petit frère ont avorté ? Tu lui as ouvert la tête en lui lançant une pierre, tu l'as obligé à tenir un cobra entre les mains, tu l'as poussé à nager en haute mer en espérant qu'il se noierait, tu as assis ta domination sur lui en t'emparant de son espace vital, tu l'as empêché de parler en interrompant ses phrases de tes moqueries et de tes cris, tu t'es battu avec lui en sachant qu'il ne pouvait pas se défendre à cause de son manque de virilité… Tu as essayé, plus tard, de lui donner le vice de l'alcool, en profitant de la fascination pathologique que les faibles ressentent pour ceux qui les torturent et les méprisent… Son homosexualité déclarée, tu l'as ressentie comme une tache honteuse au milieu de ton visage : celui qui vivait avec ta mère presque comme un couple marital te plantait des couteaux dans le cœur. Ah, comme tu l'as nié, comme tu l'as haï, comme tu l'as rejeté ! Finalement, tout en te croyant indigné par sa mort, au fond de toi-même, tu en as remercié le dictateur. Si tu avais été à sa place, toi aussi tu aurais envoyé par le fond tous les pédés du pays, y compris Benjamín. Lorsque tu l'as trouvé au fond de la mer, il ne t'est pas venu à l'esprit de libérer son cadavre pour lui donner une sépulture décente, non, tu l'as laissé là, sachant qu'il serait dévoré par les poissons. Le trésor qu'il conservait dans sa petite boîte de métal a été la seule chose que tu as ramenée à la surface : tu lui as volé sa poésie… C'est ainsi que d'abord tu l'as reniée, faisant celui qui ne la comprenait pas ; ensuite, tu en as fait la base de tes actes pour si bien l'annexer, à la fin de ton calvaire, qu'elle a fait partie de tes os. Ça te semblait juste qu'on te confonde avec Walt Whitman, tu as accepté ce rôle de poète comme la confirmation du déplacement total de ton frère. La poésie définitivement tienne, Benjamín était enfin éliminé !

Le visage de Jaime rougit, de grosses gouttes de sueur perlèrent sur son front, comme une couronne. À présent qu'il entendait la vérité, il lui semblait qu'il l'avait toujours su. Avec une profonde humilité, il dit au Rebbé :

– Continue, s'il te plaît…

– De retour dans ton foyer, malade, avec une amante

transformée en véritable mère, l'interférence réapparut : Alejandrito réclamait ses droits de prince consort en essayant d'usurper ta place. Immédiatement, tu es retombé dans l'erreur que tu as commise depuis sa naissance : le considérer comme une reproduction de ton frère, et jamais comme ton fils. C'est pour cela que tu n'arrêtes pas de l'appeler Benjamín, sans te rendre compte que derrière cette substitution de prénoms, c'est le désir de l'assassiner qui se cache… Afin de te soulager, je dois te révéler que dans la zone sombre, l'idée de mort n'existe pas. Comme l'esprit ne s'est pas vu mourir, il n'accepte pas ce concept. Pour lui, assassiner, c'est faire disparaître, rendre invisible. Et son arme, c'est de néantiser, d'ignorer de plus en plus l'existence du condamné. Petit à petit, l'omission volontaire l'efface, et c'est ainsi que ton fils peut devenir ton frère, pour finir en étranger, en ombre, en rien… Jaime, si tu veux recouvrer l'usage de tes mains, il faut que tu reconnaisses quatre dettes : l'abandon de cette pauvre bossue, l'atroce empoisonnement de Granadero, l'oubli du cadavre de Benjamín au fond de la mer, et le manque d'amour à l'égard de ton fils. Es-tu prêt à les solder ? Je suis sûr que oui, parce que tu as changé. Tu ne désires plus avoir comme père un militaire mégalomane, et tu sais très bien qu'Alejandro le cordonnier, l'une de ses mains rendue invalide par une machine à coudre, te légua le plus grand des pouvoirs : le pouvoir d'aider ! La disgrâce est un beau professeur, elle t'a appris à honorer ton père.

Jaime sentit que son cœur s'épanouissait en de multiples pétales. Auparavant, ce qu'il désirait le plus, c'était de ne pas changer, de persister à être ce qu'il croyait être, en répétant d'incessants cercles hypnotiques, en rejetant tout ce qui était différent. Puis il décida de changer, d'abandonner sa personnalité pour une autre, opposée, et de retourner sa veste, c'est-à-dire de modifier son aspect en conservant les mêmes idées. Aussitôt, la transformation suivit : la prise de conscience, le dégoût de soi-même, la découverte d'émotions, de pensées et de désirs sublimes qui lui firent sentir qu'il traînait son passé comme un viscère pourri. Cette transformation, passant par l'épreuve de la souffrance, allait le conduire à la transmutation : devenir un être qui bénit tout ce qui entre dans le champ de son regard, une pierre essentielle qui par sa seule présence change les métaux vils en or, les démons en anges. Pour parvenir à l'adoration, il n'y aurait plus qu'un pas : plein de lumière, il saurait voir la lumière chez les autres, il trouverait un monde à son niveau, il participerait à un chœur angélique, impersonnel, toujours changeant et fondu dans la Création, qui est la jouissance continuelle, éternelle. Jaime secoua la tête et regagna le magasin de fruits : le monde redevenait le même, mais sans angoisse. La plus petite parcelle de la réalité irréelle était gonflée de joie. La honte avait été supplantée par une dévotion fervente… De la même voix musicale que Sara Felicidad, il dit au Rebbé :

– Pardonne-moi. Tout ce que tu as dit est exact. Je suis prêt à solder ces quatre dettes, mais je ne sais pas comment faire. Je te supplie de me l'indiquer, avec ta sagesse de guérisseur, acquise pendant tant de siècles d'existence immatérielle.

Le Rebbé créa une cérémonie compliquée pour suppléer au manque d'amour paternel, que nous accomplîmes point par point. Il s'agissait de me donner une série d'informations, auxquelles tout être humain a un droit sacré, mais que, par ignorance, on ne m'avait pas transmise. J'allais régresser dans le temps pour renaître.

On m'assit, nu, à l'endroit le plus élevé de la pièce, sur une armoire. J'étais recouvert d'un voile qui me conférait la qualité d'esprit non-né. On m'avait demandé de réveiller en moi l'urgente nécessité de m'incarner. Puis, convaincu de mes désirs de vivre, je devais clamer les deux mots magiques : « Père ! », « Mère ! » En les entendant prononcés sur un ton ému, Jaime et Sara Felicidad entrèrent dans la pièce, nus, et s'arrêtèrent à l'opposé du lit en se tournant le dos, indifférents l'un à l'autre. Je dus créer le désir chez la femme. Je lui susurrai :

– Laisse entrer dans ta chair l'appel insistant qui vient du fond des galaxies, donne à l'univers infini la chance de perdurer, laisse ton sexe se faire l'écho de l'océan, ouvre tes jambes et, avant que le mâle apparaisse, permets que j'entre afin de me nicher dans tes ovaires, et choisis l'homme qui devra être mon père.

Et Sara Felicidad se laissa tomber sur le lit, puis écarta lentement ses jambes d'albâtre. Là, au milieu, sous la toison de poils dorés, je vis la porte humide, comme un animal marin, angélique et féroce en même temps, mystérieux et rose labyrinthe imprégné d'amour sacré, se manifestant par son incommensurable désir d'avaler. De là, j'exerçai ma volonté pour appeler mon père :

– Tourne lentement, en avançant tel un papillon de nuit de l'obscurité absolue vers la lumière de la lune. Observe bien ce corps de marbre vivant, et obéis à l'appel de la cathédrale qui s'ouvre entre ses jambes.

Le sang te demande de le laisser parcourir tes veines et s'accumuler dans ton phallus. Grandis, durcis, avance, frappe le silex et fais surgir l'étincelle qui doit incendier ces ovaires pour que mon âme y brûle comme un vieux phénix, et que de ses cendres surgisse mon nouveau corps. Donne-moi la chance de me réincarner.

Alors mon père s'approcha de ma mère et avec une douce lenteur, adoptant une position qui me permette, depuis l'armoire, de voir l'acte d'amour, il la pénétra, en même temps qu'elle l'absorbait, avec une égale lenteur délicate. Malgré les mains crispées de mon père, les caresses qu'ils se donnèrent dessinèrent sur leurs corps des courant marins, des planètes stellaires, des danses de races lointaines, des lettres d'alphabets sidéraux. Ils se dirent :

– Nous nous unissons pour obéir à l'appel ; nous nous appartenons grâce à l'enfant qui naîtra de cette rencontre envoûtante. Il veut naître et nous voulons qu'il naisse. Et pour cela, nous nous donnerons un plaisir intense : il ne sera fils ni du devoir ni de la frustration, mais d'un orgasme partagé.

Le mouvement harmonieux de leurs hanches s'accéléra jusqu'à ce que, proches de l'explosion cosmique, ils m'appellent. Je me dépouillai du voile, descendis de l'armoire et allai me loger en position fœtale entre leurs corps ardents. Leurs ventres me battirent les flancs, jusqu'à ce que deux cris, tressés comme une corde impossible à rompre, annoncent la jouissance qui m'amenait dans ce monde… Mon père se retira et je m'installai sur le ventre de ma mère. Ils me recouvrirent d'un drap mouillé d'eau tiède. Là, toutes les cinq minutes, un mois passait. J'imaginai grandir pendant neuf fois cinq, quarante-cinq minutes. Eux deux, pendant ce temps, formaient des projets pour mon avenir. Jaime, approchant sa bouche de la forme humide, disait :

– Ce sera un petit homme qui me ressemblera, mais qui sera lui-même. Il poussera vers là où il voudra, comme une plante. Je m'occuperai seulement d'arroser sa terre, et de lui donner la chance de réaliser son destin. Oh, comme je vais l'aimer ! Je sens que je veux qu'il s'appelle Alejandro, comme mon père. Avant, je le repoussais à cause de ma rancœur, mais maintenant que j'ai pardonné et demandé l'absolution, j'ai reconnu ce nom et je l'ai lavé de la haine ; je l'accepte comme une transmission d'amour.

Sara Felicidad murmurait en me caressant à travers le drap :

– Je dois accoucher de toi sans effort : le cosmos et moi, nous te créerons comme un beau fruit, ton corps sera fort, ton intelligence sans limites, ton cœur généreux. Tu auras des yeux pour ceux à qui on interdira de voir la moindre image, des oreilles qui pourront écouter sans censure toutes les idées du monde, des mains qui sauront caresser et transmettre à la peau de l'autre le chant de l'âme, un nez qui saura apprécier le parfum divin de chaque chose qui existe, une conscience qui pourra discerner le miracle incessant de la vie sous le voile des mots… Prépare-toi, mon fils, le moment est venu d'entrer dans ce monde qui t'attend comme un sauveur.

Aidée de Jaime, elle s'accroupit et, poussant des grands soupirs de bonheur, elle feignit accoucher de moi. Elle n'oublia pas la douleur, mais elle la subit avec satisfaction, sans la changer en souffrance. Je sortis en tournant en spirale, comme les planètes. Mon père me reçut dans ses bras et me serra contre sa poitrine. Pour la première fois, d'une voix si douce qu'on aurait dit celle d'une femme, il m'appela Alejandrito, et moi, pour la première fois aussi, je prononçai le mot que durant toutes ces années, j'avais attendu de voir sortir de ma bouche : « Papa ». Ensuite, il me posa sur ma mère. L'esprit affamé, m'appropriant son mamelon gauche, je me mis à téter. Jusque-là, tout s'était passé comme lors d'une cérémonie théâtrale, mais alors, par le saint cœur de ma mère, un miracle se produisit : ses seins se remplirent de lait et je pus, un long moment, goûter le nectar dont j'avais été privé durant les premiers mois de ma vie. Pendant dix ans, sans que je m'en rende compte, mon corps avait réclamé son dû. À partir de ce moment, enfin parvenu à satiété, j'allais pouvoir manger les aliments terrestres sans cette sensation constante de rejet, ni cette menace de vomissement.

Lorsque je me sentis repu, Jaime et Sara Felicidad coupèrent un cordon rouge dont ils avaient attaché une extrémité à ma taille et l'autre à celle de ma mère. Ils me caressèrent, me baignèrent, me chantèrent des berceuses, me séchèrent, me saupoudrèrent de talc, me firent grandir, me vêtirent d'habits neufs, et, tous les trois enlacés, nous nous rendîmes dans une cafétéria où je dus manger dix gâteaux, un pour chaque année de ma vie… Les deux petits doigts de Jaime recouvrèrent leur flexibilité.

Pour la pauvre bossue, voir celui qu'elle aimait déchiqueté en morceaux et ses intestins accrochés dans un arbre, qu'il fût son père ou non, cela représenta le coup de grâce qui la précipita vers la chute. Il fallait faire quelque chose pour équilibrer cette horreur inscrite dans l'inconscient collectif. Pour le Rebbé, la violence engendrait la violence, et l'amour engendrait l'amour. Les actes cruels étaient éphémères, mais s'accompagnaient de fantômes transmis de génération en génération, du père au fils. « "Car moi, Iahvé, ton Dieu, je suis un Dieu jaloux, punissant la faute des pères sur les fils, sur la troisième et sur la quatrième génération !"… Exode, 20-5. »

Jaime dut aller au marché acheter cent rouges-gorges en cage, chacun symbolisant un morceau de la chair du dépecé. Puis, ma mère et moi l'accompagnâmes jusqu'au quartier général de la police, qui avait déjà été reconstruit. Là, il plaça les cents cages le long des murs gris, sur le trottoir et dans les arbres, sous le regard étonné et curieux des policiers. Il les ouvrit ensuite une à une. Les petits oiseaux sortirent séparément, mais ils ne se perdirent pas de vue. Ils attendirent leurs compagnons en voletant dans des gazouillements assourdissants. Lorsqu'il ne resta plus un seul prisonnier, ils disparurent en direction de la cordillère en formant une joyeuse compagnie, qui dessinait la silhouette d'un être humain… Les annulaires de Jaime recouvrèrent leur flexibilité.

Mais comment pourrait-il se faire pardonner l'assassinat de Granadero, cet innocent cheval mort dans d'atroces souffrances ? Œil pour œil, dent pour dent, vie pour vie ? Cela servirait-il à quelque chose que Jaime s'empoisonne à son tour ? Dans ce cas, Sara Felicidad le suivrait dans la tombe et Raquel Lea et moi nous retrouverions orphelins ; quatre victimes de plus ne ressusciteraient pas le noble animal. Jaime devait se repentir afin de donner un peu de conscience au monde. Il obtiendrait le pardon de Dieu (béni soit-Il), ou en tout cas de lui-même, par une grande pénitence… Le Rebbé fit un voyage astral à Linares et vit que la petite propriété, rachetée par des fabricants de parfum, était semée de pieds de lavande. Comme il n'y avait rien à voler, et que les plantes grandissaient sans qu'on ait besoin de les arroser, un jardinier passait à la plantation seulement une fois par semaine. Ce qui permettrait à Jaime de réaliser son projet sans être dérangé.

Ma mère et moi l'accompagnâmes dans une camionnette conduite par le Soufi (qui se révéla être un excellent chauffeur), pour le déposer à douze kilomètres de Linares. De là, il marcha sur les genoux jusqu'à la propriété en portant un Christ en plâtre d'un mètre cinquante de haut sur ses épaules. Au bout de deux kilomètres, ses ménisques se mirent à enfler malgré les genouillères qu'il portait, et il fut assailli par une douleur atroce. Il avait commencé à marcher à six heures du matin, et il arriva au champ de lavande à minuit passé. Tandis que nous soignions ses blessures, il but trois litres d'eau et dévora un poulet grillé. Ensuite, il alla planter le Christ dans les ruines du haras incendié. Ce n'était pas un crucifié mais un prophète triomphant, dans une longue toge blanche et une tunique rouge, les bras tendus pour embrasser le monde, la poitrine ouverte dévoilant un cœur en flammes. En le voyant ainsi, debout dans les décombres noirs, Jaime comprit le message du Rebbé. L'incendie des maisons et la crémation du cheval étaient devenus un cœur flamboyant, éclairant le monde de sa miséricorde… Marchant entre les avenues odorantes et violettes, nous l'avons ensuite suivi vers le petit bois où il avait cultivé l'herbe vénéneuse. Il la déracina ; puis nous l'aidâmes à placer en ce même lieu douze ruches pleines d'abeilles industrieuses, disposées en cercle. Ce qui avait été champ de mort se changeait en berceau de vie… Mon père parcourut toute la plantation en clopinant, jusqu'à ce qu'il retrouve l'endroit où le bel animal avait l'habitude de se rouler en flairant avec gourmandise le parfum âcre de la prairie. Nous lui passâmes une pelle. Il se mit à creuser sa tombe. Le soleil se levait quand il termina. Il se coucha dans le trou et nous le recouvrîmes de terre humide. Du monticule sombre émergeaient les deux tubes blancs qu'il s'était enfoncé dans les fosses nasales pour pouvoir respirer. À peine le premier rayon de soleil brilla-t-il que l'essaim d'abeilles envahit les pieds de lavande dans des vrombissements assourdissants et sensuels. Le Soufi apporta de la camionnette un panier plein de vivres. Nous avons étendu une nappe près de la tombe et pris notre petit déjeuner. Ensuite, bercés par le chant des insectes, le parfum purificatoire de la lavande et la lourde chaleur, nous nous sommes endormis pour une longue sieste. Jaime devait rester enterré toute la journée et toute la nuit, livré au néant, laissant se dissoudre ses derniers résidus de haine, de rancœur et d'incertitude. Le Rebbé lui avait dit : « Pour que l'homme nouveau naisse, l'homme ancien doit mourir. Dans cette sépulture, tu abandonneras toute ta peau et le concept obtus que tu as eu de toi-même, pour accepter ton être illimité, celui qui ne possède ni nom, ni âge, ni race, ni frontières… Ne fais qu'un avec la terre. Les sabots de Granadero l'ont foulée. Absorbe le souvenir que la poussière conserve de ses pas et de ses courses harmonieuses. Ouvre ton âme pour que l'âme du cheval y pénètre. Ta victime prendra un sens en devenant une nourriture spirituelle. Elle doit t'aider à transformer le monde. » À peine le soleil apparu, nous nous sommes empressés de déterrer Jaime. Il s'évanouit, engourdi. D'accord avec le Rebbé, Sara Felicidad le massa avec de l'huile de lavande, propre à soigner les brûlures. Les index de ses mains recouvrèrent leur flexibilité.

La centaine d'oiseaux, la location de la camionnette, les douze ruches et le Christ en plâtre entamèrent une bonne partie des économies de ma mère ; le reste, elle l'investit dans le voyage à Tocopilla. On ferma le magasin de fruits sur lequel on apposa une affichette « Vacances pour cause de caprice ». Le Marú leva l'ancre à Valparaíso et, poussé par le courant de Humboldt, il ne tarda pas à arriver à Antofagasta. De là, l'éternel autobus déglingué nous déposa juste devant la mairie, après nous avoir ballottés pendant cent kilomètres sur un chemin plein de pierres et de trous. Jaime nous laissa à peine le temps de secouer la poussière rouge de nos vêtements et de nos cheveux : il nous traîna en haut des escaliers, vers le bureau du maire. Deux carabiniers rondouillards aux regards de petits enfants, les joues colorées par le vin, portant des mitraillettes inutiles, nous cédèrent le passage sans même nous demander qui nous étions.

Nous surprîmes Gamboa le boiteux assis derrière un énorme bureau, en train de lire avec la plus grande attention les aventures de Prince Vaillant, dans le *Pulgarcito*, un magazine pour enfants. Il vit d'abord Sara Felicidad, et demeura interdit.

– Mais doña Sara !, que vous est-il arrivé ? Je vous

trouve tellement changée… Souffririez-vous d'une maladie grave ?

Chose curieuse pour cet homme dont la bedaine était soutenue par une gaine, les cheveux gris teints au brou de noix et la claudication dissimulée, toute personne qui rajeunissait était malade ! Puis, comme si son bras descendait du ciel, il condescendit à serrer la main de Jaime sans remarquer sa semi-paralysie. Au passage, il me tapota la tête, laissant dans mes cheveux l'empreinte de sa main suante.

– Que me raconte cette heureuse petite famille ? En quoi le maire de ce beau port, élu à l'unanimité, peut-il vous être utile ? Doña Sara, vous avez vu comment, grâce à votre initiative, la colline don Pancho est couverte de piments, à présent ? C'est également grâce à vous que…

Il lui montra une photographie coloriée à la main sur laquelle figuraient Cristina, vêtue d'un boléro en renard argenté – sous ce climat torride ! – et trois petites filles du même âge, avec le même visage, habillées pareil.

– Le destin nous a donné des triplées ; selon Cristina, c'est une Sainte Trinité féminine : la mère, la fille et l'âme sainte, c'est-à-dire Iahvée, Jésuse et Gabrielle ! Laissons de côté le protocole : en vérité, madame, vous avez changé ma vie en me guérissant de ma claudication. Ce n'est qu'à ce moment-là que j'ai pu réaliser mes deux rêves les plus chers : l'amour et le pouvoir.

Il montra avec orgueil un immense portrait dédicacé d'Alessandri.

– J'ai une grande influence au gouvernement. Demandez-moi ce que vous voulez !

Jaime lui répondit :

– Monsieur le maire, nous ne sommes pas venus pour demander, mais pour offrir… Près de la côte de Tocopilla, à peine à quelques kilomètres au large, un trésor considérable repose au fond de la mer. Comme je connais l'endroit exact, je souhaite que vous mettiez à ma disposition les moyens nécessaires pour le remonter, le charger sur une grande barque puis le ramener au port, dans le plus grand secret, évidemment. Le groupe des carabiniers sous vos ordres à la mairie nous serait très utile…

– Un grand trésor englouti ? Ça doit être l'or d'un galion pirate ! Une fortune !… Et vous dites que nous garderions le secret ?

– Évidemment, monsieur Gamboa. Ma part ne représenterait qu'un millième du total.

– Un millième ? Vous voulez dire que sur mille doublons, vous m'en donneriez neuf cent quatre-vingt dix-neuf ?

– C'est ça. Je n'en garderai qu'un.

– Marché conclu ! Quand commence-t-on ?

– Tout de suite !

Le boiteux leur procura un remorqueur, un bateau de grande taille et six carabiniers ; de plus, il loua les services de don León et de son équipement de plongée. Jaime fut le premier à descendre. Après plus de sept ans, le cimetière avait changé d'aspect : la danse enchanteresse n'était plus à présent qu'un cauchemar. Les poissons avaient dévoré les chairs. Il ne restait que des squelettes dans des haillons, non plus dressés comme des princes ou des reines, mais pliés, tordus, mutilés. La plus grande partie d'entre eux n'avait plus de tête : les crânes, n'étant amarrés à aucun vêtement, gisaient près de leurs jambes enchaînées. Il reconnut Benjamín, car il était le seul squelette vêtu d'un smoking. Avec d'infinies précautions, il le détacha de la chaîne, mit ses os dans un sac en caoutchouc et tira la corde trois fois pour qu'on le remonte. Enlacé à son paquet, il ordonna aux carabiniers d'enfiler leur équipement de plongée et de remonter tout le cimetière. De longues heures passèrent avant que le dernier des mille squelettes soit embarqué. Le plan du Rebbé se déroulait à la perfection. « Jaime, tout ce que tu accomplis, c'est pour te soigner. Tu dois avoir la foi et exécuter au pied de la lettre les actes que je te recommande. À ce niveau bas de la réalité, je suis le guérisseur solitaire qui t'aide, mais dans les niveaux les plus hauts, une foule de médecins immatériels travaille pour toi, parce qu'en suivant fidèlement les ordonnances dictées par mon intermédiaire, tu t'aides toi-même. Et en t'aidant, tu plonges dans la grâce de Dieu (béni soit-Il), toujours prêt à fêter celles de ses créatures qui se construisent au lieu de se détruire. » Pour confirmer ces croyances, voici ce qu'il advint : à Santiago, au moment même où Jaime entassait son macabre chargement, le 5 septembre 1938, une centaine de jeunes nazis envahirent la maison centrale de l'université du Chili, décidés à faire tomber le président Alessandri à travers une révolution armée. Ils étaient dirigés de loin, et donc sans risque, au moyen d'appareils radio, par leur chef Jorge González von Marées ; ils firent prisonnier le recteur, fermèrent les portes et se mirent à tirer par les fenêtres sur les carabiniers, qui ripostaient avec des mitraillettes et des grenades ; une autre partie du groupe, plus nombreuse, s'empara de l'immeuble de la Caisse d'assurance ouvrière, en face de la Moneda, pour se retrancher au septième étage et faire feu sur le Palais du gouvernement avec de pauvres fusils et une vieille mitraillette. Idéalistes et naïfs, ces jeunes étaient certains que l'armée allait se soulever et venir les aider à renverser le gouvernement, influencée par la présence dans le pays de Carlos Ibáñez del Campo. Bien au contraire, les commandants en chef de l'armée, de l'aviation et du corps des carabiniers obéirent aux ordres du président, et ils furent nombreux à attaquer le peu de révolutionnaires. Les carabiniers et les soldats détruisirent les portes à coups de canons, donnèrent l'assaut aux locaux occupés, et amenèrent rapidement les jeunes à se rendre. Ils les entassèrent dans le bâtiment de l'assurance ouvrière ; sans la moindre pitié et de sang froid, ils les alignèrent face au mur et leur perforèrent le dos à coups de fusil. Par miracle, quatre garçons gravement blessés purent se sauver en simulant la mort. Le récit du massacre scandalisa le pays tout entier : le candidat de l'oligarchie, Gustavo Ross, perdit une grande partie de son électorat. Comme il pouvait compter sur d'innombrables Ibáñistes et qu'il n'avait plus d'adversaire, le général y vit au contraire une opportunité inespérée de reprendre le pouvoir... Jaime montra alors son chargement à Gamboa le boiteux.

– Comment, don Jaime, c'est ça, le trésor promis ? Des os et des têtes de morts, au lieu d'or et de diamants ? Vous m'avez trompé ! Expliquez-moi le sens de tout cela, et si votre réponse n'est pas satisfaisante, je vous fais arrêter, et votre femme et votre rejeton avec, parole de maire !

– Voyons, monsieur Gamboa, je vous ai promis un

trésor et je tiens ma promesse : ces dépouilles seront pour vous le tremplin d'une grande carrière politique. Écoutez : j'ai été témoin d'un crime aberrant. Plus d'un millier d'homosexuels, parmi lesquels mon frère, ont été envoyés par le fond sur ordre du président de la République de l'époque, Carlos Ibáñez del Campo. Vous comprenez ? Vous allez prendre l'avion pour Santiago et, en votre qualité de maire, vous serez immédiatement reçu par le général. Vous lui montrerez ces photographies des cadavres. Vous lui direz qu'un témoin oculaire des avions de la mort s'est présenté à vous, et que ce citoyen est prêt à révéler à la presse un crime aussi abominable, s'il n'abandonne pas sa candidature à la présidence. Dites-lui aussi que s'il essaye de m'assassiner, un complice inconnu de vous enverra ces photographies aux médias nationaux avec mes déclarations racontant les affreuses noyades, et qu'il exigera que l'on juge le coupable pour crime contre l'humanité ! Si vous vous protégez bien, le général Ibáñez vous introduira rapidement dans le monde politique pour acheter votre silence.

À ces mots, Gamboa le boiteux battit des paupières avec gourmandise.

La première semaine d'octobre, Ibáñez déclara dans les journaux qu'il renonçait à sa candidature et laissait toute liberté d'action à ses partisans. Les quinze mille votes nazis et ceux d'autres Ibáñistes s'ajoutèrent à ceux du Frente Popular pour faire triompher le représentant de la gauche, don Pedro Aguirre Cerda, un moustachu aux yeux bonhommes et au nez d'ivrogne. La joie de Jaime fut immense, et ses index recouvrèrent leur flexibilité.

Ses pouces reprirent vie à leur tour lorsque mon père accomplit la dernière des tâches recommandées par le Rebbé : aller au Cimetière général de nuit, comme un voleur, pour en escalader le mur, ouvrir la tombe de sa mère et placer les os de Benjamín à l'intérieur du cercueil.

Le Rebbé insista beaucoup pour que cet acte salutaire se fît en cachette, au risque de recevoir une balle des gardiens : la nuit, ayant bu plus que leur compte, ils pouvaient aller jusqu'à tirer sur les ombres.

« Tu dois démontrer ta sincérité en risquant ta vie ! » En prononçant cette phrase avec la voix du Rebbé, je m'évanouis. Cette période durant laquelle je fus constamment possédé par cet être désincarné avait été si intense pour mon cerveau d'enfant, que je m'effondrai, au bord de l'agonie, devant mes parents. Ce n'est qu'à ce moment-là qu'ils réalisèrent que je n'étais qu'un enfant. Modifiant ma voix, sa cadence, mes gestes, le Rebbé s'était imposé comme un être réel, en m'effaçant quasiment complètement. Je passai une semaine au lit, soigné, caressé, nourri, gavé de chocolat et submergé de fleurs… C'est la tendresse de mon père qui me fit le plus de bien. Jaime n'était plus le même. Comme une eau lustrale, son esprit métamorphosé envahissait chaque cellule de son organisme : sa peau devint douce, ses yeux brillèrent, sa chevelure ondula, soyeuse… Son corps donnait l'impression de diffuser une aura chaleureuse. Les caresses dispensées par ces mains, à présent presque entièrement vivantes, constituèrent un puissant tonifiant qui me fit sauter du lit après sept jours de convalescence, et m'exclamer :

– Tout ce qui commence visiblement doit être achevé visiblement ! Je vais rappeler le Rebbé !

Brusquement, je parus grandir, ma voix devint plus rauque, mes gestes se firent précis et ma figure montra le visage oriental du Caucasien, comme en transparence.

– Tu vas te rendre au Cajón de Maipo et sur le flanc des collines, tu ramasseras les fleurs sauvages et les plantes grimpantes que je t'indiquerai. En les laissant bouillir toute une nuit avec de l'eau bénite dans une marmite en cuivre, tu obtiendras une soupe verte ; quand tu l'auras mangée, elle éveillera en toi des hallucinations très utiles. En réalité, ce seront des signes du monde parallèle, celui de ceux qu'on appelle les morts. Car bien qu'on ne le voie pas, il a autant d'existence que le nôtre. »

À minuit, Jaime but un litre du breuvage vert. Muni d'une pioche, d'une pelle et du sac d'os, il prit le chemin du cimetière. Il vit les rues de Santiago les plus proches de la nécropole envahies de morts. Ils se promenaient en groupes compacts le long des arcades, avec leurs chiens, leurs chats, leurs poules, des milliers de parents, des arbres généalogiques de dix générations ou plus, dissous les uns dans les autres, accompagnés aussi par leurs serviteurs et amis, tous défunts. Ils faisaient usage des choses, du décor, sans se rendre compte de leur propre vacuité, hautains, vomissant sur la ville le mépris qu'ils ressentaient pour eux-mêmes… Mais bon Dieu, qui ne se méprise pas ? À chaque millimètre de conscience correspondait une horreur infinie… Jaime se répéta une fois de plus que ses visions et ses pensées étaient produites par la potion ; oui, mais elles venaient de lui et de personne d'autre. Ce qu'il voyait et pensait, en cheminant vers la tombe de sa mère, écrasé par le poids des kilos d'os de

Benjamín, c'était sa propre intériorité… Dans la large avenue qui conduisait au Cimetière général, il y avait tant de morts agglutinés en un épais brouillard, qu'il dut traverser la chaussée en remuant les bras comme des ailes de moulin. Sur le mur du cimetière, ce mélange accumulé couche après couche pendant des siècles avait formé une peau glissante. Il dut entasser des poubelles pour pouvoir l'escalader. Il mit les pieds sur les épaules d'un ange qui désignait le futur avec une espérance lyrique, et sauta vers le sentier bordé de tombes, en essayant de ne pas éparpiller les restes de son frère. Il crut qu'il lui serait facile de trouver la section juive, mais un troupeau de nuages noirs refusa de laisser passer la lumière lunaire. Il erra une éternité, tremblant et transpirant, jusqu'à ce qu'il trouve un carré de vieilles tombes avec des inscriptions en hébreu et en ancien espagnol. Il se mit à pleuvoir des trombes d'eau gelée enveloppées d'une bruine chaude. Il distingua confusément un nom : Teresa. Enfin, la tombe de sa mère ! Frénétique, il déposa son paquet sur les pierres mouillées et s'escrima avec la pioche et la pelle. Avec beaucoup de difficulté, il ouvrit le sépulcre puis le cercueil. La pluie commença à désagréger les restes putréfiés. En hâte, il déposa les os et referma le couvercle. On entendit un coup de tonnerre et à la lumière d'une série d'éclairs, alors que l'averse diminuait, une vieille femme se dressa près de lui ; elle devait se trouver élégante dans son manteau en peau de phoque et son petit chapeau de paille couvert de fleurs d'écaille. Les éclairs traversaient son corps transparent. Elle lui dit aimablement, mais d'une voix douloureuse :

– Je ne comprends pas, monsieur, pourquoi vous avez rempli mon cercueil de tant d'os sales. Je ne crois pas mériter cette profanation. J'ai été une femme convenable, je n'ai jamais fait de mal à personne.

– Un moment, madame, il y a là quelque chose de bizarre ! C'est la tombe de ma mère !

– Non, c'est la mienne et vous n'êtes pas mon fils ! À moins que vous ne vous appeliez Fieldman... Parce que moi, je m'appelle Teresa Fieldman. Qui cherchez-vous ?

– Teresa Jodorowsky.

– Oh, je comprends maintenant, l'obscurité vous a fait commettre une erreur ! Votre mère repose deux cents mètres plus loin, bloc B, sentier 153.

Jaime se confondit en excuses, ramassa les restes de Benjamín et referma cette tombe du mieux qu'il put. Lorsqu'il acheva cette tâche ingrate, il fut pris de maux de ventre, peut-être à cause de la tension émotionnelle ou des effets du sirop vert. La diarrhée était imminente. Il courut vers le bloc B, se retenant de toutes les forces de son âme. Il parvint à grand-peine devant la tombe de ma grand-mère. L'aube naissante lui permit de lire son nom complet. Sans avoir le temps de choisir un lieu plus approprié, il baissa là même son pantalon et, accroupi, il laissa échapper un jet fétide. La douleur était insupportable. Il tomba assis sur son magma. Il pleura.

– Mamaaaaan !

Aveuglé par les larmes, il ne la vit pas apparaître. Il ne se rendit compte de sa présence que lorsque les sanglots s'espacèrent sous l'effet de la fatigue. Sa voix se glissa alors dans une pause, cette voix qu'il avait gardée enfermée dans le plus vieux tiroir de sa mémoire ; celle qui, malgré son ton distant, avait été le baume de ses chagrins d'enfant. Elle était musicale, douce, porteuse d'une paix angélique, le suaire auditif dans lequel il souhaitait mourir, la réplique exacte du parler chanté de Sara Felicidad. En l'entendant, il hurla encore plus fort : il avait voyagé de femme en femme, poursuivi par l'absence de cette voix. Sa mère ne l'avait jamais caressé, bien sûr – peut-être son corps de bébé avide la répugnait-il –, mais elle lui avait chanté des berceuses russes en approchant les lèvres de son oreille droite. Peu importait que cela n'ait pas été par amour, mais pour qu'il s'endorme plus vite, et qu'il cesse ainsi de l'importuner. Elle versait dans son âme le plaisir suprême de ce murmure qui marquait la fin définitive de l'angoisse !

– Jaimito, mon fils, tu es malade, laisse-moi te soigner !

– J'ai souillé ta tombe de mes excréments, et tu veux encore me soigner ?

– Ta santé a plus d'importance que toutes les tombes. Arrêtons d'abord cette diarrhée, nous parlerons après. Mange un peu du figuier de barbarie qui pousse contre ma pierre tombale. Fais bien attention, ne va pas te piquer !

Hypnotisé, il obéit. Il pela le fruit et avala toute la pulpe sucrée, manquant s'étouffer. Les maux de ventre cessèrent instantanément. Il se risqua alors à regarder sa mère.

Il gardait deux souvenirs d'elle : dans le premier, qui datait d'avant ses cinq ans, en Russie, c'était une princesse éthérée, élancée, à la chevelure ambrée, au corps aussi dur que la pierre recouvert d'une peau parfumée, si blanche qu'on pouvait la comparer à la voile d'un bateau. Oui, c'était sa voix à elle qui chaque nuit le transportait dans la région magique des rêves…

Dans le second souvenir, de cinq ans à plus tard, au Chili, elle apparaissait comme un monstre trapu, toujours vêtue d'une gaine pour cacher son ventre flétri et ses seins tombants. Les mots sortaient de sa bouche changés en chapelets de cris acides, et sa peau couverte de taches de vieillesse avait l'air du pelage d'une girafe… La retrouver ainsi le répugnait. Fermant à demi les paupières pour en voir le moins possible, il l'affronta. Comme elle avait changé ! Ses cheveux blancs, ramassés en chignon, étaient entourés d'un halo doré. Son corps amaigri ondulait avec des gestes doux qui paraissaient se fondre dans le mouvement des nuages. L'incandescence de ses yeux ne le terrifiait plus, parce qu'elle était tamisée par une bonté si intense qu'elle semblait venir du fond de l'éternité.

– Comme tu le vois, mon fils, je suis morte presque en paix. Il y a déjà longtemps que j'aurais dû m'en aller de ce monde, mais je n'ai pas pu, et ce, pour une seule raison : j'ai une dette envers toi. Je suis restée ici à t'attendre. C'est bien que tu aies fini par venir, et que tu me ramènes les restes de ton frère. Ça signifie que tu nous as pardonnés ! Parlons…

– Et toutes ces cochonneries ?

– Ne t'inquiète pas, la pluie qui recommence à tomber se chargera de les nettoyer. Toi aussi, tu devrais te laisser mouiller, parce que tu sens très mauvais.

– Ça suffit, ta sollicitude est bien tardive. Aujourd'hui je suis un homme : tu aurais dû te comporter ainsi lorsque j'étais enfant ! Mais non, tu t'es seulement occupée du frêle Benjamín !

– Quand tu étais petit, je vivais comme un violon muet, enfermée dans mon étui noir. Obnubilée par la fidélité à ce demi-homme qu'a été ton père, ce pauvre cordonnier vampirisé par un démon qu'il appelait Dieu, je ne sentais que ma frustration, et le reste n'existait pas. Comprends-moi bien, à cette époque, ni moi ni Alejandro n'avions les moyens de saisir la réalité, c'est-à-dire l'autre. Nous ne pouvions communiquer qu'avec des images que nous projetions nous-mêmes. Nous ne nous sommes jamais connus. Nous avons tous deux été des enfants qu'on a traités comme on traite un chien étranger. La douleur de cet abandon nous a enfermés dans des tours sans portes ni fenêtres, et ce que nos parents nous avaient fait, nous te l'avons fait à toi. Benjamín n'a pas compté car, collé à moi comme un mollusque, il a vécu comme une prolongation de moi, comme un organe de plus, mais jamais comme un être autonome. Cependant, ça ne signifie pas que ta mère ne t'ait pas aimé : ma tendresse réprimée tenait du châtiment, comme deux immenses ailes qui se brisaient les os à battre dans un espace entouré de murs. Je le confesse, il m'a fallu beaucoup d'années douloureuses, j'ai dû vieillir puis enfin mourir, pour dans la tombe, avec douleur et remords, me rendre compte que je t'aimais et que, de manière sourde, je n'avais jamais cessé de déplorer ton absence. Je le méritais bien sûr, mais lorsque tu as rencontré Sara Felicidad la coupure a été brutale : tu m'as rejetée dans l'oubli ! Quand, reposant sous la dalle auprès du cercueil de ton père, mes chairs ne pourrissaient pas encore, j'ai fait des efforts pour aller te visiter en rêve ; je voulais que tu connaisses mon amour, que tu viennes me voir au cimetière, je désirais mourir à nouveau, mais dans tes bras. En agonisant dans le petit théâtre de marionnettes que j'animais avec Benjamín, j'ai pensé à toi, mais j'avais tant de choses à te dire que je n'ai pas su comment faire. Je t'ai alors laissé trois phrases en héritage…

– Mensonge, c'est au chauve que tu les as laissées ! C'est lui qui a gardé secret cet héritage, il n'a jamais voulu le partager avec moi !

– Pauvre Benjamín, ma victime : après l'assassinat de mon amant, à l'époque où je détestais les hommes, il a formé un couple avec moi en éliminant de sa vie les femmes, en dormant dans le même lit que moi et en portant mes chemises de nuit. Car dans l'intimité, il ne s'habillait qu'avec des vêtements féminins ! Victime aussi de ma jalousie : tout ce qu'il obtenait, je le lui enlevais. Non seulement je lui demandais d'éliminer les poils de son corps, mais je l'obligeais aussi à rester enfermé dans notre appartement sans jamais sortir dans la rue. Il a dû mettre des somnifères dans mon lait pour pouvoir rendre visite à ses amis. J'en ai fait mon esclave. Jusqu'au jour de ma mort, je lui ai sucé le sang ! C'est la raison pour laquelle il est resté collé à moi, à essayer obsessionnellement de m'enlever l'Être que je lui avais volé. Tu comprends à présent pourquoi il s'est emparé de tes trois phrases ?

– À quoi me sert de comprendre, puisque je suis resté avec la curiosité de les connaître ?

– Tu veux que je te les dise ? Tu es enfin disposé à recevoir quelque chose de moi ?

– Attends, je ne suis pas encore prêt ! D'abord, je dois te pardonner et en même temps, je souhaite que tu me pardonnes. Au jeu de la disgrâce, le bourreau et la victime finissent toujours par échanger leurs rôles… Mais qu'est-ce que je suis têtu : j'ai trente-sept ans et je me plains encore ! Comment as-tu pu être si inconsciente ? Comment ne t'es-tu jamais rendu compte que je ne te demandais pas de nourriture, mais juste de la tendresse ? Comment as-tu pu t'enfermer autant dans ton propre univers, pour douloureuse que la vie t'ait semblé ? Comment as-tu pu ne pas me voir, ni m'entendre, ni me toucher ? Pourquoi ai-je entendu ta voix sévère me réveiller chaque matin avec un « Va te doucher, crasseux ! » ? Pourquoi m'as-tu rendu coupable de tant de crimes imaginaires ?

– Comprends, Jaimito, qu'il n'y a pas de différence entre le rêve et la vie. Nous provoquons ce qui nous arrive. Mais le premier coup vient de très loin, c'est un félin vorace grimpant depuis les racines de l'arbre pour dévorer l'oiseau qui niche sur les plus hautes branches. J'ai dormi pendant des années, convaincue que j'étais une épouse simple, propre, discrète, serviable, humble, obéissante, fertile et pieuse. Je me suis réveillée lorsque le Dniepr a noyé José, mon fils adoré, dans ses eaux en crues. Une rage intense contre Dieu m'a aveuglée et, petit à petit, aidée par ma mauvaise volonté, elle s'est changée en haine. Une haine impuissante dont je n'ai jamais voulu me défaire. Ce désir absurde de vengeance, bâillonné par son impossibilité à être assouvi, s'est accumulé dans mon cœur jusqu'à le briser. Pardonne-moi, mon fils ! À mesure que j'émergeais de la brume émotionnelle grâce à la mort, je me rendais compte de ton absence. D'abord je me suis demandé qui tu étais, je ne me rappelais ni ton corps ni ton visage, juste tes cheveux ondulés ; puis je m'en suis voulu de ne pas te connaître. Après, je t'ai imaginé avec toutes les qualités que l'on prête aux disparus. J'ai souffert des années en attendant que tu viennes. Le désir d'entendre ta voix faisait parfois saigner mes os. Pour finir, à mon grand désespoir, fatiguée de cette attente visiblement inutile, tu es redevenu ce que tu avais toujours été : une ombre vague. Tu as le droit de me haïr…

Teresa perdait de l'énergie à mesure qu'elle parlait. Lentement, elle se laissa glisser sur sa tombe. Jaime cessa de pleurer sur lui-même et prit pour la première fois conscience de la souffrance de sa mère, du peu de bonheur qu'elle avait eu, de la frustration qu'avait été sa vie… Il s'approcha de la pierre où elle gisait, s'assit près d'elle, laissa sa tête blanche reposer sur sa poitrine, caressa son ventre en soulevant son vêtement pour découvrir, entre le nombril et le clitoris, une large cicatrice. Il eut envie de lui dire bien des choses, de lui donner de la tendresse pour qu'elle s'en aille tranquille dans l'autre monde, mais il ne put prononcer un mot. Muet, il continua à frotter cette couture, de plus en plus fort, avec une telle vigueur qu'il la déchira. Un torrent de sang jaillit et se déversa en cascades continues de la couche de pierre jusqu'au sol. Le sentier devint une mare rouge. Jaime secoua la tête en transpirant. Le sang et la cicatrice disparurent, mais pas sa rancœur. Il se mit à genoux devant la morte en essayant de lui prendre les mains, mais ses huit doigts vivants ne se refermèrent que sur le vide. S'il voulait s'unir à sa mère, il lui fallait sortir de son corps. Comme il savait qu'il était sous l'emprise d'une drogue, il contrôla ses hallucinations, abattit ses défenses, s'efforça de repousser ses limites, introduisit sa tête, ses mains, son torse et enfin ses jambes dans le mur de chair. Brusquement, il laissa l'homme à genoux derrière lui et se retrouva debout, transparent, devant le fantôme. Quel soulagement de se sentir libre de besoins, de désirs, d'émotions ! De s'enivrer du bonheur de briller, le moindre souvenir devenu phosphorescence ! Là, il n'y avait ni mère ni fils, ni femme ni homme, juste deux lucioles qui se fondaient lentement l'une en l'autre. Ils se mirent à vibrer. Il n'était plus question de limites entre son essence à elle et la sienne propre, et ses ondes sphériques correspondirent au champ dans lequel leurs impalpables moelles s'unirent. Ils s'étendirent à une vitesse vertigineuse en avançant ensemble jusqu'à l'infini. Ils naviguèrent sur un fil invisible, s'emparant battement après battement de la noirceur assoiffée, pour inonder l'abîme de lumière. *Amour* devint pour eux un mot vide de sens. Ils consumaient la structure des vocables en les changeant en étoiles filantes, en joie absurde d'être au-delà des limites, jusqu'à se perdre dans l'indifférence… Soudain, Teresa reprit son individualité dans un terrible et déchirant effort.

– Non, mon fils, quitte-moi ! Tu ne dois pas désirer disparaître en moi. Ne me creuse pas, ne me remplis pas. Tu es responsable de ton corps, n'abandonne pas cet animal fidèle : ce rêve est à toi, mais ce n'est qu'un rêve, notre union peut conduire ta chair à la mort. Ne fais pas de moi une meurtrière ! Arrière !

D'une secousse puissante, elle renvoya mon père vers le monde de la densité. L'une après l'autre, chaque cellule affamée prit possession d'un fragment de son âme. La chair sombre avala sa lumière. Il vit arriver deux anges déplumés : le froid et la chaleur. Ses sens le poignardèrent, divisant l'unité en réponses différentes. Il acquit du poids et redevint un homme agenouillé devant la tombe de sa mère :

– Je t'en prie, attends ! Ne t'en va pas sans me donner tes trois phrases !

Perdant sa forme humaine, ressemblant de plus en plus à une méduse, elle balbutia :

– Si tu veux… trouver la lumière… cherche la racine… de l'ombre ! Tu es un astre : brille sans crainte… de cacher… les planètes ! Ne désire… rien pour toi… qui ne soit… pour… !

Elle ne put terminer la troisième phrase. Il ne restait de sa matière astrale qu'une petite auréole qui se délita en rosée. Jaime se réjouit de recevoir un héritage inachevé. « Ça ne commence pas, ça ne finit pas, qu'est-ce que c'est ? » Une grande paix inonda le cimetière. Les premiers rayons du soleil mirent le brouillard en fuite. Des centaines d'oiseaux chantèrent. Cette musique candide cicatrisa son cœur ouvert. Teresa s'était enfin dissoute dans le monde. Sa bonté purifiait l'air. Partout, elle serait avec lui.

Il put bouger ses pouces normalement. Ses mains étaient à nouveau vivantes ! Il ouvrit le sépulcre, décloua le cercueil, rangea les os de Benjamín près de ceux de sa mère avec une infinie tendresse, en ayant soin que les deux crânes se trouvent tempe contre tempe. Puis il remit tout en place. Malgré tant de bruit, les gardiens ne se montrèrent pas. Ils devaient très certainement être en train de cuver. Il vida un grand vase et le remplit avec l'eau d'une fontaine proche. Tout près, il trouva une brouette avec des brosses, des balais, de la toile et des pains de savon. Il lava la tombe jusqu'à ce que la pierre soit brillante. L'effet du sirop se dissipait. Aucun fantôme ne rôdait dans les parages. Cependant, il entendit des voix très lointaines, étouffées sous les dalles poussiéreuses, se plaindre d'être abandonnées. Il décida de laver toutes les tombes. Bien qu'il n'ait pas dormi, il se sentait plein de vigueur. Il savonna, frotta, balaya, rinça. La nuit tombait déjà lorsqu'il vint à bout de sa tâche. Le cimetière, rougi par le soleil moribond, brillait comme un collier d'immenses rubis…

Sara Felicidad et le Rebbé l'attendaient à la cafétéria Le Dernier Adieu, devant le cimetière. Lorsqu'il arriva, après avoir embrassé ma mère en lui caressant le corps de ses mains grandes ouvertes afin de lui montrer sa guérison, il remercia le Caucasien de ses conseils et lui fit des excuses pour l'avoir rejeté durant tant d'années. Puis, avec beaucoup de tendresse, il lui dit :

– Mon bon ami, au risque de t'offenser, j'espère que tu me comprendras, je vais te demander de cesser de te manifester pendant quelque temps, peut-être deux ans. J'ai une immense dette envers mon fils, et je veux la réparer. Donne-moi la chance d'être un père…

Sans dire un mot, le Rebbé s'évanouit. Je ne le revis pas jusqu'à mes douze ans… Pour parachever le bonheur de notre famille, nous avons fait tous trois le voyage à Arica, pour chercher ma sœur.

Aux Six B (Bon, Beau, Bas prix, Basique, Bénit, Blanc), ma grand-mère Jashe, sa sœur Shoske, leurs maris, Moïse Latt et César Higuera, mes tantes, Raquel la Première, Raquel la Deuxième et Raquel la Troisième, mariées dans le même ordre avec leurs cousins-frères, Jacobo le Premier, Jacobo le Deuxième et Jacobo le Troisième, des petits séfarades bruns sans enfants, vivaient dans cette énorme boutique de sept étages où tout était blanc : depuis les produits comestibles, fromages, lait, œufs, riz, filets de poulet et filets de poisson, en passant par les vêtements et les articles de cuisine, jusqu'aux jouets d'enfants, collection de fantômes de chiffon qui représentaient les activités humaines : aviateurs, plongeurs, fossoyeurs, médecins. Là, Raquel Lea, dix ans, sa tétine dans la bouche, pesant plus de cent kilos, se traînait comme un poulet dans une basse-cour étrangère, pleine non pas de graisse mais de poésie. Le fleuve de métaphores ne cessait de couler. Et comme il lui était interdit de prononcer ses vers, elle les accumulait dans sa chair, chaque jour plus gonflée. Après avoir insulté ses beaux-parents, Jaime ôta son bâillon à ma sœur qui récita de plus en plus fort, de plus en plus vite. À mesure que l'impétueux filet de paroles jaillissait, son corps maigrissait.

– Mais c'est précisément parce qu'on nous empêche de parler qu'il faut parler, et plonger la langue dans l'invisible, en changeant les mots en miroirs, pour naviguer parmi eux en sachant que ce sont des bateaux sans équipages, sans autre intérêt que l'énigme de quoi ou de qui les a transformés en fantômes ; c'est une présence dense mais impalpable vers laquelle il faut s'approcher à pas d'aveugle, dans cet univers où tout est approximation et miracle de pierre, de chair, de trajets sans but, de dieux submergés par le noir. À pas d'aveugles, nous enfouirons notre canne blanche dans le centre ubiquiste, là où l'éternelle origine qui donne la vie palpite à gros bouillons. Nous ne pouvons rien dire d'elle, c'est pourquoi elle est notre guide dans l'obscurité. Si nous acceptons l'ignorance, elle devient lampe : sous le vide apparent des mots, les lueurs divines se tapissent…

Dès que la poésie sortit de ses lèvres, Raquel Lea retrouva beauté et bonheur. Plus tard, je me rendis compte qu'elle était habitée par Rubí Grugenstein, exactement comme moi je vivais en union interne avec le Rebbé. C'est pour cela que dans ses vers, les pierres dansaient, les métaux parlaient, les couches géologiques chantaient, les dieux incas, aztèques, paracas, mayas ressuscitaient. C'est l'esprit de la rousse qui convainquit ma sœur, le jour de ses quinze ans, d'aller vivre dans la forêt d'Amazonie. Elle y devint l'amie d'une tribu de perroquets et absorba de la poussière de scarabée sacré. Soudain, les troncs des grands arbres devinrent transparents et à travers eux, elle vit avancer Luis de Gallo, un Péruvien de haute taille, maigre, au front noble, qui lui apprit à parler en Quechua avec les perroquets. Après avoir eu un fils, Dayal, ils partirent en croisade dans toute l'Amérique du Sud pour fomenter la Révolution Poétique. Je ne l'ai plus jamais revue. Je me rappelle ses derniers mots :

– Enveloppée dans le vide comme dans un manteau épais, chrysalide de feutre se préparant à sortir ses ailes, je peuplerai enfin les espaces de mon éternelle absence !

Jaime et Sara Felicidad décidèrent de vivre sans plus se séparer une seule seconde, pour rattraper les années perdues. Ensemble, ils travaillaient, mangeaient, se lavaient, dormaient. Ils allèrent jusqu'à unir leurs voix : ils pouvaient prononcer des mots identiques en duo. Leur joie de vivre était telle, et ils recevaient les clients avec tant de bonne humeur, tout en leur offrant de la marchandise de première qualité, que La Pomme de la Concorde dut s'agrandir. Lorsqu'ils eurent accumulé suffisamment d'économies, ils me placèrent dans une bonne pension pour que je continue mes études ; ils partirent alors vers la Patagonie dans l'intention de recréer, à partir de chevaux de Prjevalski, la race Tarpan, aux gros sabots et à l'épais pelage, capable de vivre à proximité du pôle. Aujourd'hui, Jaime a fêté ses cent ans et Sara Felicidad, ses quatre-vingt quinze… Il semble qu'au milieu de leurs troupeaux sauvages, ils n'aient pas vieilli… Il semble qu'elle soit de nouveau enceinte… Il semble…

APPENDICE

Les Grugenstein

Je m'appelle Rubí Grugenstein. Je suis l'unique héritière de l'une des plus grandes fortunes de la planète. Je me trouve au Chili, dans le désert d'Atacama, à la mine de cuivre de Chuquicamata, où j'attends que le premier rayon de soleil annonce une nouvelle journée pour aller me jeter dans les mâchoires d'un moulin à broyer.

Qui voudrait comprendre mon geste désespéré doit d'abord connaître l'histoire de ma famille.

Personne ne sait de quel pays furent expulsés Eleazar Mendelssohn le Sage et Rebecca, son épouse. Le fait est qu'ils se fixèrent en Allemagne et que c'est là, dans le ghetto de Dessau, que naquit Moses, mon célèbre trisaïeul.

Pour le peuple allemand qui, depuis l'époque des invasions barbares, s'attribuait l'hégémonie de la pureté du sang, un Juif devait nécessairement être rustre, brun et laid. Malheureusement, Moses était blond, pâle, maigre, avec une physionomie élégante et le visage d'un ange. Depuis tout petit, Eleazar le Sage lui avait enseigné à courber l'échine, à lever une épaule et à marcher les genoux écartés, afin de faire croire qu'il était bossu. En méprisant ce corps difforme, les Gentils pourraient admirer sans envie la beauté de son âme.

On ne lui enseigna pas l'allemand, seulement l'hébreu. Pourtant, dans la pénombre de sa chambre exiguë et sans autres professeurs que quelques livres, Moses apprit à parler l'allemand, le latin, le grec, le français, l'italien, l'anglais, ajoutant la philosophie et les mathématiques à ce vaste éventail de connaissances. Il quitta les murs sales de son territoire natal et trouva un travail de précepteur dans une famille noble qui, considérant sa fort peu romantique bosse, lui confia l'éducation de ses filles. Là, il s'appliqua à démontrer qu'un Juif pouvait être un homme propre, doux et amical. Ce dos horrible, pénible châtiment punissant le déicide commis par ses ancêtres, associé à la délicatesse de son visage, de ses mains, de sa voix et de ses idées, séduisirent les Allemands. En manière de reconnaissance pour ses conseils avisés, il obtint d'être pris comme associé dans une entreprise important de la soie. Sans cesser de vendre la précieuse étoffe, il commença à publier des écrits philosophiques. En 1763, ils lui valurent le grand prix de d'Académie royale des sciences de Prusse.

La boutique s'emplit alors de clients qui, sous le prétexte d'acheter quelques mètres de soie, venaient boire la sagesse aux lèvres de celui qu'ils considéraient comme un Juif exemplaire. Désirant n'être aimé que pour son esprit, Moses Mendelssohn avait appris depuis l'enfance à mépriser le corps. Sans abandonner sa fausse apparence, il se mit en quête d'une femme qui consentît à l'épouser tout tors qu'il fût. Une marieuse lui proposa Ruth Grugenstein, fille et petite-fille de banquiers, condamnée à demeurer célibataire en raison de son état de sourde-muette et de son manque de rondeurs.

Dans le mariage, Moses ne recherchait pas autre chose que la respectabilité conférée par la famille. Il accepta cette alliance avec une satisfaction non pas tant provoquée par l'importance de la dot mais parce que, sans s'arrêter sur sa bosse, la jeune femme avait posé sur lui un regard intense où se mêlaient l'admiration, la reconnaissance et une soumission canine.

Après les noces, tremblante d'amour, Ruth se montra nue devant son mari, terriblement inquiète à l'idée de le recevoir dans sa chair efflanquée et de devenir grosse la nuit même. Peu à peu, Moses déplia sa colonne vertébrale. Sa femme écarquilla les yeux et émit un gargouillis évoquant le bruit d'un égorgement. Elle avait accepté de partager l'existence d'un estropié, car cela lui permettait de ne pas se sentir coupable de son propre état. Mais se retrouver mariée à un ange à la beauté sublime lui accorda, par contraste, moins de prix qu'une charogne. Elle se réfugia dans son silence et ouvrit ses jambes comme les volets d'une maison vide.

Tout occupé qu'il était à rédiger sa *Philosophische Gespräche*, dans laquelle il accordait au jugement esthétique son autonomie en le libérant du joug de la finalité éthique, le bon Moses ne s'aperçut de ce problème domestique qu'à partir du moment où la sourde-muette se mit à grossir de manière incontrôlable. D'abord il crut qu'elle était enceinte, mais en découvrant que le garde-manger se vidait à une vitesse vertigineuse tandis que sa femme augmentait de volume d'un jour à l'autre, il commença à s'inquiéter.

Il trouvait honteux d'aller consulter des médecins. Comment lui, un penseur affirmant que la raison était l'unique voie de la connaissance, aurait-il pu révéler que son épouse était en train de passer de deux cent cinquante à trois cents kilos ? Il fit venir deux charpentiers d'une ville voisine en les payant le triple du prix normal pour s'assurer qu'ils garderaient le secret. Il leur fit construire dans le salon, unique espace suffisamment vaste, une énorme couche reposant sur vingt pieds assez solides pour supporter le poids de tant de chair.

Ruth gisait sur le dos toute la journée, engloutissant, presque sans les mâcher, des légumes, de la charcuterie, des céréales, des gâteaux. La barre des quatre cents kilos franchie, elle se mit à se tortiller et à pleurer avec des sanglots dont le bruit résonnait comme le vent fouettant les murs d'une caverne… Moses la rendit au banquier et demanda discrètement l'annulation du mariage ; cela lui fut accordé à condition qu'il épousât Fromet, la sœur cadette de Ruth ; elle allait lui donner cinq enfants qui devaient plus tard se convertir au christianisme.

Au cœur d'une nuit noire, sans allumer la moindre lumière, les Grugenstein chargèrent la masse sur un chariot et l'emportèrent à la campagne. C'est là qu'elle donna naissance à un nourrisson de vingt kilos, Sansón Grugenstein, que son grand-père circoncit avec des ciseaux à ongles et que son père ne reconnut jamais… Ruth vécut encore six ans, élevant l'enfant qui, pendant des tétées longues de deux heures, buvait le lait de ses immenses seins quatre fois par jour. Puis elle mourut d'une crise cardiaque. Pour l'enterrer on dut couper son corps en huit morceaux. Au cimetière, Sansón courait désespérément en hurlant d'un cercueil à l'autre, sans savoir lequel des huit prendre dans ses bras.

Très vite, la graisse enfantine du jeune garçon se transforma en muscles d'homme et il finit par dépasser les deux mètres, développant la force d'un colosse. Dépourvu de toute aptitude pour l'étude, il n'apprit jamais à lire ; il commença à travailler comme portier à l'hôtel Berliner Palace. Fier, sanglé dans sa longue vareuse aux épaulettes étincelantes, il était capable de décharger des malles de plus de cent kilos. Son salut militaire, sec et raide, impressionnait les clients et, par peur peut-être (il avait assommé un cheval cabré d'un coup de poing sur la tête), on le gratifiait d'excellents pourboires. Cantonné à une activité bien humble, cet Hercule ingénu se comportait pourtant comme si le bon ordre de tout l'hôtel dépendait de lui.

Dans le luxe du troisième étage, dont le sol était couvert de marbre gris soutenant de brillantes colonnes argentées, une femme exceptionnelle louait un appartement de cinq cents mètres carrés. Fille unique, héritière fortunée d'un diamantaire, laide et sans appas, Rahel Levin eût pu, à cinq centimètres près, être considérée comme naine. Mais dotée d'une grâce étrange et d'une intelligence géniale, elle recevait dans son salon littéraire des princes, des poètes et des étrangers célèbres. Affranchie de la tradition juive, flottant telle une méduse sur la mer de la culture, libre de toute coutume et de tout préjugé, sa parole conférait à Rahel le charme de l'absolue nouveauté, car elle surgissait d'une fontaine pure, hors de toute convention, indépendante, paradoxale. Tous les intellectuels qui se rendaient à Berlin assistaient à ses réunions. Malgré ce triomphe,

Rahel Levin souffrait d'incessants tourments : « Mes pensées volent et atteignent des sphères infinies, mais mon existence est une douleur mortelle parce que je suis juive. Je n'oublie pas une seconde cette infamie, je la bois dans l'eau, dans le vin, je la respire dans l'air, je la sens comme un coup de poignard dans ma chair. Exterminer le Juif qui est en nous, même en le payant de notre vie, voilà la seule solution ! »

Une nuit, un terrible orage éclata. Au milieu des éclairs dont les racines aveuglantes emplissaient le ciel, fouetté par une pluie furieuse qui fendait les pavés et transformait la rue en bourbier, conduit par deux cochers frappés par la foudre, le carrosse doré de Rahel Levin fit halte devant le Berliner Palace. Voyant que la force du vent empêchait la passagère d'ouvrir la portière, Sansón s'enfonça dans la boue jusqu'aux genoux, courut vers la voiture, arracha le panneau rebelle d'un coup sec, écarta les pans de son immense manteau, souleva la petite femme de lettres qu'il nicha contre sa poitrine, la couvrit de son uniforme et retourna trouver refuge dans l'hôtel. Il avança avec le calme d'une barque voguant sur un lac millénaire, car en serrant cette femme contre son cœur, il ressentait ce qu'il n'avait jamais ressenti auparavant. Cette chair douce tout imprégnée d'esprit exhalait un parfum qui excitait son cerveau maladroit en éveillant en lui l'ardente envie de prendre son envol. Il sentit le désir de la garder ainsi, incrustée en lui à jamais, comme ce phénomène qu'il avait vu un jour dans une foire : un homme qui exhibait, collé à sa poitrine par le cou, le corps de son frère.

Elle éprouva également une sensation proche du tremblement de terre : habituée à la finesse des artistes romantiques et à leur aspiration à rendre la chair transparente, marchant toujours sur la pointe des pieds comme si elle était prête à décoller du sol et que ses os étaient ceux d'un oiseau, elle fut désarmée par le contact de la puissante ossature de Sansón, par les battements assourdissants de son cœur, par l'enivrante animalité de cette sueur et, surtout, par cette absence d'intelligence compensée par une émouvante innocence. Contre cette poitrine elle trouva protection, repos et oubli temporaire de l'agressif raffinement du monde. Elle s'abandonna aux énormes bras velus sans la moindre protestation.

Tel un chat tenant entre ses mâchoires un oiseau divin, le géant traversa le luxueux vestibule et s'engagea dans les escaliers. À grandes enjambées, il grimpa neuf étages, parvint jusqu'à sa mansarde où il déposa la femme de lettres dans un lit fait des restes de la couche de sa mère. Sans prononcer le moindre mot, ils s'abandonnèrent à un acte sexuel qui dura trois jours. Ils ne mangèrent pas, ils ne dormirent pas. Ils ne cessèrent de se caresser, dans les grognements et les cris d'extase. Au terme de la troisième nuit, l'orage se calma et soudain, une aube diaphane inonda la chambre. Épuisé, Sansón se mit à ronfler. Rahel eut honte de cet homme colossal et simple. Elle plaça dans la paume de l'une de ses mains un diamant puis, après avoir ordonné sa chevelure en la partageant en deux le long d'une raie parfaite, elle descendit au salon où l'attendaient avec inquiétude les frères Humboldt, Gentz, le diplomate, et le prince Louis-Ferdinand de Prusse, entre autres.

Le cerveau obtus du portier l'incita à croire qu'il avait rêvé. Il se dit que le bijou était le présent d'une souris magique. Il s'en retourna à son travail, les lèvres arquées en une demi-lune joyeuse, continuant néanmoins de saluer les clients, sec et raide, avant de s'emparer des lourdes malles. Deux mois passèrent. Jusqu'à ce qu'une nuit de pleine lune, Rahel surgisse de son carrosse pour se jeter dans les bras de Sansón. Une nouvelle fois il entra en transe, la nicha contre sa poitrine et la porta, incrustée sous son manteau, avant de gravir les neuf étages, d'aller la déposer sur son grand lit, de la posséder pendant trois jours consécutifs sans prononcer une parole, pour finalement se réveiller un matin, solitaire, une bague de prix au creux de la main.

Que le volumineux sexe mal circoncis pénètre son intimité semblait à Rahel l'abominable sacrifice auquel son intelligence raffinée devait céder afin de museler les désirs de la jument juive qu'elle était : car c'est ainsi qu'elle désignait le corps dans lequel, pour son plus grand malheur, elle séjournait. Elle décida de se donner à lui une fois par mois. Sansón considéra ce cadeau comme un miracle. Vingt-six jours durant, il regardait humblement passer sa déesse indifférente qui ne le saluait jamais, ne lui accordait pas un regard ni ne lui souriait, comme si l'énorme corps et sa rutilante vareuse étaient invisibles… Mais la nuit du vingt-huit, quand la petite femme à l'esprit génial se présentait à lui, tremblante sous ses vêtements de soie, pour s'incruster dans sa poitrine et se laisser emporter dans les escaliers comme un fœtus ; quand, sans la moindre pudeur, elle écartait les cuisses et exhibait cette porte vivante d'où jaillissait un baume qui inondait les draps ; quand elle laissait sa force brute entrer en elle et posséder non seulement sa chair, mais aussi sa prodigieuse intelligence qui s'ouvrait alors comme un madrépore pour l'envelopper dans des pétales immatériels, transformant la caverne sombre de son cerveau en un palais phosphorescent, les superbes orgasmes de Sansón étaient assez abondants pour emplir un bol. Tandis que cette gelée chaude se répandait en elle, Rahel proférait des paroles atroces, pour le simple plaisir de salir le langage.

Après un an et demi, la femme de lettres sut que l'impensable était en train de se produire : elle avait toujours cru que chez la femme, l'intelligence se nourrissait de l'énergie des ovaires, les rendant par conséquent stériles. Mais non, elle était enceinte, enceinte comme n'importe quelle méprisable femelle !

Dans un carrosse noir chargé de dix malles pleines de ses effets, Rahel Levin, fumant un gros cigare, s'arrêta devant le Berliner Palace ; d'un geste impératif elle appela Sansón et d'un second, tout aussi véhément, elle lui ordonna de monter. Entendant claquer un « Hue ! » sonore, le cocher se mit en route pour la Suisse. Sansón ne dit rien, ne posa aucune question ; il accepta son destin avec le même calme qu'il avait montré pour admettre ses limites mentales.

Ils s'installèrent au bord du Rhin, dans la petite maison où les Levin avaient coutume de passer l'été. Plongée dans l'œuvre de sa nouvelle idole, Johann Gottlieb Fichte, un idéaliste absolu, Rahel s'efforçait de ne pas se regarder dans le miroir, car son ventre gonflé la dégoûtait. Elle eut beau monter son alezan des heures et des heures durant, elle ne parvint pas à provoquer la fausse couche. Au cœur de l'automne, la fenêtre de sa chambre grande ouverte, des feuilles séchées virevoltant autour de son lit, c'est en poussant trois plaintes rageuses qu'elle jeta son fils dans les bras de Sansón, bien décidée à ne plus jamais le toucher. Pareille à une statue de glace, elle sectionna le cordon ombilical d'un coup de dents, se débarrassa du placenta dans la bauge des cochons, dormit une heure, se baigna, passa une robe en velours vert clair sur son corps amaigri, donna à sa banque l'ordre de leur verser une modeste mensualité, grimpa dans son carrosse noir puis, lançant un nouveau « Hue ! », elle disparut de la vie de Sansón et du tout petit Juif qui vagissait, réclamant son lait.

Le géant substitua les pis d'une chèvre au sein maternel ; il consacra tout son temps à l'enfant, le vit grandir, aller à l'école et devenir un garçon appliqué, aux lèvres fines, au long nez tombant et à l'air de clown triste. Alors que Fritz (ainsi que l'avait nommé ce père sans imagination) étudiait l'allemand et l'anglais, Sansón le contraignit à se faire engager comme commis chez un tailleur. « Même si tout ce que tu veux, c'est devenir un grand professeur, un travail manuel te sera certainement utile. L'être humain a autant besoin de pain que de vêtements. Un tailleur a toujours du travail. » Tandis que son fils était à l'école ou chez le tailleur, Sansón se lança dans l'élevage d'aigles. Il les domestiqua en les nourrissant de viscères qu'il ramassait dans les poubelles d'une boucherie. En hiver, il leur offrit un abri contre les intempéries en entassant des rochers. Les rapaces se multiplièrent au point d'atteindre bientôt la centaine d'individus.

Quand il eut vingt ans, Fritz lut dans un journal que Rahel Levin s'était convertie au christianisme afin d'épouser le diplomate et écrivain August Varnhagen von Ense, de trente ans son cadet. Calculant que son beau-père avait le même âge que lui, Fritz tressaillit et, fou de rage, il poussa des cris perçants : « Aucune mère n'a le droit d'abandonner son enfant ! Je ne suis pas un chien ! » Sans laisser de lettre, non par ingratitude mais parce que son père était analphabète, il se précipita à Berlin.

Sansón l'attendit pendant six jours, assis, le regard perdu par la fenêtre en direction de la route, jusqu'à ce qu'il aperçoive le journal roulé en boule dans un coin. Il le défroissa, examina attentivement la photo qui représentait Rahel et son mari puis, au prix d'un douloureux effort, il comprit. Son fils ne reviendrait plus… Il abattit son troupeau de chèvres, les écorcha, les découpa en morceaux qu'il attacha sur son corps nu jusqu'à être complètement recouvert de chair sanglante. Il appela ses aigles. Glatissant avec avidité, les rapaces enfoncèrent leurs serres dans les quartiers écarlates et s'élevèrent dans les airs, emportant le géant avec eux. On ne retrouva jamais son cadavre.

Fritz arriva dans les environs de Berlin où, au milieu d'une forêt, se dressait la demeure seigneuriale d'August Varnhagen von Ense. C'était un palais orné de dragons et de lances. À cinq heures du matin, profitant de ce que les gardiens et les domestiques dormaient, le jeune homme escalada les hautes grilles et se mit à hurler, fort de la certitude octroyée par l'instinct, devant le balcon de la chambre de sa mère : « Rahel Levin, ton fils est là, celui qu'il y a vingt ans tu as abandonné entre les mains d'un simplet ! Ton mari n'est pas ton fils, cet amour que tu lui donnes m'appartient ! »

Un homme jeune, vêtu d'une robe de chambre en soie et d'un bonnet de nuit, apparut un instant à la fenêtre, puis détourna la tête et dit, à demi endormi : « Chérie, il y a un type en bas qui crie être ton fils.

Que dois-je faire ? » Rahel, dans une robe de chambre identique à celle de son mari, se montra au balcon. Voyant sa mère pour la première fois, Fritz ouvrit les bras et, les yeux pleins de larmes, espéra un signe de reconnaissance. Il n'obtint que ces mots, prononcés avec mépris : « C'est un fou ! » Tandis que ses espoirs se brisaient en mille morceaux, secoué par des sanglots de haine, Fritz déclama d'une voix de prophète : « Un jour tu seras humiliée et ta parole ne sera plus qu'un murmure montant de la poussière, tel le souffle d'un fantôme ! » Rahel se boucha le nez : « En plus il est juif ! » Avant de s'enfermer dans la chambre avec son épouse, August siffla.

En quelques secondes le jardin fut envahi par une meute de dogues blancs, silencieux, montrant les crocs. Immobile au milieu de ces bêtes fantomatiques, le jeune homme regarda douloureusement vers les fenêtres closes. Soudain, sans grogner ni aboyer, le plus grand mordit son pantalon. Immédiatement, les autres plantèrent eux aussi les dents dans ses vêtements. Mieux nourris que les domestiques et répugnant à salir leurs museaux pâles dans le sang, les animaux tirèrent sur le tissu avec une force obstinée, jusqu'à tout déchirer et le laisser nu. Une douzaine de serviteurs surgirent, armés de bâtons. Aux cris de : « Sale Juif ! », ils commencèrent à le rouer de coups. Une voix douce mais autoritaire les arrêta : « Halte ! Ce garçon n'est pas israélite. »

Une jeune femme à la longue chevelure blonde, aussi blanche que les molosses, enveloppée d'une cape de tulle, s'approcha de Fritz et saisit son pénis dans ses mains d'albâtre. « Regardez ce bel objet, propre, chaste, au prépuce intact. » Elle s'agenouilla et le flaira. « Mmmh, odorant comme une fleur sauvage. Rien chez ce jeune homme ne dégage le *foetor judaicus*. Laissez-le moi ! » Sans discuter, les domestiques rappelèrent les dogues ; prenant par la main un Fritz troublé et accablé, la demoiselle le mena à ses appartements.

Quand son épouse Inge, au lieu de l'héritier tant espéré, avait accouché de jumelles, l'une vivante et l'autre morte, le baron Wolfgang Varnhagen von Ense était parti pour une chasse au sanglier qui avait duré trois mois. À son retour, couvert de sang et de boue, il avait possédé la mère rageusement alors même qu'elle était en train d'allaiter la petite survivante : ses seins turgescents avaient éclaboussé les murs de blanc. Il n'avait baptisé sa fille qu'après que Inge eut donné le jour à August, le successeur dont il avait besoin.

Engendrée auprès d'une sœur morte, elle avait un nom composé, Oolla-Ooliba, et deux personnalités : l'une douce, obéissante, ingénue, Oolla ; l'autre acariâtre, indisciplinée, intelligente, Ooliba. La jumelle avait eu deux berceaux, l'un en bois, l'autre en métal ; deux chambres, l'une pleine de poupées et l'autre d'armes ; deux styles de robes, les unes légères, claires et amples, les autres lourdes, foncées et moulantes ; deux gouvernantes, l'une grosse et cruelle, l'autre maigre et sympathique. Toutes les quatre heures elle changeait de nom, de chambre, de précepteurs, de comportement, de vêtements. Après quelques années, Inge et Wolfgang finirent par croire qu'ils vivaient avec deux filles.

À la mort de ses parents, August, principal héritier, avait épousé Rahel et relégué sa sœur double dans l'aile gauche de la demeure familiale. Fritz vécut avec Oolla-Ooliba pendant six mois, contraint de demeurer nu et de satisfaire chaque nuit une personnalité de huit heures à minuit, et la seconde de minuit à quatre heures. Le reste du temps, il devait le passer avec les chiens qui le considérèrent bientôt comme un congénère, à force de le voir à genoux près d'eux, plongeant la bouche dans la bouillie de légumes et de viande hachée présentée sur un grand plateau d'argent que fouillaient leurs propres gueules aplaties.

Ni sa mère ni son jeune mari ne daignèrent venir le voir. Les domestiques le traitèrent avec le même détestable respect qu'ils réservaient aux dogues. Une nuit, soulevant une dalle de la cheminée, Oolla lui montra l'endroit où Ooliba dissimulait ses bijoux. Quatre heures plus tard, Ooliba en fit autant avec le dragon en plâtre où Oolla mettait en sûreté ses pièces d'or. Fritz attendit l'aube. Alors que tout dormait, il vola un habit de domestique et prit la fuite, chargé des trésors.

Dans le port de Hambourg, il obtint que des marins le cachent dans la cale du premier bateau prenant la mer. Il se retrouva bientôt au large, en partance pour les États-Unis. Deux mois plus tard, il débarqua à New York. Il employa quelques diamants pour suborner les agents de l'immigration et en vendit quelques autres à un prêteur sur gages de Brooklyn pour, grâce à l'argent obtenu, entrer dans une clinique et se faire circoncire. À peine cicatrisé, il prit un train pour Detroit, vêtu d'un costume, d'un manteau et d'un chapeau noirs, malgré la chaleur d'un été infernal. Dans cette ville, il sollicita un entretien avec Kaufmann Kohler, rabbin de la synagogue Beth-El, qui défendait avec la plus stricte rigueur une conception traditionnelle du judaïsme contre les nombreux réformistes souhaitant s'américaniser, oublier l'hébreu, célébrer les offices en anglais, se reposer le dimanche, cesser de manger *kosher* et abandonner l'idéal du retour à Sion… Fritz lui fit part de son désir de se plonger dans le mysticisme orthodoxe avec une si sincère dévotion que le vieux rabbin le serra dans ses bras sans dissimuler ses larmes. Le jeune homme lui demanda de lui présenter une femme de la congrégation, pauvre mais honnête, ayant besoin d'un mari travailleur. Kaufmann Kohler le maria à Susana Eisendrath. À trente-cinq ans, mère de quatre fils, Ben, Sam, Will et Joe, respectivement âgés de onze, douze, treize et quatorze ans, elle était veuve d'Isaac Kasulin, un policier assassiné par des délinquants noirs qui l'avaient étouffé en lui enfonçant la tête dans l'anus de son cheval. Sans être attirante, Susana n'était cependant pas laide. Triste, discrète, ordonnée, les mains et les pieds toujours moites, elle accepta Fritz pour mari sans y mettre d'autre condition que celle de conserver, accroché à un mur de sa chambre, l'uniforme de son défunt mari.

Après la nuit de noces qui consista, dans le lit conjugal, en une pénétration bienséante assortie d'un plaisir assez mince, tandis qu'ils étaient tous en train de déjeuner autour d'une table abîmée, Fritz montra cinq baguettes en bois à Ben, Sam, Will et Joe. « Les hommes de notre famille sont comme ces cinq baguettes : séparément elles peuvent être cassées alors que réunies, elles sont invincibles. Ma volonté est de vous voir arrêter de perdre votre temps à l'école afin que nous travaillions ensemble jusqu'à la fin de nos jours. »

Avec ce qu'il restait du vol, il ouvrit une boutique de tailleur où il apprit le métier aux garçons. Au début ils eurent peu de clients mais Fritz, un éternel sourire triste flottant sur les lèvres, continua d'exiger de ses beaux-fils, qui lui obéissaient à contrecœur, une perfection absolue pour couper, tailler, ajuster, mettre des revers, doubler, arrêter un point, etc. Un an plus tard, il s'arrangea pour dissoudre six pilules dans le lait tiède que sa femme buvait avant de se coucher. Il attendit de l'entendre ronfler puis, après s'être emparé de l'uniforme du défunt, il se rendit dans sa boutique où il le décousit pièce par pièce, prenant le patron de chacune avant de recoudre l'ensemble et de revenir dans sa chambre pour le remettre en place. Le lendemain, bien qu'il eût travaillé jusqu'à une heure avancée de la nuit, il se leva aussi tôt qu'à son habitude, sans réveiller ses quatre aides. Une fois dans son échoppe, il afficha un petit panneau marqué des mots : « Fermé pour inventaire. » C'est ainsi que, tranquille et concentré, il apporta quelques modifications au patron, en traça les contours à la craie sur une toile bleue très résistante et cousit un uniforme de policier avec du fil solide. Il obtint un résultat bien supérieur au modèle. Grâce à l'influence de Kaufmann Kohler, il fut reçu par le chef de la police. Il revint de son entretien avec une commande de vingt uniformes. Ensuite ce furent cinquante, puis cinq cents. En moins de deux ans, la boutique transformée en imposante fabrique habillait tous les policiers du pays.

Devenu un industriel fortuné, Fritz inscrivit ses beaux-fils dans une école coûteuse. Trois ans plus tard, les garçons lisaient encore avec difficulté, n'avaient guère obtenu que zéro en mathématiques et ignoraient les règles grammaticales. En revanche, ils avaient appris à fumer, à boire de la bière, à jouer au poker et à fréquenter les prostituées. D'autre part, Susana Eisendrath avait découpé l'uniforme de son cher défunt pour s'en faire une corde dont elle accrocha une extrémité au balcon, avant de nouer l'autre autour de son cou puis de sauter dans la rue. Comme ils habitaient au sixième étage, le choc fut si terriblement violent qu'il lui coupa la tête. Son corps perfora le toit d'un autobus chargé de jeunes promises qui se rendaient à un mariage collectif. En tombant à l'intérieur, il arrosa de projections rouges les robes blanches des passagères affolées. Sa tête roula dans une rue en pente jusqu'à la porte du commissariat.

Fritz se sentit trahi, déraciné, maudit et contraint à l'errance. À chaque pas qu'il faisait, le sol le vomissait avec dégoût. Il ne lui restait d'autre compagnie que celle de l'argent. Il s'enferma dans son nouvel et austère appartement, but une bouteille de vodka et observa pendant des heures une pièce d'un dollar. Soudain, il l'avala ! Il la sentit gonfler à l'intérieur de son ventre, puis éclater. Une énergie cruelle et vindicative envahit son corps, jaillit par ses pores, le changea en une fontaine intarissable d'où coulait une colère qui inonda le monde. Oui, il haïssait la planète tout entière, cette Terre qui refusait d'être sa mère ! « Vile traînée, ton cœur est fait de métal et possède six branches, semblable à l'étoile infâme qu'on colle sur mon front, or, argent, plomb, cuivre, fer, étain ! Tu seras mienne, que tes millions d'enfants chéris, tes *goyim*, le veuillent ou non ! Je m'emparerai de ce cœur, je le jure ! »

Il vendit sa fabrique et arpenta comme un possédé la Bourse des Valeurs. Cerné d'un chœur de rires moqueurs dissimulés derrière d'hypocrites raclements de gorge, il acheta les actions d'une mine de plomb perdue dans l'Ouest. Il laissa à ses beaux-fils une faible rente et partit inspecter sa propriété. Il découvrit qu'elle était immergée sous le fleuve Arkansas, ce qui annihilait toute productivité. Pendant des mois, investissant l'argent qui lui restait, s'endettant, il tenta de drainer l'excavation. Le jour où il se laissa tomber à plat ventre dans la boue en poussant des cris de désespoir, avant de rentrer à son hôtel couvert d'une croûte nauséabonde et de s'enfermer dans sa chambre, décidé à se faire sauter la cervelle, il reçut la visite d'un contremaître excité qui venait lui annoncer la découverte d'un immense filon d'argent.

À la même époque, la mine produisit un cuivre d'une excellente qualité. Fritz appela ses beaux-fils afin que, revolver au poing, ils prissent en main la comptabilité et la distribution de la paie aux mineurs. De son côté, il commença à étudier la métallurgie et se rendit compte que si le cuivre ne permettait pas de gros bénéfices, c'était simplement parce que son traitement était trop coûteux. Il se lança dans une quête éperdue jusqu'à dénicher un procédé efficace et bon marché inventé par un ingénieur en chimie. Il acheta immédiatement le brevet. Ce petit investissement lui ouvrit les portes de la fortune… Il entoura sa mine de hautes barrières et de gardes armés jusqu'aux dents, conservant jalousement le secret de sa méthode de traitement du minerai. Il créa une société d'exploitation minière dans l'intention d'absorber toutes les mines de la planète. Il acheta celles d'étain de Bolivie, de cuivre et d'argent du Nevada, d'Utah et du Mexique, puis celles d'or d'Alaska et de fer du Pérou. Il ne cessait d'étendre son empire en Afrique, en Orient et dans le reste de l'Amérique du Sud, jusqu'à atteindre le Chili et acquérir, à très faible coût, les immenses gisements de Chuquicamata, ce cuivre que les Chiliens, naturellement négligents, exploitaient à l'aide de moyens primitifs.

Tandis que Fritz, emmuré en lui-même et rongé par la haine, accumulait des centaines de millions de dollars, ses beaux-fils payaient cher leur entrée dans le monde, offrant de somptueux cadeaux, dilapidant leur argent dans les casinos et investissant dans des sociétés qui leur apportaient la notoriété mais dont les bénéfices étaient nuls. Pour eux, la fête fut de courte durée. Un matin, Ben fut retrouvé mort d'une overdose de narcotiques, enlaçant le cadavre d'un éphèbe dans un motel sordide. Sam quitta précipitamment le pays après avoir transmis la syphilis à son épouse et à ses bonnes. On interna Will dans un hôpital psychiatrique après que, en plein délire éthylique, il se fut mis à courir dans la rue en hurlant que son oreiller avait voulu lui déchiqueter la nuque à coups de dents. Quant à Joe, qui avait refusé de payer une dette de jeu, on lui fracassa le crâne pour y déféquer après en avoir extrait le cerveau.

Sans famille, sans amis, plus seul que jamais, Fritz s'enferma dans un palais contenant à peine quelques meubles bourrés de gros morceaux de minerai brut provenant de ses mines. Désormais il était maître du cœur de la Terre, certes… mais d'un cœur métamorphosé en comptes bancaires, en titres de propriété, en actions, en bons, en papiers, en chiffres ; autant de symboles intangibles qui le privaient, comme toujours, des caresses de l'amour ! Il s'était emparé des métaux, mais ceux-ci ne lui offraient que le pouvoir. À présent il avait besoin de quelque chose de plus intime, comme la beauté. Il appela ses agents et en moins d'une semaine sa vaste résidence fut envahie d'une impressionnante collection de pierres précieuses, diamants, topazes, rubis, opales, saphirs, émeraudes, améthystes, turquoises, énormes blocs de cristal de roche. Il ne parvint pas à s'en sentir propriétaire. Rouges, vertes, bleues, jaunes, elles brillaient de l'éclat de la chair humaine en pleine décomposition ; au lieu de lui révéler la lumière, elles lui montrèrent la putréfaction. Il n'était qu'un Midas inversé : tout ce qu'il touchait se transformait en charogne ! Sans patrie, sans famille, sans amour, sans foi, qu'est-ce qui l'attachait encore à la vie ? Le passé ?

Fritz découvrit avec angoisse que la seule chose qu'il conservait du passé était son larcin. Sur-le-champ, il plaça dans un coffre des pièces d'or en quantité équivalente à celle qu'il avait soustraite à Oolla, ainsi qu'un paquet de pierres précieuses de même valeur que celles d'Ooliba. Il y ajouta les intérêts considérables qu'un prêt aurait exigé, une carte à son nom et quelques mots d'excuse. Puis il engagea un détective privé qu'il envoya à Berlin muni du coffre.

La famille Varnhagen von Ense avait dû vendre son château. August avait trouvé la mort dans un duel. Oolla-Ooliba avait été internée dans un asile d'aliénés. Rahel Levin, le visage couvert d'un entrelacs de rides, végétait dans une pension du quartier pauvre, en compagnie d'une belle jeune fille, Jade-Luna. Lorsque le détective leur remit le coffre, c'est avec des phrases entrecoupées de sanglots que la vieille femme raconta ses malheurs :

– Pour moi, être juive a été une maladie. Désireuse de libérer ma chair du joug racial, comme nombre de mes congénères, j'ai changé de religion, j'ai tenté d'être ce que je n'étais pas. Mais un jour j'ai vu mes voisins, pourtant cordiaux la veille, brandir des haches pour démolir les synagogues, saccager les boutiques israélites, rouer de coups des hommes, des femmes et des enfants devenus les boucs émissaires du mal-être économique du pays. Accablée par une profonde tristesse, j'ai écrit des articles dans le but d'en appeler à ce bon sens que j'associais au peuple allemand. Dans la rue, un lecteur m'a craché au visage. Mon mari l'a provoqué en duel et par un matin ensoleillé, qui pour moi restera à jamais brumeux, il est tombé, une balle en plein front. Oolla et Ooliba sont devenues folles. Je les ai faites interner et me suis chargée de ma petite-fille ; elle possède deux noms car chacune des jumelles a déclaré être sa mère et a voulu la baptiser : Oolla l'a appelée Jade, Ooliba a préféré Luna. Après ses premières menstruations, à l'âge de neuf ans, je lui ai raconté la vérité : elle n'était pas la fille d'un comte allemand mort au cours d'une chasse au sanglier ; son père, un Juif qui pour ma plus grande honte n'était autre que mon fils, s'était enfui avec le trésor de la famille.

Pleurant elle aussi, Jade-Luna murmurait :

– Comme j'ai souffert de croire que mon père était un voleur ! Maintenant, enfin, j'ai la preuve de son honnêteté : ce que tu as appelé vol, il l'a considéré comme un prêt ! Grand-mère, presque tout cet argent t'appartient, tu pourras vivre tranquillement jusqu'à la fin de tes jours ! Moi, avec ce qui me revient, j'irai rendre visite à l'homme qui m'a donné la chance de naître !

Pour que Fritz n'apprenne pas son existence, elle acheta le silence du détective. Elle ne savait pas ce qu'elle allait ressentir en présence de son père, fantôme détesté et pourtant vénéré. Peut-être, en le voyant en chair et en os, éprouverait-elle une insupportable répugnance ; peut-être la légende selon laquelle les déicides juifs, véritable infection pour le monde, exhalaient des odeurs fétides par tous les pores de leur peau, était-elle réelle ; peut-être allait-elle se retrouver face à un animal sans âme, seulement intéressé par l'argent... Mieux valait s'approcher peu à peu, avec prudence et dissimulation.

Par un miraculeux hasard, à peine arrivée à Baltimore, Jade-Luna vit dans un journal une annonce de Fritz Grugenstein : il recherchait une secrétaire particulière, polyglotte, possédant des connaissances avancées en mathématiques. Autrement dit précisément ce qu'elle avait étudié ! Pour faire d'elle une intellectuelle, Rahel l'avait en effet éduquée avec acharnement, dépensant ce qu'il restait de sa fortune pour payer sept préceptrices qui lui enseignaient autant de langues et trois professeurs qui l'avaient guidée dans les labyrinthes de la philosophie et des mathématiques... Elle rédigea une lettre en sept langues afin de solliciter l'emploi en question et, très vite, elle reçut à son hôtel un télégramme dans lequel on lui posait un problème mathématique complexe. Elle le résolut sans difficulté. Un second télégramme lui demanda de se rendre à six heures du matin à la tour où le magnat vivait isolé. C'est flairée par une meute de chiens féroces et sous l'œil de gardiens musclés qu'elle traversa un jardin où la roche était plus abondante que la végétation. Un valet de chambre vieux, longiligne et sec, ouvrit une grande porte blindée et lui indiqua un escalier en acier, ses lèvres fines murmurant des phrases où les mots jaillissaient comme autant de coups de couteau : « L'ascenseur est exclusivement réservé à Monsieur. Monsieur vous attend au septième étage. Montez l'escalier sur la pointe des pieds car Monsieur ne tolère pas les bruits de pas. » Une gouvernante, également vieille, longiligne et sèche, s'empara de son manteau et, après l'avoir entièrement palpée, elle l'aspergea de désinfectant. C'est à ce moment seulement qu'elle put commencer à gravir les degrés glacés. Chaque étage était une accumulation de grandes pierres, toujours d'une couleur différente ; au premier elles étaient rouges, au deuxième orange, jaunes au troisième, ensuite vertes, puis bleues…

Jade-Luna eut la sensation de grimper au creux d'un arc-en-ciel solide. Au septième étage, au milieu d'énormes blocs de cristaux violets, une porte nickelée s'ouvrit devant elle avec une régularité automatique. Un souffle froid lui fouetta le visage. L'air conditionné transformait le salon en glacière. Assis à un bureau tout aussi nickelé, Fritz l'attendait, en bras de chemise, examinant à la loupe une grosse perle noire. « Entrez, mademoiselle. Couvrez-vous avec la cape de laine accrochée près de la porte. Je ne puis travailler que dans une atmosphère fraîche, la chaleur m'engourdit le cerveau. »

Jade-Luna s'immobilisa au centre de la vaste pièce : Au lieu de se couvrir, elle se défit de la veste en velours qui habillait son buste généreux et la laissa tomber. Le bruit du tissu heurtant le sol en marbre fit relever la tête à Fritz. Il lâcha sa loupe et la perle, sortit de derrière son bureau et avança comme un somnambule pour venir se placer devant la jeune femme ! Leurs regards se croisèrent, s'entrelacèrent, se fondirent, devinrent un pont qui traça un chemin sans obstacles afin de les précipiter l'un vers l'autre. La haine de Jade-Luna et l'indifférence de Fritz s'évanouirent en un instant. Pour lui, cette femme était la concrétion charnelle de son destin ; pour elle, cet homme était l'esprit puissant qui comblait le vide de ses désirs les plus ardents.

La jeune fille ôta son chemisier, son soutien-gorge, sa jupe, sa culotte, ses chaussures, ses bas, elle ouvrit les bras en croix et se mit à crier comme une planète offrant son écorce à la caresse des rayons du soleil. Les yeux pleins d'une avidité vitale, émerveillé, assoiffé, Fritz la contempla, secoué de tremblements de bonheur. Elle esquissa un geste vers son pantalon et il comprit immédiatement qu'elle désirait voir son membre. Sans honte, éprouvant une jouissance profonde, il se dénuda. Jade-Luna admira le phallus qui lui avait donné la vie, se laissa glisser sur le marbre et écarta les jambes. Fritz s'agenouilla entre ses cuisses et, avec une dévotion fanatique, il la pénétra lentement. Quand leurs deux pubis se collèrent l'un à l'autre comme s'ils voulaient se souder, il fit couler un murmure chaud dans son oreille : « Je t'ai attendue des milliers d'années. D'où viens-tu ? Qui es-tu ? » Elle lui répondit dans un susurrement plein de fougue : « Je viens de toi, je suis ta fille ! »

Fritz sentit un poing géant le précipiter dans l'abîme. Rendu sourd, il secoua la tête, dissipa la brume qui lui brouillait la vue, regarda le visage de la jeune fille et, comme dans un miroir, il y vit son reflet. Il était en train de posséder sa propre fille ! Il tenta de se retirer mais en vain. Trop tard ! Personne ne pourrait dénouer le lien d'amour éternel qui les unissait, aucun tabou ne pourrait freiner ce désir ancestral. Son membre emplissait le vagin vierge et le plaisir, telle l'explosion d'une galaxie, inondait chacune de leurs cellules. Ils collèrent leurs bouches l'une contre l'autre et unirent leurs gémissements en un moment infini ! Ils savaient que les ovaires boiraient avec avidité la semence, que le plaisir de l'amour était créateur de vie. Cette jouissance féroce détruisait le monde pour eux, les transformant en parias, les cloîtrant dans le secret. Ils se sentirent pareils à de véritables héros, virent l'humanité comme une foule vulgaire, ne craignirent pas le châtiment et une profonde fierté les fondit encore davantage l'un en l'autre. Ils accepteraient le fruit de leur étreinte, béni pour eux et maudit pour la société ! « Personne ne sait que tu es ma fille, ton nom est Varnhagen von Ense. Nous pourrons nous unir légalement. M'acceptes-tu pour époux ? » « Je t'accepte pour époux, père, ami, frère et maître ! Autrefois j'étais deux : Jade et Luna ; à présent je suis une : Jana Grugenstein ! » Ils se marièrent le jour même. Je vis le jour neuf mois plus tard, la tête couverte de cheveux rouges. Et je fus Rubí, leur pierre précieuse.

Nous partîmes vivre sur la côte du New Jersey, dans une riante demeure de style italien, avec des planchers en teck, des jardins, des grottes, des têtes de bronze crachant de l'eau parfumée, des hamacs, d'innombrables pièces et un immense salon où cent aigles empaillés pendaient au plafond. La nuit, les cris de ma mère et les gémissements profonds de mon père réveillaient les canaris de la véranda, qui se mettaient à faire des trilles comme si c'était l'aube. La plénitude de cet amour était fêtée par leurs nombreux invités, sénateurs, banquiers, militaires hauts gradés, artistes de renom, fine fleur de la noblesse européenne…

Quand, à neuf ans, comme ma mère, j'eus mes premières menstruations, elle demanda à mon père-aïeul, au cours d'un dîner donné pour de mystérieux financiers : « S'il te plaît, excuse-moi auprès de tes amis et conduis-moi dans notre chambre. » Jana était si faible que Fritz dut la porter jusqu'à leur couche et la dévêtir. C'est avec un filet de voix qu'elle lui dit : « Je veux que tu t'étendes auprès de moi et que tu me caresses jusqu'à ce que je m'endorme. Je sais que je ne me réveillerai plus. L'amour que j'ai éprouvé pour toi m'a affaiblie : il a été trop grand pour mon cœur. Un tel sentiment est réservé aux seuls dieux, pas aux humains. Merci de m'avoir donné la vie et de m'avoir permis de donner la vie. La mort ne doit pas nous séparer. Je veux demeurer éternellement avec toi et avec notre fille. Permets-moi de t'aider à l'élever. »

Fritz sut qu'il était inutile d'appeler les médecins. Lorsque ma mère s'endormit, il descendit dans la salle à manger, attendit que ses complices eussent terminé de dîner, de fumer leurs havanes et de former le projet d'une nouvelle guerre. Puis il prit congé d'eux avec un sourire triste, se rendit dans ma chambre pour déposer sur mon front le baiser qu'il y déposait chaque soir, avant de faire éteindre les lumières de la demeure. Il se déshabilla en silence et s'allongea auprès de son épouse. Il écouta sa respiration, de plus en plus ténue jusqu'à ce que le froid de la mort inonde la pièce. Il eut la sensation que toute la matière, les murs, les objets, les rochers, le sable, la mer, l'air, entonnait un chant d'une douceur infinie. À peine l'aube s'était-elle levée qu'il appela un spécialiste pour la faire embaumer, telle qu'elle était morte, tranquille, les yeux fermés, comme si elle dormait. Il convertit la chambre en musée : aucun meuble ni objet ne pouvait changer de place. Jana reposerait pour les siècles des siècles sur une couche parfumée.

Et je grandis, éduquée à la maison, comme l'avait été ma mère, par sept professeurs et trois maîtres ; j'eus les jouets que je voulus, mille poupées, des chats, des chiens, des chevaux, une girafe, des centaines de robes, des couturières, des manucures, des patineuses, tout excepté une amie de mon âge. Surveillées par des gardes du corps vêtus de velours, mes promenades s'apparentaient au déplacement d'une île. Les passants, ébahis par le cortège qui me suivait, me regardaient de loin avec une pitié teintée d'envie. Une fois par semaine, le vendredi, Fritz m'amenait rendre visite à ma mère au lever du soleil. Les yeux brillants, sans me lâcher la main, il me plaçait contre le lit et racontait à la morte comment je m'étais comportée durant les sept derniers jours. J'étais certaine qu'elle écoutait. Et lorsque je commettais quelque mauvaise action comme, par exemple, m'échapper pour courir un moment seule sur la plage, son sourire devenait triste ou sévère. Au contraire, quand j'avais été obéissante et studieuse, son visage paraissait baigné de lumière. Fritz m'indiquait du regard le moment où nous devions dire au revoir à Jana afin de ne pas interrompre trop longtemps ses rêves. Je m'inclinais et baisais son front. C'était comme coller ses lèvres sur un morceau de glace ; ce froid mortel ne me quittait pas pendant des heures, envahissant ma bouche, descendant dans ma gorge, se nichant dans ma poitrine.

De gris, les cheveux de mon père-aïeul passèrent à l'argenté. Quel âge pouvait-il avoir ? Cent ans ? En dehors de ses relations commerciales, j'étais la seule personne avec laquelle il parlait, toujours au sujet des métaux. Il les avait classés suivant une hiérarchie complexe et leur attribuait le pouvoir d'aider les âmes perdues à trouver leurs racines. Moi, avec ma chevelure rouge et mes yeux verts, il me comparait au cuivre : « Tu contiens toutes les beautés de la terre, tu es Vénus incarnée. » Il n'est pas surprenant que je me sois consacrée à la sculpture. J'ai commencé à créer de grands personnages en bronze. C'étaient toujours des femmes tristes, semblables à moi, qui avaient l'air de marcher. Lorsque mon atelier se fut peuplé d'une armée qui avançait vers l'infini, Fritz comprit :

– Tu veux t'en aller parcourir le monde… cette planète qui nous sera pourtant toujours hostile. Si tu désires la connaître, mieux vaut que tu visites nos mines. Ce sont tes seules racines. Le plus grand gisement est celui de Chuquicamata ; là, tu trouveras accumulés des millions de kilos de cuivre. Va apprendre à connaître cette matière, portrait de ton âme, que je transforme en argent. Si tu parviens à faire extraire cette année une plus grande quantité de minerai que la précédente, tu démontreras que tu es digne de t'appeler Grugenstein.

J'obéis à l'ordre de Fritz. J'entrepris le voyage au Chili, je réorganisai le travail de la mine, je fis produire plus de cuivre que jamais, en détruisant de majestueuses collines, en provoquant la mort de milliers d'ouvriers, en empoisonnant les sols…

(Ici s'interrompt brusquement le texte de Rubí Grugenstein).

TABLE

DU MÊME AUTEUR

Le Paradis des perroquets
Flammarion, 1984

L'Arbre du dieu pendu
Métailié, 1996
Métailié, « Suites », n° 14, 1998
et « Points », n° P2046

Le Doigt et la Lune
Albin Michel, « Espaces libres », n° 72, 1997

La Sagesse des contes
(en collaboration avec Layla Bess)
Vivez Soleil, 1997
Albin Michel, « Espaces libres », n° 176, 2007

Le Théâtre de la guérison
(en collaboration avec Gilles Farcet)
Albin Michel, « Espaces libres », n° 108, 2001

Albina et les Hommes chiens
Métailié, « Suites », n° 40, 2001

Opéra panique
théâtre
Métailié, « Suites », n° 42, 2001

L'Échelle des anges
Éditions du Relié, 2001
et Albin Michel, « Espaces libres », n° 149, 2005

La Danse de la réalité
Albin Michel, « Spiritualités », 2002
et Albin Michel, « Espaces libres », n° 137, 2004

Dire ne suffit pas
Le Veilleur, 2003

Un évangile pour guérir
Volume 1
Éditions du Relié, 2003
Le Relié poche, 2008

La Sagesse des blagues
(en collaboration avec Layla Bess)
Vivez Soleil, 2003

Un évangile pour guérir
Volume 2 : Le dieu intérieur
Éditions du Relié, 2004

Les Pierres du chemin
Le Veilleur, 2004

La Tricherie sacrée et le chemin de la bonté
Dervy, 2004

La Voie du tarot
(en collaboration avec Marianne Costa)
Albin Michel, 2004

Le Chant du tarot
Éditions du Relié, 2004

Mu, le maître et les magiciennes
Albin Michel, 2005
et Albin Michel, « Espaces libres », nº 192, 2008

Contes paniques
Éditions du Relié, 2006

Solo de Amor
poèmes
Maelström, 2007

Cabaret mystique
Albin Michel, 2008

Le Tarot de Jodorowsky
(en collaboration avec Marianne Costa et Philippe Camoin)
De vecchi, 2008

Bouncer
(en collaboration avec François Boucq)
Humanoïdes associés, 2009

Manuel de psychomagie
Albin Michel, 2009

Kit Tarot
La Voie du tarot
(en collaboration avec Marianne Costa)
J'ai lu, « Aventure secrète », n° 9096, 2009

RÉALISATION . IGS-CHARENTE PHOTOGRAVURE À L'ISLE-D'ESPAGNAC

CPI Bussière

Cet ouvrage a été imprimé en France par
CPI Bussière
à Saint-Amand-Montrond (Cher)
en octobre 2009
N° d'édition : 98271. - N° d'impression 91585
Dépôt légal . novembre 2009.

Collection Points

DERNIERS TITRES PARUS

P2074. Poèmes d'amour de l'Andalousie à la mer Rouge.
Poésie amoureuse hébraïque, *Anthologie*
P2075. Quand j'écris je t'aime
suivi de Le Prolifique et Le Dévoreur
W.H. Auden
P2076. Comment éviter l'amour et le mariage
Dan Greenburg, Suzanne O'Malley
P2077. Le Fouet, *Martine Rofinella*
P2078. Cons, *Juan Manuel Prada*
P2079. Légendes de Catherine M., *Jacques Henric*
P2080. Le Beau Sexe des hommes, *Florence Ehnuel*
P2081. G., *John Berger*
P2082. Sombre comme la tombe où repose mon ami
Malcolm Lowry
P2083. Le Pressentiment, *Emmanuel Bove*
P2084. L'Art du roman, *Virginia Woolf*
P2085. Le Clos Lothar, *Stéphane Héaume*
P2086. Mémoires de nègre, *Abdelkader Djemaï*
P2087. Le Passé, *Alan Pauls*
P2088. Bonsoir les choses d'ici-bas, *António Lobo Antunes*
P2089. Les Intermittences de la mort, *José Saramago*
P2090. Même le mal se fait bien, *Michel Folco*
P2091. Samba Triste, *Jean-Paul Delfino*
P2092. La Baie d'Alger, *Louis Gardel*
P2093. Retour au noir, *Patrick Raynal*
P2094. L'Escadron guillotine, *Guillermo Arriaga*
P2095. Le Temps des cendres, *Jorge Volpi*
P2096. Frida Khalo par Frida Khalo. Lettres 1922-1954
Frida Khalo
P2097. Anthologie de la poésie mexicaine, *Claude Beausoleil*
P2098. Les Yeux du dragon, petits poèmes chinois, *Anthologie*
P2099. Seul dans la splendeur, *John Keats*
P2100. Beaux Présents, Belles Absentes, *Georges Perec*
P2101. Les Plus Belles Lettres du professeur Rollin.
Ou comment écrire au roi d'Espagne
pour lui demander la recette du Gaspacho
François Rollin
P2102. Répertoire des délicatesses du français contemporain
Renaud Camus

P2103. Un lien étroit, *Christine Jordis*
P2104. Les Pays lointains, *Julien Green*
P2105. L'Amérique m'inquiète.
Chroniques de la vie américaine 1
Jean-Paul Dubois
P2106. Moi je viens d'où ? *suivi de* C'est quoi l'intelligence ?
et de E = CM2, *Albert Jacquard, Marie-José Auderset*
P2107. Moi et les autres, initiation à la génétique
Albert Jacquard
P2108. Quand est-ce qu'on arrive ?, *Howard Buten*
P2109. Tendre est la mer, *Philip Plisson, Yann Queffélec*
P2110. Tabarly, *Yann Queffélec*
P2111. Les Hommes à terre, *Bernard Giraudeau*
P2112. Le Phare appelle à lui la tempête et autres poèmes
Malcolm Lowry
P2113. L'Invention des Désirades et autres poèmes
Daniel Maximin
P2114. Antartida, *Francisco Coloane*
P2115. Brefs aperçus sur l'éternel féminin, *Denis Grozdanovitch*
P2116. Le Vol de la mésange, *François Maspero*
P2117. Tordu, *Jonathan Kellerman*
P2118. Flic à Hollywood, *Joseph Wambaugh*
P2119. Ténébreuses, *Karin Alvtegen*
P2120. La Chanson du jardinier. Les Enquêtes de Miss Lalli
Kalpana Swaminathan
P2121. Portrait de l'écrivain en animal domestique
Lydie Salvayre
P2122. In memoriam, *Linda Lê*
P2123. Les Rois écarlates, *Tim Willocks*
P2124. Arrivederci amore, *Massimo Carlotto*
P2125. Les Carnets de monsieur Manatane
Benoît Poelvoorde, Pascal Lebrun
P2126. Guillon aggrave son cas, *Stéphane Guillon*
P2127. Le Manuel du parfait petit masochiste
Dan Greenburg, Marcia Jacobs
P2128. Shakespeare et moi, *Woody Allen*
P2129. Pour en finir une bonne fois pour toutes avec la culture
Woody Allen
P2130. Porno, *Irvine Welsh*
P2131. Jubilee, *Margaret Walker*
P2132. Michael Tolliver est vivant, *Armistead Maupin*
P2133. Le Saule, *Hubert Selby Jr*
P2134. Les Européens, *Henry James*
P2135. Comédie new-yorkaise, *David Schickler*

P2136. Professeur d'abstinence, *Tom Perrotta*
P2137. Haut vol : histoire d'amour, *Peter Carey*
P2138. Le Siffleur, *Laurent Chalumeau*
P2139. La Danseuse de Mao, *Qiu Xiaolong*
P2140. L'Homme délaissé, *C. J. Box*
P2141. Les Jardins de la mort, *George P. Pelecanos*
P2142. Avril rouge, *Santiago Roncagliolo*
P2143. Ma Mère, *Richard Ford*
P2144. Comme une mère, *Karine Reysset*
P2145. Titus d'Enfer. La Trilogie de Gormenghast, 1
Mervyn Peake
P2146. Gormenghast. La Trilogie de Gormenghast, 2
Mervyn Peake
P2147. Au monde.
Ce qu'accoucher veut dire : une sage-femme raconte…
Chantal Birman
P2148. Du plaisir à la dépendance.
Nouvelles thérapies, nouvelles addictions
Michel Lejoyeux
P2149. Carnets d'une longue marche.
Nouvelle marche d'Istanbul à Xi'an
Bernard Ollivier, François Dermaut
P2150. Treize Lunes, *Charles Frazier*
P2151. L'Amour du français.
Contre les puristes et autres censeurs de la langue
Alain Rey
P2152. Le Bout du rouleau, *Richard Ford*
P2153. Belle-sœur, *Patrick Besson*
P2154. Après, Fred Chichin est mort, *Pascale Clark*
P2155. La Leçon du maître et autres nouvelles, *Henry James*
P2156. La Route, *Cormac McCarthy*
P2157. À genoux, *Michael Connelly*
P2158. Baka !, *Dominique Sylvain*
P2159. Toujours L.A., *Bruce Wagner*
P2160. C'est la vie, *Ron Hansen*
P2161. Groom, *François Vallejo*
P2162. Les Démons de Dexter, *Jeff Lindsay*
P2163. Journal 1942-1944, *Hélène Berr*
P2164. Journal 1942-1944 (édition scolaire), *Hélène Berr*
P2165. Pura vida. Vie et Mort de William Walker, *Patrick Deville*
P2166. Terroriste, *John Updike*
P2167. Le Chien de Dieu, *Patrick Bard*
P2168. La Trace, *Richard Collasse*

P2169. L'Homme du lac, *Arnaldur Indridason*
P2170. Et que justice soit faite, *Michael Koryta*
P2171. Le Dernier des Weynfeldt, *Martin Suter*
P2172. Le Noir qui marche à pied, *Louis-Ferdinand Despreez*
P2173. Abysses, *Frank Schätzing*
P2174. L'Audace d'espérer. Un nouveau rêve américain *Barack Obama*
P2175. Une Mercedes blanche avec des ailerons, *James Hawes*
P2176. La Fin des mystères, *Scarlett Thomas*
P2177. La Mémoire neuve, *Jérôme Lambert*
P2178. Méli-vélo. Abécédaire amoureux du vélo, *Paul Fournel*
P2179. Le Prince des braqueurs, *Chuck Hogan*
P2180. Corsaires du levant, *Arturo Pérez-Reverte*
P2181. Mort sur liste d'attente, *Veit Heinichen*
P2182. Héros et tombes, *Ernesto Sabato*
P2183. Teresa l'après-midi, *Juan Marsé*
P2184. Titus errant. La Trilogie de Gormenghast, 3 *Mervyn Peake*
P2185. Julie & Julia. Sexe, blog et bœuf bourguignon *Julie Powell*
P2186. Le Violon d'Hitler, *Igal Shamir*
P2187. La mère qui voulait être femme, *Maryse Wolinski*
P2188. Le Maître d'amour, *Maryse Wolinski*
P2189. Les Oiseaux de Bangkok, *Manuel Vázquez Montalbán*
P2190. Intérieur Sud, *Bertrand Visage*
P2191. L'homme qui voulait voir Mahona, *Henri Gougaud*
P2192. Écorces de sang, *Tana French*
P2193. Café Lovely, *Rattawut Lapcharoensap*
P2194. Vous ne me connaissez pas, *Joyce Carol Oates*
P2195. La Fortune de l'homme et autres nouvelles, *Anne Brochet*
P2196. L'Été le plus chaud, *Zsuzsa Bánk*
P2197. Ce que je sais… Un magnifique désastre 1988-1995. Mémoires 2, *Charles Pasqua*
P2198. Ambre, vol. 1, *Kathleen Winsor*
P2199. Ambre, vol. 2, *Kathleen Winsor*
P2200. Mauvaises Nouvelles des étoiles, *Serge Gainsbourg*
P2201. Jour de souffrance, *Catherine Millet*
P2202. Le Marché des amants, *Christine Angot*
P2203. L'État des lieux, *Richard Ford*
P2204. Le Roi de Kahel, *Tierno Monénembo*
P2205. Fugitives, *Alice Munro*
P2206. La Beauté du monde, *Michel Le Bris*
P2207. La Traversée du Mozambique par temps calme *Patrice Pluyette*

P2208. Ailleurs, *Julia Leigh*
P2209. Un diamant brut, *Yvette Szczupak-Thomas*
P2210. Trans, *Pavel Hak*
P2211. Peut-être une histoire d'amour, *Martin Page*
P2212. Peuls, *Tierno Monénembo*
P2214. Le Cas Sonderberg, *Élie Wiesel*
P2215. Fureur assassine, *Jonathan Kellerman*
P2216. Misterioso, *Arne Dahl*
P2217. Shotgun Alley, *Andrew Klavan*
P2218. Déjanté, *Hugo Hamilton*
P2219. La Récup, *Jean-Bernard Pouy*
P2221. Les Accommodements raisonnables, *Jean-Paul Dubois*
P2222. Les Confessions de Max Tivoli, *Andrew Sean Greer*
P2223. Le pays qui vient de loin, *André Bucher*
P2224. Le Supplice du santal, *Mo Yan*
P2225. La Véranda, *Robert Alexis*
P2226. Je ne sais rien… mais je dirai (presque) tout
Yves Bertrand
P2227. Un homme très recherché, *John le Carré*
P2228. Le Correspondant étranger, *Alan Furst*
P2229. Brandebourg, *Henry Porter* – coll. Points Policier
P2230. J'ai vécu 1 000 ans, *Mariolina Venezia*
P2231. La Conquistadora, *Eduardo Manet*
P2232. La Sagesse des fous, *Einar Karason*
P2233. Un chasseur de lions, *Olivier Rolin*
P2234. Anthologie. Poésie des troubadours, *Henri Gougaud (dir.)*
P2235. Chacun vient avec son silence. Anthologie, *Jean Cayrol*
P2236. Badenheim 1939, *Aharon Appelfeld*
P2237. Le Goût sucré des pommes sauvages, *Wallace Stegner*
P2238. Un mot pour un autre, *Rémi Bertrand*
P2239. Le Bêtisier de la langue française, *Claude Gagnière*
P2240. Esclavage et Colonies, *G. J. Danton et L. P. Dufay,*
L. Sédar Senghor, C. Taubira
P2241. Race et Nation, *M. L. King, E. Renan*
P2242. Face à la crise, *B. Obama, F. D. Roosevelt*
P2243. Face à la guerre, *W. Churchill, général de Gaulle*
P2244. La Non-Violence, *Mahatma Gandhi, Dalaï Lama*
P2245. La Peine de mort, *R. Badinter, M. Barrès*
P2246. Avortement et Contraception, *S. Veil, L. Neuwirth*
P2247. Les Casseurs et l'Insécurité
F. Mitterrand et M. Rocard, N. Sarkozy
P2248. La Mère de ma mère, *Vanessa Schneider*
P2249. De la vie dans son art, de l'art dans sa vie
Anny Duperey et Nina Vidrovitch

P2250. Desproges en petits morceaux. Les meilleures citations
Pierre Desproges
P2251. Dexter I, II, III, *Jeff Lindsay*
P2252. God's pocket, *Pete Dexter*
P2253. En effeuillant Baudelaire, *Ken Bruen*
P2254. Meurtres en bleu marine, *C. J. Box*
P2255. Le Dresseur d'insectes, *Arni Thorarinsson*
P2256. La Saison des massacres, *Giancarlo de Cataldo*
P2257. Évitez le divan
Petit guide à l'usage de ceux qui tiennent à leurs symptômes
Philippe Grimbert
P2258. La Chambre de Mariana, *Aharon Appelfeld*
P2259. La Montagne en sucre, *Wallace Stegner*
P2260. Un jour de colère, *Arturo Pérez-Reverte*
P2261. Le Roi transparent, *Rosa Montero*
P2262. Le Syndrome d'Ulysse, *Santiago Gamboa*
P2263. Catholique anonyme, *Thierry Bizot*
P2264. Le Jour et l'Heure, *Guy Bedos*
P2265. Le Parlement des fées
I. L'Orée des bois, *John Crowley*
P2266. Le Parlement des fées
II. L'Art de la mémoire, *John Crowley*
P2267. Best-of Sarko, *Plantu*
P2268. Cent Mots et Expressions à foutre à la poubelle
Jean-Loup Chiflet
P2269. Le Baleinié, *Christine Murillo, Jean-Claude Leguay, Grégoire Oestermann*
P2270. Couverture dangereuse, *Philippe Le Roy*
P2271. Quatre Jours avant Noël, *Donald Harstad*
P2272. Petite Bombe noire, *Christopher Brookmyre*
P2273. Journal d'une année noire, *J.-M. Coetzee*
P2274. Faites-vous-même votre malheur, *Paul Watzlawick*
P2275. Paysans, *Raymond Depardon*
P2276. Homicide special, *Miles Corwin*
P2277. Mort d'un chinois à la Havane, *Leonardo Padura*
P2278. Le Radeau de pierre, *José Saramago*
P2279. Contre-jour, *Thomas Pynchon*
P2280. Trick Baby, *Iceberg Slim*
P2281. Perdre est une question de méthode
Santiago Gamboa
P2282. Le Rocher de Montmartre, *Joanne Harris*
P2283. L'Enfant du jeudi noir, *Alejandro Jodorowsky*
P2284. Lui, *Patrick Besson*
P2285. Tarabas, *Joseph Roth*